le 54e

THIERRY HUGUENIN

avec la collaboration de Lionel Duroy

le 54^{e}

document

FIXOT

ISBN 2-221-08045-9

À mes fils, Frédéric et Pascal

À ma mère et à mon père
À mon frère
À ma sœur Véronique
À tous ceux qui sont restés à mes côtés
À tous mes amis qui sont partis.

Avant-propos

J'ai écrit la première version de ce livre à la fin de l'année 1994, il y a tout juste un an. J'étais sous le coup d'un choc inouï, inimaginable : cinquante-trois de mes anciens compagnons de l'Ordre du Temple solaire venaient de mourir, assassinés pour la plupart. J'aurais dû être la 54ᵉ victime, j'aurais dû être abattu sauvagement comme les autres l'ont été.

Je reprends la plume aujourd'hui, plongé à nouveau dans le cauchemar et l'horreur. Seize autres adeptes du Temple, dont trois enfants en bas âge, viennent d'être exécutés à leur tour, dans des circonstances similaires, dans une clairière d'une forêt du Vercors.

Je les connaissais tous, y compris les enfants, et parmi les adultes, certains avaient été des amis très proches, des amis précieux.

J'ai le chagrin qu'on devine, mais les larmes ne se partagent pas.

Au-delà de la douleur, j'éprouve aussi, j'allais écrire surtout, une immense colère contre ceux qui auraient pu empêcher ce second massacre et qui n'ont rien fait. Oui, je ressens de la colère et de la révolte contre les autorités judiciaires suisses que j'avais prévenues à plusieurs reprises de l'imminence d'une nouvelle tragédie et qui sont restées sourdes à mes appels.

Christiane Bonet* est morte dans le Vercors dans la nuit du 15 au 16 décembre 1995. Au mois d'août de la même année, elle écrivait à sa famille une lettre de dix pages pour exprimer sa décision inébranlable d'aller rejoindre ceux qui étaient partis en octobre 1994 et rappeler ma « trahison ». « Pour ce crime, écrivait-elle, en substance, Thierry l'innommable saura quelle justice lui sera réservée. Ce qu'il dit est ignoble et puant. » Parce qu'il pensait que cette lettre pouvait être assimilée à une menace de mort, un ami de la famille Bonet a eu le courage de me la lire au téléphone.

J'ai écouté les avertissements de Christiane avec accablement, mais sans surprise. Ces imprécations ne faisaient que s'ajouter à celles dont j'ai été assailli depuis que j'ai quitté cette secte au mois de mars 1993, après quinze années d'aveuglement, de dévouement et d'enfermement.

Une phrase pourtant m'a soudain glacé le sang. Christiane écrivait ces quelques mots terrifiants, à demi voilés, que je cite de mémoire : « Un nouveau transit est prévu pour bientôt. J'aurai la joie immense d'être appelée parmi les élus. Mais ne vous inquiétez pas, je préviendrai quelques jours avant mon départ. »

L'idée du « transit » m'avait, moi aussi, effleuré durant quinze ans parce que Jo Di Mambro et Luc Jouret nous le présentaient comme l'ultime récompense des Maîtres à tous nos sacrifices terrestres. Nous partirions par une nuit sans lune pour une vie de lumière dans l'au-delà.

Au lendemain du massacre de mes cinquante-trois compagnons, ce « transit » sublimé a soudain pris pour moi la couleur du sang, l'odeur horrible des corps brûlés et suppliciés. Je ne pouvais lire sans pleurer le « testament » de Jo Di Mambro : « Nous laissons la preuve que notre transit aura été vécu dans la joie et la plénitude, qu'il s'est effectué dans

* Dans cet avant-propos, écrit en janvier 1996, j'ai gardé les noms réels des personnes impliquées. Dans le livre lui-même, comme je m'en explique, j'avais dû modifier tous les noms, à l'exception, bien sûr, de ceux de Jo Di Mambro et de Luc Jouret.

la discrétion, dans la connaissance vécue d'une science exacte et en accord avec les règles naturelles de la Matière et de l'Écrit qui sont UNES en vérité. »

Des corps ligotés et mutilés, des innocents étouffés dans des sacs-poubelles avant d'être achevés de plusieurs balles dans la tête, des chalets incendiés... Des salauds, des assassins avaient entraîné dans la mort sept enfants et tous ces adultes aveugles, aveugles comme je l'avais été moi-même. Et ils osaient écrire : « Ce transit vécu dans la joie et dans la plénitude... Dans la connaissance vécue d'une science exacte... » De quelle joie et de quelle connaissance peuvent être porteurs un bébé de quelques mois, un enfant de trois ans, un enfant de quatre ans, et tant d'autres ? Et ces malheureux, emportés dans cette folie atroce, dont l'unique péché finalement porte le nom de naïveté ?

Ce cauchemar allait recommencer puisque Christiane Bonet l'annonçait plus ou moins clairement à sa famille.

J'ai aussitôt appelé mon avocat qui m'a reçu le jour même. Nous avons transcrit tout ce que j'avais entendu. Puis il m'a demandé s'il m'était possible, compte tenu de ce que je savais du fonctionnement de l'Ordre du Temple, de prévoir la date de ce nouveau « transit ». J'ai proposé plusieurs dates :

– Toutes les nuits de la « lune noire ».

J'ai particulièrement insisté auprès de mon avocat sur cette notion de « lune noire » car, en matière ésotérique, tout travail effectué en cette période bénéficie d'une énergie particulière. Les cinquante-trois premières victimes de l'Ordre du Temple ont été sacrifiées la nuit exacte de la lune noire.

– Le 29 septembre, jour de la Saint-Michel que nous célébrions chaque année. (Saint Michel terrasse le dragon comme nous devions terrasser notre ego.)

– La nuit du 4 au 5 octobre, date du premier anniversaire de la mort des cinquante-trois adeptes.

– Le 10 novembre, jour où nous entrions en méditation au prétexte que nous étions en « résonance » avec les trente-trois frères aînés de la Rose-Croix.

– Le 7 janvier, jour de l'Épiphanie.

Mon avocat a alerté la Justice. Il a transmis les propos de Christiane Bonet tels que je les avais reconstitués. Il a fait part de mes hypothèses quant aux dates possibles du transit annoncé. Nous étions affolés, et mon avocat a insisté sur l'urgence d'une intervention afin d'éviter le drame.

Qu'a fait la Justice ?

Je ne peux m'empêcher de penser qu'une intervention des autorités aurait pu certainement empêcher cette tragédie.

Pourtant, j'ai été convoqué par la police du Valais, en septembre 1995. Pendant les longues heures d'interrogatoire, personne n'est revenu sur les inquiétudes qu'avaient causées en moi les prévisions macabres de Christiane Bonet. Ce que les policiers attendaient de moi, c'est que j'identifie les personnes qui apparaissaient dans un film que Jo Di Mambro avait tourné dans le chalet de Salvan, quelques instants avant le massacre d'octobre 1994. C'étaient des images terribles. Je voyais mes amis, dont je savais qu'ils allaient mourir, tituber sous l'effet des tranquillisants qu'ils venaient d'absorber. Je les ai tous identifiés. J'ai compris à la fin de la projection que les policiers connaissaient déjà tous ces noms et que l'objet de cette terrible séance n'avait pour but que de me troubler, de me briser pour que je finisse par craquer.

Mais pour avouer quoi ?

– Vous étiez à Salvan quelques heures avant la réalisation de ce film, est intervenu brusquement un policier. Vous y êtes resté deux heures. Qu'avez-vous fait pendant ces deux heures ?

Je n'ai pu que redire ce que je raconte précisément dans le premier chapitre de ce livre : la convocation de Di Mambro au prétexte de me rembourser l'argent qu'il me devait, ses explications embarrassées alors qu'il essayait de gagner du temps, l'épouvantable odeur d'essence qui émanait du rez-de-chaussée de la maison, la panique qui m'avait saisi et qui m'a poussé à fuir, mû par un obscur pressentiment.

– Quelque chose cloche, a finalement lancé un policier. Pourquoi n'êtes-vous pas mort ?

Je veux dire ici mon désarroi devant l'incompréhension des institutions. Personne n'a véritablement essayé de comprendre le but réellement recherché par la secte. La Police et la Justice auraient voulu des coupables, elles m'auraient peut-être voulu coupable...

Dès le premier jour, pourtant, dès l'annonce de la découverte du massacre, j'ai couru apporter mon soutien à la Justice. C'est moi qui ai donné les adresses de toutes les propriétés de l'Ordre, en Suisse, en France et au Canada. C'est moi qui ai indiqué aux policiers l'appartement de Montreux qui s'est avéré piégé et qui aurait dû exploser, faisant d'autres victimes, sans mon intervention. C'est encore moi qui ai aidé la Justice à rassembler les éléments biographiques de chacune des victimes. Nuit et jour, durant les premiers pas de l'enquête, j'ai accompagné policiers et juges, sincèrement désireux de débroussailler le chemin pour leur permettre d'aller vite, de comprendre le comportement des adeptes survivants et de les empêcher à tout prix de commettre un nouveau sacrifice, un nouveau « transit », entraînant la mort de nombreux innocents.

Pour avoir suivi durant quinze ans l'enseignement de Jo Di Mambro, puis celui de Luc Jouret, pour y avoir cru comme seul un enfant peut croire, je savais que cela se reproduirait.

Tant que l'enseignement de ces deux hommes continuera d'être diffusé, tant que leur mémoire continuera d'être vénérée, le risque demeurera.

Écoutons Di Mambro parler de ce qu'il appelait « l'Amour » au sein de sa secte :

« Comme des gerbes de blé il vous emporte,
il vous bat pour vous mettre à nu,

il vous tamise pour vous libérer de votre balle,
il vous broie jusqu'à la blancheur,
il vous pétrit jusqu'à ce que vous soyez souple;
et alors, il vous livre à son feu pour que vous
puissiez devenir le pain sacré du festin de Dieu... »

L'enseignement de Di Mambro emporte celui qui y adhère, le bat, le tamise, le « broie jusqu'à la blancheur », jusqu'à le livrer au feu, complètement décérébré.

Les feux de Salvan, de Cheiry, le feu du Vercors, c'était écrit.

J'ai expliqué le mécanisme de dizaines de textes similaires aux autorités suisses. On ne m'a pas pris au sérieux.

Je me suis engagé au côté de la Justice avec la même foi, la même conviction qui m'avaient poussé à entrer dans l'ordre du Temple quinze années plus tôt. Quand j'ai compris enfin les dangers terrifiants que faisait courir cette secte à ses membres, j'en suis devenu l'adversaire le plus résolu.

Je n'ai pas pu convaincre les institutions policières et judiciaires de profiter de mon expérience. C'est pourquoi j'ai écrit ce livre que nous rééditons aujourd'hui. Je viens de le relire. Il me sauve du désespoir qui m'étreint quand je regarde ces visages souriants sur une photo de groupe qui réunit quelques-unes des victimes du massacre du Vercors.

C'était à l'aéroport d'Athènes, le 2 février 1993 (c'est écrit au dos de la photo). Nous rentrions d'un pèlerinage en Israël et en Égypte. Alors que j'avais déjà décidé de quitter définitivement l'Ordre, Di Mambro m'avait supplié d'accepter, une dernière fois, de conduire le groupe. Pendant tout le voyage, j'avais essayé de me donner complètement à chacun, comme si je voulais les dédommager du mal que leur faisait la secte. Moi qui savais, qui avais tout perdu, mais qui n'étais pas dupe.

Il y avait là Patrick Vuarnet. Tout le voyage, nous sommes restés assis l'un à côté de l'autre dans le car et nous avons longuement parlé. Au retour, Patrick m'a envoyé ce simple mot : « Merci, mon frère. Nous sommes deux rayons du même amour. »

Puis j'ai quitté l'Ordre et il ne m'a plus jamais donné aucune nouvelle. J'étais devenu un traître.

Sa mère, Édith, également morte dans le Vercors, était ce genre de femme-muse, toujours souriante, rayonnante, capable de tout comprendre. Un moment auprès d'elle vous réconciliait avec vous-même et vous donnait la force de continuer. Je l'aimais tendrement.

Participait également à ce pèlerinage Jean-Pierre Lardanchet – le policier que la Justice française soupçonne aujourd'hui d'avoir tiré sur ses compagnons avant de se donner la mort. Lardanchet était un homme posé, réfléchi, avec qui j'ai eu de longues conversations. Il parlait de sa femme qui ne partageait pas totalement sa foi dans l'Ordre et peut-être en souffrait-il. Elle était enceinte, à l'époque, de leur deuxième enfant. Tous les quatre sont morts dans le Vercors : Jean-Pierre, Marie-France, sa femme, et ses deux enfants, Aldwin, quatre ans, et Curval, deux ans, qu'il aimait tendrement.

Patrick Rostan était aussi de ce voyage. Lui était discret, renfermé, et je ne me souviens pas de l'avoir entendu de tout le voyage.

La bonne Mercedes Faucon, qui aurait donné sa vie pour Di Mambro et que j'ai toujours connue dans l'Ordre, s'activant aux tâches les plus modestes, nous accompagnait, ainsi que Ute Verona, une femme jeune et émouvante, mais pleine d'espoir, qui est partie pour toujours avec sa fille Tania, âgée de six ans.

Sous quel prétexte, Patrick, Édith, Jean-Pierre, sa femme et leurs deux enfants, Ute et Tania, Mercedes et les autres ont-ils été précipitamment attirés dans la nuit glacée du

Vercors ? Jo Di Mambro devait-il se matérialiser cette nuit-là, comme il nous l'avait si souvent annoncé ?

Christiane Bonet était aussi du voyage. Elle était entrée dans l'Ordre en 1988, et nous avions tous été surpris de voir avec quelle aisance elle s'adaptait, avec quelle facilité elle se pliait aux règles. Nous disions qu'il fallait six mois pour s'intégrer à la communauté; elle n'avait pas eu besoin de trois semaines. Très vite, elle avait perdu sa légèreté, sa fraîcheur pour se rigidifier. Elle était devenue une fanatique des enseignements de Di Mambro et de Jouret, une fanatique de la foi. C'est elle, certainement, qui avait repris le flambeau après la mort des deux gourous. C'est elle, j'en ai la conviction, qui a dû assurer la préparation spirituelle du dernier « transit ».

Je regarde ces visages qui me souriaient à Athènes. J'entends encore leurs mots d'estime et de gratitude pour l'affection que je leur avais témoignée durant ce pèlerinage et, dans le même temps, je devine la haine et le mépris qu'ils ont éprouvés pour moi lorsque ce livre est paru. En osant décrire la vie secrète de l'Ordre durant les quinze années où j'y ai vécu, je me suis irrémédiablement coupé d'eux. Ils étaient ma famille, je suis devenu leur ennemi au point que certains m'ont menacé...

J'ai appris à me cacher, à ne plus répondre au téléphone, à ne pas ouvrir ma porte sans glisser un œil par le judas, à m'assurer partout et sans cesse que je ne suis pas suivi. J'ai perdu le sommeil et, quand je parviens à m'endormir, je me réveille en nage. Mes cauchemars sont à l'image de l'horrifiante réalité de Salvan, de Cheiry et du Vercors.

Grâce à ce livre, j'ai repris contact avec quelques amis d'autrefois. L'un d'entre eux m'a permis de retrouver travail et dignité. À la sortie du livre, j'ai reçu de nombreux témoignages qui m'ont permis de donner conseils et réconfort à des gens désemparés.

Mais, au-delà de ce cercle restreint, la plupart des gens m'ont écouté comme on écoute un enfant crédule.

– Vous avez vraiment cru à ces élucubrations? m'a demandé un journaliste en éclatant de rire.

Oui, j'y ai cru.

Des milliers d'autres y croient toujours.

Soixante-neuf personnes sont mortes, dont la plupart, je le crains, contre leur volonté, pour y avoir cru de toutes leurs forces.

Je pense profondément que, pour lutter contre l'influence meurtrière des sectes, il faut accepter d'en apprendre et d'en comprendre les comportements les plus aberrants, les plus invraisemblables. Il faut faire l'effort d'écouter avec beaucoup de sérieux le récit de ceux qui réussissent à en sortir.

J'ai dit dans ce livre tout ce que je savais sur le fonctionnement d'une secte à laquelle je me suis soumis pendant quinze ans. Je me suis livré sans retenue, sans pudeur, quelles que soient les humiliations que cette franchise m'a infligées.

Je voulais – et je veux toujours – que les lecteurs parviennent à comprendre comment des êtres humains, apparemment sensés et cultivés, peuvent arriver à croire que, de l'autre côté du voile, la mort n'est qu'illusion et qu'elle apporte avec elle la récompense sublime, qu'ils peuvent se livrer, abandonnant tout esprit critique, à un prétendu enseignement secret, qu'ils peuvent croire que derrière un masque de cire se cachent saint Bernard de Clairvaux, le pharaon Ramsès ou n'importe quelle autre divinité.

Je demande qu'on me lise. Je demande que le lecteur fasse l'effort de comprendre ce qui m'est arrivé, ce qui est arrivé à mes amis aujourd'hui disparus, pour que de telles choses ne puissent plus jamais avoir lieu.

Pour beaucoup de gens qui vont lire ce livre, l'histoire que je raconte sera incompréhensible. Pour beaucoup, l'auteur de ces lignes passera pour un illuminé, pour un faible ou pour un lâche. Même si je crois sincèrement n'être rien de tout cela, je ne chercherai pas à me défendre contre ces accusations auxquelles je suis désormais habitué.

Le récit qui suit est celui d'un rescapé, rescapé d'une aventure « spirituelle » où tant d'amis et amies ont laissé la vie.

J'ai voulu que transparaissent ces liens d'amitié au cœur même d'un parcours si étrange et pourtant si humain.

J'ai écrit ce livre dans un esprit de vérité, voulant exprimer, à tous ceux qui voudront bien me lire, que « l'espoir » n'est pas un vain mot.

J'ai tenu à livrer les faits dans toute leur vérité. Si des noms sont modifiés, c'est pour ne pas alourdir la peine si cruelle qui frappe tant de familles. Toute forme de vengeance ou de colère est restée loin de moi.

En racontant mon expérience sans rien dissimuler, j'ai voulu dire que, certes, la quête spirituelle est noble et légitime, mais que tous se doivent d'être attentifs et n'oublient pas que trop d'escrocs tenteront de détourner leur foi à leur profit au risque de les broyer et même de les tuer.

Aux approches de l'an 2000, ce livre se veut un appel à la vigilance pour que cette tragédie ne se répète plus jamais.

1

Le mardi 4 octobre 1994, à 11 heures du matin, j'ai reçu un appel téléphonique de Florence Redureau. J'avais connu Florence à l'Ordre du Temple solaire auquel j'ai appartenu pendant quinze ans. Florence était la dernière maîtresse de Jo Di Mambro, le fondateur de l'Ordre et elle m'appelait de sa part, ce matin-là.

– Thierry, m'a-t-elle dit, tu peux venir chercher ton argent ; Jo est là, il t'attend.

Je me souviens lui avoir demandé :

– Tu en es certaine, Florence ? Parce que je ne vais pas encore me taper pour rien toute la route de Genève à Salvan...

– Je le prends sur moi, Thierry, Jo est là, il ne bouge pas.

J'ai déjeuné avec mes deux fils avant de prendre la route. J'étais partagé entre l'espoir de toucher enfin l'argent qui m'était dû et dont j'avais un terrible besoin et la crainte d'être à nouveau berné par ces gens que j'avais tant aimés et à qui je ne pouvais plus faire confiance désormais.

J'ai quitté l'Ordre au mois d'avril 1993 et, depuis cette date, j'attendais d'être indemnisé pour mes quinze années vécues parmi eux. Quinze années de total bénévolat. Depuis dix-huit mois, Di Mambro et Luc Jouret, les maîtres de l'Ordre, me promettaient cet argent mais, bien que j'aie pris un avocat, je n'avais pas encore touché un franc.

Salvan est un bourg de montagne situé à une centaine de kilomètres à l'est de Genève, au-dessus de la petite ville suisse de Martigny. J'y suis arrivé à 15 h 15. J'ai garé ma voiture sur la route qui surplombe les chalets de Di Mambro et de Jouret, construits côte à côte. En descendant l'escalier qui y conduit, j'ai remarqué que les volets de la maison de Luc étaient clos. « Il doit être en voyage, me suis-je dit. Tant mieux, je n'aurai pas à lui parler. »

Florence m'attendait en contrebas, dans l'ombre du premier chalet. J'ai éprouvé un choc en la voyant. Elle, si apprêtée d'ordinaire, avait le teint blême, les cheveux défaits, les lèvres décolorées.

– Ah, Thierry, m'a-t-elle crié, nous avons un gros ennui, Jo vient de perdre ses clés !

– Comment ça ?... Mais lorsque tu m'as appelé ce matin, vous étiez bien dans le chalet ?

– Oui... Enfin non... Nous étions en chemin, Jo les a perdues en arrivant...

– Mais où, Florence ? On ne perd pas ses clés comme ça !

– Sur la route, au-dessus... Nous avons marché... Elles ont dû tomber de sa poche... Je ne sais pas.

Elle était si défaite que je n'ai pas eu la force de l'interroger davantage. Jo est apparu sur le balcon de son chalet, auquel on peut accéder par un escalier extérieur. Lui aussi était méconnaissable.

– Thierry, a soufflé Jo d'une drôle de voix, je ne peux pas te donner l'enveloppe, elle est dans mon chalet qui est fermé.

Il n'avait plus aucune lumière dans le regard et il s'exprimait comme s'il me parlait du fond d'un coma profond.

– Écoute, Jo, ai-je dit doucement, tu m'as déjà fait venir dimanche dernier, et tu n'étais pas là. Aujourd'hui, je me retape une heure et demie de route, et c'est autre chose. J'ai un cours ce soir, je dois repartir très vite. Jo, je t'en supplie, dis-moi où sont ces clés...

Il a eu un geste vague :

– Perdues là-haut, sur la route...
– Ne bouge pas, je vais aller les chercher.

Je les ai laissés là tous les deux, je suis remonté vers la route. En grimpant, je me disais : « Quel crétin je suis, elles sont dans sa poche, ses clés, pourquoi est-ce que je me laisse encore manipuler par ce salaud ? »

J'ai cherché minutieusement tout de même, de la première marche de l'escalier jusqu'à sa voiture, en soulevant parfois les feuilles mortes du bout du pied.

Je suis redescendu, exaspéré. J'avais le ventre et la gorge noués, envie de vomir ou de pleurer.

– Jo, ai-je crié, tu me la donnes cette enveloppe, oui ou non ?

– Je te la donnerais bien, mais elle est derrière la porte...

– Appelons un serrurier.

– Thierry, je n'avais pas pensé au serrurier !

J'ai cru qu'il se foutait de moi, mais il n'en avait pas l'air.

– Florence, a-t-il dit, va demander à Luc d'appeler un serrurier.

– Luc est là ! me suis-je écrié.

Ils n'ont pas relevé.

Florence s'est dirigée vers le chalet aux volets bizarrement clos par cette belle journée d'automne. Jo m'a fait asseoir sur ses chaises de jardin. Florence est revenue et nous avons attendu le serrurier tous les trois, sans plus échanger un mot.

Je ne savais plus que penser. Tout s'entrechoquait dans ma tête : ces clés perdues, l'attitude étrange de Jo et de Florence, mon besoin vital d'argent, ces volets fermés...

Le serrurier est arrivé, mais, au lieu de le conduire à sa porte d'entrée, Jo l'a emmené vers le chalet de Luc et lui a demandé d'ouvrir la porte du rez-de-chaussée qui donne sur un studio indépendant du reste de la maison.

– Mais tu m'as dit que l'enveloppe était chez toi, ai-je protesté.

– Oui, oui, je sais, a-t-il répondu doucement comme s'il s'adressait à un enfant caractériel, mais j'ai le double des clés dans le studio et je ne veux pas qu'on abîme la serrure de mon chalet.

Pendant que nous regardions l'ouvrier s'affairer, Luc est brusquement apparu. Pas rasé, les yeux hagards. Il ne m'a pas regardé et je crois même qu'il m'a bousculé au passage comme s'il ne me voyait pas.

– Tu as besoin d'argent, Jo, pour payer le serrurier ? a-t-il demandé.

– Non, non, ne t'inquiète pas, je m'arrangerai.

Luc est remonté à l'étage sans plus de commentaire et nous sommes restés plantés là, dans le dos de l'artisan, Florence à ma droite et Jo à ma gauche.

Soudain, j'ai été submergé par une vague de panique intolérable. Une angoisse comme je n'en avais jamais connue. J'ai su que je devais m'en aller immédiatement, mais je restais paralysé sur place, obnubilé par l'idée de cet argent qu'on me devait et dont j'avais tant besoin.

Le pène a cédé, et une odeur d'essence épouvantable nous a sauté au visage quand le serrurier a poussé la porte. Nous avons tous fait un pas en arrière. J'ai dû pousser un cri, à moins que ce ne soit le serrurier, je ne sais plus, car Florence a tenté aussitôt de nous rassurer.

– Ils sont venus remplir la cuve à mazout, hier soir, a-t-elle dit. Luc m'a dit qu'elle avait beaucoup débordé.

Elle se moquait de nous. Je connais la différence entre l'odeur de l'essence et celle du mazout. Jo est entré dans la pièce et a ouvert le tiroir du buffet. Il en a sorti une clé qu'il a regardée avec surprise.

– Ce n'est pas celle de mon chalet, a-t-il murmuré en me fixant d'un air coupable.

Je me suis décidé d'un coup.

– Tant pis, ai-je dit, au revoir.

Ils n'ont pas dû comprendre que je partais ou, peut-être,

la présence du serrurier ne leur a pas permis de réagir immédiatement.

Je suis remonté sur la route en courant et me suis précipité au volant de ma voiture. J'étais en train d'effectuer un demi-tour pour repartir dans le sens de la pente, quand Florence a couru vers ma voiture. Elle faisait de grands gestes que je ne comprenais pas et cherchait sans doute à me retenir.

C'est la dernière image que je garde d'elle, sa bouche tordue dans son visage défait et sa silhouette pathétique, tandis que j'accélérais pour fuir cette vision de cauchemar.

Je suis las et très contrarié pendant mon retour à Genève et j'ai assisté à mon cours sur les émaux d'art dans un état second.

Mon cours s'est terminé vers 22 h 15 et j'étais chez moi, dans mon petit appartement de Genève, vers 22 h 30. Mes fils, puis mon ex-femme, Nathalie, m'ont longuement téléphoné. Nous avons parlé du vélomoteur de Pascal, mon fils cadet, de nouveau en panne. Nathalie m'a demandé des nouvelles de mon dos dont je souffre presque jour et nuit. Enfin, à 23 heures, je me suis couché.

Il était à peine plus de minuit quand le téléphone m'a sorti de mon premier sommeil. C'était Marcelle, une ancienne de l'Ordre comme moi avec qui j'avais gardé de solides relations amicales. Elle était dans tous ses états.

– Thierry, c'est affreux! Notre fille, qui habite le Canada, vient de nous appeler : la maison de Luc Jouret est en flammes... Les pompiers ont déjà découvert deux cadavres. Ils annoncent à la radio que c'est un incendie criminel.

J'étais sous le choc.

– C'est incroyable... J'ai vu Jo et Luc il y a quelques heures seulement...

Le mari de Marcelle a pris l'appareil.

– Tu ne dois plus voir ces gens, Thierry ! Tant pis pour ton argent... Laisse tomber tout ça !

J'ai promis et j'ai raccroché.

J'ai eu de la peine à me rendormir. L'image de ces deux corps carbonisés dans la maison canadienne de Jouret me torturait. Il s'agissait sûrement de membres de l'Ordre et je les connaissais presque tous. Je me demandais qui ça pouvait bien être, mais, à ce moment-là, je n'ai pas fait le rapprochement avec cette effroyable odeur d'essence dans le chalet de Salvan.

À 7 heures du matin, ce mercredi 5 octobre, le téléphone m'a de nouveau jeté au bas du lit. C'était Marthe, la bonne et tendre Marthe qui, des mois durant, m'avait prêté la main dans cette ferme de survie du Vaucluse où j'ai passé l'un des moments les plus durs de ma vie. Elle aussi avait quitté l'Ordre.

Elle hurlait dans le combiné :

– Thierry, as-tu écouté la radio ce matin ?

J'ai cru qu'elle voulait parler des événements canadiens, mais elle m'a coupé :

– Ce n'est pas ça ! Il n'arrête pas d'y avoir des flashes à la radio : les chalets de Salvan brûlent, la ferme de Cheiry également !...

J'ai allumé la radio et l'horreur m'a submergé.

Ils ne parlaient que de ça. C'était une catastrophe nationale. Dans la ferme de Cheiry, les sauveteurs venaient de découvrir vingt-trois cadavres. La plupart avaient été trouvés dans le sanctuaire, que le feu n'avait pas eu le temps de détruire. Les corps étaient disposés en arc de cercle et revêtus de leurs habits de cérémonie, capes dorées pour les hommes, blanches et dorées pour les femmes. À l'exception de deux d'entre eux, tous avaient un sac-poubelle sur la tête, noué autour du cou par le cordon de fermeture. Seuls ceux qui n'avaient pas de sac sur la tête avaient dû mourir par empoisonnement. Les autres avaient le corps criblé de balles. Certains avaient reçu deux balles dans la tête avant d'être coiffés du sac-poubelle, et une troisième balle avait été tirée à travers le sac. Ils devaient encore bouger, les assassins les avaient achevés. D'autres avaient dû violemment se défendre et on les avait frappés au visage avant de les abattre. Ceux-là avaient jusqu'à dix impacts de balles sur le torse, et la figure en sang. On comptait trois adolescents parmi les vingt-trois morts.

À Salvan, des cendres du chalet de Luc Jouret, on allait retirer vingt-cinq cadavres, dont certains complètement calcinés. Mais à Salvan, pas de traces de balles, pas de sacs-poubelle. Les gens, disait-on, avaient dû mourir par empoisonnement ou s'immoler sous anesthésie.

Je suis allé vomir. Cette odeur d'essence m'est revenue et je crois qu'un instant j'ai dû perdre conscience, parce qu'il m'a semblé que le téléphone me tirait de nouveau d'une sorte de coma. C'était Nathalie, mon ex-femme. Sa voix tremblait.

– Téléphone tout de suite à ton avocat, Thierry, c'est épouvantable...

Mon avocat a prévenu le procureur et nous nous sommes rendus au siège de la police genevoise. Les policiers m'ont immédiatement demandé les adresses de toutes les propriétés de l'Ordre du Temple à travers le monde. Je sais que, grâce à ces renseignements, ils ont pu désamorcer un système de mise à feu, relié au téléphone, dans un appartement que possédait l'Ordre à Montreux, sur les bords du Léman. Tout l'immeuble aurait pu s'embraser sur un simple coup de fil. Une propriété dans le Midi, le Clos de la Renaissance, était également piégée.

C'est durant cette première journée, dans les locaux de la police, que j'ai appris les noms des gens massacrés à Cheiry. Je connaissais particulièrement bien les deux qui ne portaient pas de sac-poubelle. L'une était Évelyne Chartier. Cette femme, qui venait de mourir à soixante-dix-huit ans, m'avait reçu quinze ans plus tôt pour m'initier au « rêve éveillé ». C'est elle qui m'avait présenté à Joseph Di Mambro. L'autre était Roland Boileau, le dernier mécène de l'Ordre, l'ami intime de Luc Jouret.

Parmi les victimes figuraient deux piliers de l'Ordre, Laurence Meunier, l'amie, presque la sœur d'Évelyne Chartier. Professeur de yoga, de nombreux futurs adeptes étaient passés chez elle avant d'être envoyés faire du rêve éveillé chez Évelyne Chartier. L'autre était René Moulin, tendre vieillard de soixante-douze ans, premier mécène en date de l'Ordre et propriétaire à ce titre de la ferme de Cheiry.

Nous avons dû attendre quelques jours pour connaître les noms des victimes de Salvan, méconnaissables pour la plupart. Nous ne savions pas si Luc Jouret figurait parmi elles. Comme les policiers craignaient pour ma vie, j'ai dû rester quelques jours caché dans un couvent. Je n'ai appris que plus tard que Luc et Jo étaient bien morts. Jo avait entraîné avec lui ses trois femmes : Jocelyne, son épouse légitime, Élisabeth Auneau et cette Florence Redureau qui avait tenté de me retenir quelques heures avant le drame. La fille de Jo, Anne, dite Nanou, était également morte dans sa douzième année.

Dix années durant, nous avions considéré que Nanou était un « enfant cosmique », un enfant d'essence divine. Je m'étais beaucoup occupé d'elle et je me suis effondré en apprenant sa mort. Les restes de deux autres enfants âgés de quatre et seize ans ont été retrouvés dans les décombres. Marielle Chiron, la femme que m'avait imposée Jo après m'avoir séparé de Nathalie, était morte également.

J'étais évidemment en état de choc, incapable de dormir et sans cesse au bord des larmes. Mais le coup le plus violent m'a été porté quand j'ai appris les noms des victimes du Canada et la façon dont elles avaient été massacrées. On avait découvert trois autres corps dans la cave de Luc Jouret, à Morin Heights, dans les Laurentides. Ils s'appelaient Sylvie et Jacques Boivin, ils avaient trente et trente-cinq ans et étaient parents d'un petit Fabien. Ils s'étaient connus et mariés dans l'Ordre. Je les aimais comme ma propre famille. Quinze ans durant, je les avais côtoyés, elle et lui, à la fondation de Genève, puis dans les maisons du midi de la France. Pour venir à bout de Jacques, très musclé, ses assassins lui ont d'abord brisé les jambes à coups de batte de base-ball. Puis ils l'ont poignardé de cinquante coups de couteau, portés dans le dos et dans le ventre. Ensuite, ils se sont attaqués à l'enfant à qui ils ont fiché dans le cœur une sorte de coupe-papier en bois. Sylvie aurait assisté à la mort de son fils. C'est pourquoi elle ne se serait pas débattue quand ils l'ont frappée à son tour. Elle ne s'est pas défendue, les policiers me l'ont dit. Ils lui ont découpé les seins, parce que, avec ces seins, elle avait nourri cet enfant que Jo avait reconnu comme l'Antéchrist quelques semaines plus tôt.

Les deux autres corps découverts dans cette maison étaient ceux de Claude et de François Galard, le premier couple créé au sein de l'Ordre du Temple, à Genève, à la fin des années 70. Claude et François se seraient immolés volontairement et auraient participé au massacre des Boivin.

Quelques heures avant l'embrasement de la maison de Luc au Canada, Jo avait appelé Claude et François Galard depuis Genève. La police canadienne, qui à cette époque avait mis sur écoute toutes les lignes de l'Ordre, avait intercepté cette conversation : « Nous arrivons à la fin de notre cycle, leur disait Jo, préparez-vous à quitter cette terre, le transit est pour cette nuit. »

Depuis des années, Jo nous préparait à ce fameux départ, à ce « transit » paisible et naturel qui nous assurerait la paix éternelle.

Dans le « testament de l'Ordre du Temple », reçu par de

nombreux journaux le surlendemain du massacre, Jo revenait longuement sur ses prophéties :

Nous quittons cette terre, écrivait-il, pour retrouver, en toute lucidité et en toute liberté, une Dimension de Vérité et d'Absolu, loin des hypocrisies et de l'oppression de ce monde, afin de réaliser le germe de notre future génération. Ainsi les prophéties s'accomplissent selon les Écritures et nous n'en sommes que les humbles et nobles Serviteurs. Appartenant depuis toujours au Règne de l'Esprit, nous incarnant sans rompre le lien subtil qui unit la créature au Créateur, nous rejoignons notre demeure.

Toutes les preuves nous furent données durant notre incarnation pour authentifier la véracité de notre démarche. Certains penseront à un suicide ou à une lâcheté face aux difficultés, d'autres à une dépression devant les épreuves dont chacun fut accablé, ILS SE TROMPENT.

Nous laissons la preuve que notre transit aura été vécu dans la Joie et la Plénitude, qu'il s'est effectué dans la discrétion, la connaissance vécue d'une science exacte et en accord avec les règles naturelles de la Matière et de l'Esprit qui sont « UNES » en vérité.

Cinquante-trois êtres humains sont morts dans les tout premiers jours d'octobre 1994, dont sept enfants. Morts « dans la Joie et la Plénitude », écrit Jo. Les corps suppliciés des Boivin, les visages ensanglantés des gens de Cheiry, la centaine de douilles retrouvées sur place, démentent de façon insoutenable ces déclarations insensées.

Membres de l'Ordre du Temple solaire fondé par Jo Di Mambro, nous vivions dans le culte des Templiers, ces chevaliers du Christ dont beaucoup avaient préféré le bûcher au reniement de leur foi, dans les toutes premières années du XIVe siècle. Nous vénérions particulièrement la mémoire des cinquante-quatre templiers de Saint-Antoine, brûlés vifs le 12 mai 1310.

*LE 54e*

Le 4 octobre 1994, cinquante-trois membres de l'Ordre du Temple solaire sont morts, assassinés pour la plupart, dans une atroce parodie de ce sacrifice historique. Dans la folie de leur esprit malade, Jo Di Mambro et Luc Jouret voulaient qu'ils soient cinquante-quatre.

Le cinquante-quatrième, c'était moi.

2

Mon histoire vous paraîtra extravagante. Elle est pourtant celle d'un homme simple et très ordinaire.

Je m'appelle Thierry Huguenin. Je suis né en Suisse, il y a quarante-cinq ans.

Mon grand-père s'appelait Maurice. Je crois qu'il a démarré, au début des années 20, comme n'importe quel petit pâtissier. À cette époque, il ne se prenait pas encore pour un notable, et c'est pourquoi il avait épousé une fille de son milieu, une fille de la campagne, ma grand-mère Fifine. À force de travail, ils avaient pu acquérir, dans les années 30, une chocolaterie. L'affaire était bonne, la neutralité de la Suisse facilita son développement. Toujours est-il qu'après la guerre la petite société genevoise découvrit « Monsieur Huguenin », au volant d'un coupé Mercedes de belle allure.

Fortune faite, on le vit moins à l'usine où on le craignait, tandis qu'on aimait Fifine qui n'avait rien changé à ses habitudes d'avant-guerre. Autour de Noël et de Pâques, c'est elle qui nouait les rubans d'or sur les boîtes écarlates; on la disait très artiste. On l'aimait et on la plaignait, car elle avait conservé ses fichus de paysanne cependant que mon grand-père fréquentait désormais les grands cafés du Léman, dont le Café de Paris. Il couvrait ses maîtresses de perles fines, ça se savait, les bijoutiers le disaient. Un jour, même, il avait oublié de préciser au commerçant le nom et l'adresse de la destinataire, si bien que le bracelet fut livré à Fifine, qui n'en crut pas ses yeux.

Mon père, Marc, est né en 1927. Comme la maison d'habitation était au-dessus de l'usine, il vint très tôt aider ses parents. Mais mon père n'aimait pas le chocolat. Quand il avait une minute, il s'asseyait à côté de sa mère et il dessinait. Il avait un coup de crayon extraordinaire, ma grand-mère me l'a souvent dit. À dix-huit ans, et pour la première fois, il osa confier à son père ce qu'il souhaitait faire : monter à Paris et devenir décorateur d'intérieur.

– Ce n'est pas un métier et j'ai besoin de toi à l'usine, trancha mon grand-père.

Fifine se tut. La scène ne dura pas plus de quelques secondes mais, trente ans plus tard, mon père la racontait avec la même tristesse, ou la même amertume. Le père et le fils n'avaient pas grand-chose en commun, si ce n'est les joues creuses, le nez long, un physique d'ascète qui plaisait aux femmes. Ils ne partageaient que l'amour du football, ce sport sans lequel mon père n'aurait sans doute jamais rencontré ma mère.

Mon grand-père avait été trésorier du Football-Club Servette de Genève. Il occupait ce poste quand mon autre grand-père, Efisio Sassetti, était entraîneur de l'équipe réserve du club. Les deux hommes n'étaient pas très amis; Maurice Huguenin était trop affairiste, trop orgueilleux pour séduire un Efisio Sassetti, artisan honnête et travailleur, aux goûts simples (il présidait par ailleurs le club de pétanque). Ils n'étaient pas amis, mais ils s'estimaient mutuellement, pour leur réussite. Également parti de rien – il était originaire d'une famille nombreuse et pauvre du Piémont –, Efisio avait monté à Genève l'un des plus gros cabinets de prothèses dentaires. Lui aussi avait embauché sa femme à ses côtés, mais Esther Sassetti ne ressemblait en rien à mon autre grand-mère Fifine. Elle n'avait surtout pas sa soumission, ou sa résignation. Chez les Sassetti, c'est Esther qui tenait les rênes, tandis qu'Efisio filait doux. Esther était issue d'une famille plus cultivée que celle de son mari, une mère venue d'Espagne, un père d'origine bulgare, c'est pourquoi elle se piquait d'avoir beaucoup lu et d'aimer le théâtre. Esther avait très tôt transmis à ses deux filles, ma mère Gisèle et sa sœur Louise, son amour des livres et du théâtre en particulier.

Ma mère était très belle. Quand je regarde ses photos de jeunesse, ses photos de mariage en particulier, je suis troublé par sa beauté. Elle aussi, comme mon père, aurait follement aimé partir pour Paris. La chance de sa vie s'est présentée un soir, sous les traits de Pierre Fresnay. L'acteur se donnait au Grand Théâtre de Genève. Aussitôt après la représentation, elle avait couru à sa loge. Il l'avait reçue. Elle s'était confiée. Elle voulait, elle aussi, monter sur les planches, c'était un rêve, une passion. Elle lui avait donné la réplique, il avait souri. À la fin, brusquement sérieux, il avait dit :

– Je vous propose un essai à Paris, si vos parents y consentent.

Esther avait refusé, Efisio s'était tu. On n'avait plus jamais reparlé de Pierre Fresnay.

Je ne sais pas lequel de mes grands-pères, Maurice ou Efisio, a proposé le premier de présenter Marc à Gisèle, ou Gisèle à Marc. Mais je sais que les deux familles ont tout de suite trouvé judicieux d'associer leurs réussites.

Mes parents se sont mariés en 1949 ; ma mère avait vingt ans, mon père vingt et un. Je crois que tout de suite ils se sont plu physiquement ; et ils ont pu croire que c'était assez pour démarrer ensemble. Car ils n'avaient que peu de goûts communs. Ma mère était une jeune fille cultivée, capable de réciter de mémoire Ronsard, Molière, Racine, Giraudoux. Mon père avait peu lu ; il y avait peu de livres chez mes grands-parents Huguenin. Il avait renoncé à ses ambitions de décorateur, à ses rêves d'artiste, et s'était résigné à occuper la place que lui avait réservée son père à la chocolaterie. Il ne touchait même pas les fruits de son sacrifice : mon grand-père lui versait un salaire de misère, et je devine à son regard sur les vieilles photos de famille à quel point il devait se sentir humilié, loin de lui-même, mal dans sa peau. Sans doute ma mère, qui a l'enthousiasme des Latins, n'a-t-elle rien pu faire pour l'aider, le rassurer, durant les premiers mois de leur mariage. Dans un premier temps, ils avaient dû prendre un appartement modeste, assez loin de l'usine. C'est dans cet appartement que je suis né, ou plus exactement dans la clinique toute proche, une nuit de mars 1950.

Très vite après ma naissance, mes parents ont emménagé dans un bel appartement, rue du Léman, au-dessus du lac. Je me souviens d'un grand couloir sombre, d'une pièce en rotonde qui devait être le salon, et de ma chambre bien sûr. J'aimais beaucoup ma chambre. Mes parents l'avaient décorée avec des dessins de mon père, des dessins qu'il avait fait spécialement pour moi, Pinocchio, des scènes de Walt Disney...

J'avais deux ans quand ma petite sœur Véronique est née. Elle n'a vécu que quelques heures. Elle est morte... J'allais écrire : elle est morte dans cet appartement de la rue du Léman. Mais non, elle a dû mourir à la clinique. Ce sont seulement les larmes de mes parents, leur chagrin, qui sont entrés rue du Léman. Mon père garde ses peines pour lui, il ne m'a jamais vraiment parlé de Véronique. Mais ma mère ne s'est pas remise de sa mort, et, bien que je n'en conserve aucun souvenir, j'ai dû certainement la voir et l'entendre sangloter.

Dans cet appartement, je me souviens de mes peurs. Elles venaient à cette heure où la nuit tombe, à cette heure où le jour s'éteint lentement sans qu'on y prenne garde. Ma mère devait allumer tard, par souci d'économie peut-être. Alors j'avais le sentiment d'une présence, le sentiment que quelqu'un nous épiait, tapi quelque part entre nos meubles, entre nos murs. Je ressentais cela surtout dans la pièce en rotonde. L'ombre et le silence me serraient le cœur. C'était si intense qu'il m'est arrivé d'appeler : « Il y a quelqu'un ? » ou « Maman, tu es là ? » Après cela, je m'enfuyais, le souffle court, le dos parcouru de frissons. Je courais jusqu'à ma chambre par le long couloir.

Ma mère se rappelle qu'à cette époque j'ai essayé de lui dire des choses étranges, des choses qu'elle ne comprenait pas. Je lui disais que mon corps était ici mais que mon esprit était au ciel. Je lui disais cela avec mes mots d'enfant. Si je me remémore ces souvenirs très lointains et confus, il me revient, en effet, de cette époque, déjà, le sentiment d'être double : ici et ailleurs. Ainsi coupé en deux, j'avais l'impression, si jeune déjà, de n'être pas à ma place, de n'être à ma place nulle part. J'avais presque cinq ans, mon petit frère Philippe venait de naître.

Et Philippe, à son tour, a failli mourir. En somme, j'étais le seul à bien me porter. Je revois ma mère assise à son chevet et pleurant doucement. Je la revois qui fume, le front contre la vitre et ses mains qui tremblent. Elle s'était mise à fumer; à fumer énormément. Elle disait que les cigarettes l'aidaient à veiller. J'entends encore les prières de sa mère, ma grand-mère Esther. « J'use mes genoux tellement que je prie Dieu », disait-elle. Ils étaient catholiques du côté de ma mère, protestants du côté de mon père.

Philippe a survécu. Il avait un an et moi cinq lorsque mon grand-père Maurice a vendu la chocolaterie. Nestlé allait étouffer tous les petits industriels, mon grand-père l'a senti et il a liquidé avant qu'il ne soit trop tard. Avec l'argent, il a racheté un salon de thé en plein centre-ville, et un restaurant sur l'une des deux plus grandes plages de Genève. Toujours à la demande de mon grand-père, mon père a fait une formation accélérée de cafetier; il était entendu qu'il dirigerait les deux établissements.

Très vite, notre vie a changé. Mon père travaillait beaucoup plus qu'à la chocolaterie, mais il se mit aussi à gagner beaucoup plus d'argent. Ma mère tenait la caisse du salon de thé l'hiver, celle du restaurant à la belle saison. Mon père entreprit à cette époque de faire de moi un champion de ski nautique. Quand je déroule le fil de notre histoire commune, il me semble que le ski nautique est un des seuls domaines où mon père manifesta de l'intérêt à mon égard. On me mit donc à cinq ans sur les planches. Ma mère tremblait, mon père me suivait à la jumelle depuis son restaurant. Je devais réussir pour lui plaire ; je m'appliquai. En dix années d'application pourtant – le ski nautique cessa brusquement l'année où mes parents se séparèrent –, je n'ai pas le sentiment d'avoir vécu un quelconque instant de complicité avec mon père.

Mon unique souvenir d'une aventure commune avec lui, d'une aventure entre hommes je veux dire, remonte aux vacances de Noël de mes six ans. Des vacances en Haute-Savoie. Nous étions partis skier pour la journée, lui et moi, ma mère gardait Philippe au chalet. Je me souviens qu'à un moment nous nous sommes retrouvés seuls à l'orée d'une forêt de sapins. Le ciel s'était couvert brusquement et mon père ne retrouvait plus la piste. Il ne l'avait pas avoué. Je l'avais seulement pressenti. « Maintenant, m'avait-il dit, tu ne me quittes plus des yeux. » Nous avions dû descendre au hasard dans la neige poudreuse, mais bientôt la visibilité fut nulle et nous nous étions retrouvés prisonniers d'un halo sombre et cotonneux. La nuit venait, je ne sentais plus ni mes pieds ni mes mains. J'ai dû me mettre à pleurer parce que je me souviens que mon père est venu s'agenouiller près de moi et qu'il m'a murmuré quelque chose de chaud à l'oreille. Je ne me souviens plus des mots, seulement du souffle. Après cela, il a retiré ses gros gants et me les a enfilés par-dessus les miens. Il faisait nuit à présent. Il m'a calé entre ses skis et nous sommes repartis. J'ai dû somnoler, je ne me rappelle plus le reste. Quand nous sommes arrivés au chalet, ma mère pleurait. Elle s'est précipitée sur moi, et mon père nous a laissés. Comme s'il n'y avait plus de place pour lui auprès de moi dès lors qu'elle y était. Il est parti dans son coin, elle ne s'est guère préoccupée de lui. Beaucoup plus tard, j'ai appris qu'il avait eu les mains partiellement gelées cette nuit-là. À cause de moi, parce qu'il m'avait prêté ses gants.

Il me semble que l'idée de faire construire une maison à Veyrier, dans cette campagne qui allait bientôt devenir le « village résidentiel » des riches Genevois, cette idée est apparue peu après ces vacances mémorables. Mes parents ont d'abord acheté le terrain, un ancien verger, où nous allions pique-niquer certains dimanches. Mes premiers bons souvenirs avec mon frère Philippe remontent à cette période; j'avais sept ou huit ans, il en avait trois ou quatre, et nous jouions à cache-cache entre les arbres fruitiers. Je me souviens des plans qu'élaboraient nos parents pour notre maison future, je les revois côte à côte ces dimanches après-midi, mais aujourd'hui j'en prends conscience : jamais je ne les ai vus s'étreindre, s'embrasser, rire ensemble du bonheur d'être là, comme j'ai vu depuis d'autres parents rire et s'embrasser dans des situations semblables. C'est que nos parents ne songeaient pas à cette maison comme au point d'orgue de notre bonheur familial; ils y voyaient plutôt un symbole extérieur de réussite et un bon placement pour les années futures. « Vous faites bien, des murs c'est un bon placement », acquiesçaient mes deux grands-pères, Efisio le prothésiste dentaire et Maurice, l'ancien chocolatier. « Et puis Veyrier sera le chic du chic », souriait ma grand-mère Esther. Ma grand-mère Fifine, elle, se fichait bien de toutes ces considérations, elle nous voyait heureux tous les quatre ensemble et cela suffisait à son bonheur.

Bientôt le chantier a démarré. Nous aurions une maison genevoise typique : deux étages sous un toit pentu, de solides volets en bois, des fenêtres à petits carreaux. On nous demanda même notre avis pour la décoration de nos chambres. Je me rappelle très bien la mienne : les murs étaient tapissés d'un papier bleu pâle constellé d'avions. Je me rappelle nos trois chambres : la mienne, celle de mon frère et, entre les deux, celle des parents, la plus grande. J'ai des souvenirs d'un grand lit, mais je n'ai pas de souvenir d'eux dans le même lit. Je n'ai pas le souvenir, durant ces années qu'on imaginait heureuses, qu'on imagine heureuses aujourd'hui encore, d'avoir pu me blottir entre eux deux, certains matins tranquilles, comme j'en avais envie.

J'ai compris dans cette maison, parce que j'avais atteint l'âge de voir et de comprendre, à quel point l'amour de notre mère pour nous, ses fils, était possessif, envahissant. Sans doute avait-elle l'excuse d'avoir perdu Véronique et d'avoir failli perdre Philippe. Sans doute recherchait-elle auprès de nous ce qu'elle n'avait pas trouvé auprès de son mari. Mais cette angoisse de nous perdre s'est traduite dans la vie quotidienne par une vigilance constante de sa part, une sorte d'état d'alerte permanent qui faisait que, où que nous soyons, elle nous cherchait et nous rappelait. Notre maison avait été construite en bordure d'un chemin sur lequel il ne passait guère plus de deux voitures par jour. Notre école était en lisière du même chemin, trois cents mètres plus loin ; depuis le portail du jardin elle aurait pu nous suivre des yeux. Eh bien, malgré cela, elle avait peur que j'aille en bicyclette jusqu'à l'école, comme tous mes camarades. Elle nous attendait à la sortie. Elle veillait sur nous comme si les plus grands dangers nous menaçaient.

Nous ne pouvions pratiquement rien faire par nous-mêmes, tout était dangereux. Partir en vélo sur le chemin, grimper aux arbres du jardin, tirer à l'arc, chevaucher le portail, partout nous risquions d'être tués. En somme, nous étions faibles, infiniment faibles, et donc incapables de braver le monde. Des années plus tard, je sais bien ce que je croirai trouver en adhérant à l'Ordre du Temple : la force de braver le chaos de ce monde, de faire face à ses dangers et même de les dominer. Mais dans ces années-là, dans ces années de préadolescence, c'est dans la Bible que je puisais la force de vaincre un jour les puissances occultes du mal. J'étais tombé par hasard sur la Bible de mariage de mes parents. Et très tôt, à dix ans, à onze ans, j'avais été littéralement fasciné par la force surnaturelle des héros de l'Ancien et du Nouveau Testament. Ils haranguaient les foules, ils les appelaient à partir sans crainte pour le désert, ils retenaient de leurs bras dressés les déluges de feu et d'eau qui menaçaient de s'abattre sur elles, ils les nourrissaient de pains miraculeux, ils partageaient la mer, ils domptaient les montagnes... Je me revois lisant la Bible, dans ma chambre tendue de ce bleu céleste, recroquevillé sur mon lit. J'en étais si imprégné, à force, qu'il me venait parfois des bouffées d'espoir, des bouffées délirantes : je serai celui qui s'adresserait aux foules, un jour je serai l'élu du ciel, choisi pour conduire et protéger les brebis apeurées.

J'en étais là quand ma grand-mère Fifine tomba gravement malade. Fifine, la tendre Fifine, chez qui j'avais vécu les seuls vrais moments d'aventure de mon enfance. Non pas au cinéma ou à la plage, mais dans le grenier de sa vieille et vaste maison. Fifine, dans les bras de laquelle je me blottissais, qui m'offrait un amour sans carcan, si respectueux de mes désirs d'enfant. Fifine avait un cancer. On allait tenter l'opération, mais les chirurgiens n'y croyaient pas. Fifine était perdue. Le jour de l'intervention, je me suis enfermé dans ma chambre. J'ai demandé à ce qu'on ne me dérange sous aucun prétexte. J'avais onze ans. J'ai lu la Bible et j'ai prié. Quatre heures durant, j'ai lu la Bible et j'ai prié. Agenouillé aux pieds de mon lit. « Seigneur, sauvez ma grand-mère, ne permettez pas qu'elle meure. Pas tout de suite, nous avons tant besoin d'elle encore. Seigneur... » Ma grand-mère n'est pas morte. Elle a vécu vingt-cinq années encore. Et pour la première fois de ma vie, j'ai éprouvé ce sentiment d'avoir contribué à la guérison de quelqu'un. Pour la première fois de ma vie.

Les années se succédèrent sans heurts dans la belle maison de Veyrier. Mon père avait voulu un gazon anglais, mais très vite il ne trouva plus le temps nécessaire pour l'entretenir. Ma mère embaucha un jardinier. Bientôt on hérita d'un chien perdu que Philippe et moi aimâmes comme un frère. Nous le baptisâmes « Boum ». Nous jouions tous les trois dans le jardin. Notre père était de moins en moins présent ; il avait, disait-il, un travail fou.

Ainsi s'écoulaient les années de mon enfance.

3

Mes parents ont vendu la maison en 1964 et nous sommes allés habiter de nouveau en plein Genève dans un appartement luxueux, chemin Rieu. Quitter la maison de Veyrier, ses arbres fruitiers, mon école, a été un déchirement. Je l'écris parce que j'en ai le souvenir, mais tant de souffrances ont suivi, depuis, que ce déchirement-là me paraît bien modeste aujourd'hui.

Je rentre un soir de ma nouvelle école, c'est le début du printemps. J'ai quatorze ans cette année-là. D'habitude, maman guette le bruit de la porte et je l'entends depuis le salon :

– C'est toi, Thierry ?

Ce jour-là, elle ne m'attend pas. L'appartement est silencieux. J'ouvre la double porte du salon, elle n'y est pas. Alors, j'entre dans la cuisine. Elle est accoudée à l'autre extrémité de la table ; elle sanglote. Je ne l'ai jamais vue dans cet état, le visage boursouflé, les cheveux collés sur le front. Elle émet un gémissement continu comme quelqu'un qui s'abandonne, qui ne contrôle plus sa souffrance.

Je m'approche doucement, je demande :

– Maman, qu'est-ce qui est arrivé ?

Elle me prend la main, elle la garde dans la sienne. Je

sens ses larmes sur ma peau, et ses lèvres aussi. Alors, elle se calme un peu.

– Ton père est parti, dit-elle.

De nouveau, elle sanglote. Je ne comprends pas bien ce qu'elle veut dire. Mon cœur cogne, maman n'a pas lâché ma main. Des mots incohérents me viennent, des désirs également ; j'ai soudain envie de foncer dans la penderie vérifier si les costumes de papa sont toujours là.

– Parti pour où, maman ? je demande.

– Chez une femme, murmure-t-elle.

– Ça veut dire qu'il ne vivra plus jamais avec nous ?

Elle ne répond pas, elle pleure doucement maintenant.

– Maman, est-ce que ça veut dire qu'il ne vivra plus à la maison ?

– Je ne sais pas... Je ne sais pas...

Je lui enlève ma main. Je file dans leur chambre : il n'a pas pris tous ses costumes, des tiroirs béants sont encore pleins de ses affaires, pleins de son odeur.

Plus tard, je me revois dans ma chambre. Je suis recroquevillé sur mon lit. Je ne me sens plus la force de retourner consoler maman. Je suis incapable de me mettre au travail, incapable même d'ouvrir mon cartable. Je ne pleure pas, j'ai les yeux secs, je grelotte.

Ils avaient dû vendre la maison en prévision de cette séparation ; je devine cela trente ans plus tard. Mon père le savait, il devait être tout à fait décidé à partir au fond de lui-même. Mais ma mère devait espérer secrètement. Espérer qu'il n'oserait pas nous quitter tous les trois, ou qu'il reviendrait très vite. C'est elle qui avait choisi cet appartement moderne, superbe, du chemin Rieu. Lui n'avait pas discuté. « Mon cadeau d'adieu », devait-il penser. Il espérait certainement qu'elle ne le retiendrait pas, qu'elle lui rendrait sa liberté. Notre cauchemar a commencé là, chemin Rieu.

Elle entre dans ma chambre en pleine nuit, elle allume, elle crie :

– Thierry! Thierry! Réveille-toi vite, je t'en supplie...

Quand j'entrouvre les yeux, je ne la reconnais pas. Elle s'est énormément maquillée pour cacher ses larmes ; ses paupières sont noires, ses lèvres rouges et gonflées. Je me dresse comme un ressort ; un moment, je n'entends plus que mon cœur.

– Maman ! Il est arrivé un malheur ?...

– Oui, oui, lève-toi vite, habille-toi, nous devons partir.

Elle quitte la pièce, elle ne me dit rien d'autre. Je me rue sur mes vêtements, tout mon corps tremble. Il est une heure moins dix du matin. Quand je suis habillé, je cours jusqu'au salon. Elles sont là toutes les deux, debout, ma mère et une femme que je ne connais pas. Elles fument.

– Thierry, dit maman, nous savons où vivent ton père et sa maîtresse.

Elle dit cela sur un ton de revanche, de victoire, qui ne colle pas du tout avec sa mine. Je la regarde longtemps sans comprendre ; je n'ai jamais entendu, dans ce contexte-là, ce mot de maîtresse, ce mot d'écolier.

– Avec sa maîtresse ?... je répète doucement.

– Oui, ton père et cette femme. Coiffe-toi, nous partons.

Bientôt, nous roulons dans Genève endormi. Maman conduit vite, l'autre femme lui indique le chemin. Elles fument, elles sont nerveuses, elles font tomber leurs cendres sur leurs manteaux de printemps.

Enfin, maman se gare au seuil d'un immeuble bourgeois.

– Allons-y, souffle-t-elle.

Elle pousse la lourde porte et nous grimpons jusqu'au troisième par l'escalier. Les marches sont recouvertes d'un tapis rouge à ramages vert sombre. Nous progressons en file indienne, le long du mur pour ne pas faire craquer le vieux plancher. Je ferme la marche.

Parvenues à quelques pas du troisième palier, elles se rencognent dans une niche et me font signe de passer devant. Maman me tient par le poignet, elle sort de sa poche un rouleau de sparadrap et en coupe un morceau.

– Prends-le, me chuchote-t-elle. Tu vas aller doucement jusqu'au bouton de sonnette et le coller dessus, de telle façon que la sonnerie reste bloquée. Ils se croient tranquille, on va les faire sortir...

Je ne me rebiffe pas, j'obéis. Mon angoisse est telle que je n'entends même pas battre les portes du vieil ascenseur, trois étages en dessous. Ni les portes, ni le bourdonnement sourd du moteur. Je suis appliqué à coller le sparadrap quand les portes de l'ascenseur s'ouvrent brutalement derrière moi : mon père et son amie surgissent. Je les croyais dedans et ils me surprennent par derrière. Je crois que vais me mettre à hurler, mais aucun son ne sort de moi. Aucun. Je me retrouve face à eux, adossé à leur porte d'entrée, la bouche grande ouverte comme un poisson mort. Je suis mort, je voudrais mourir.

– Eh bien, qu'est-ce que tu fais là ? gronde mon père.

D'un geste sec, il retire le sparadrap. À ce moment-là seulement, il voit ma mère et son amie. Il n'y a pas de mots pour raconter cette horreur. Pas de mots. Voilà tout ce qu'il reste de mes parents, de notre famille, de notre vie. Je ferme les yeux, je laisse glisser mon corps le long de la porte. Plus tard, ma mère me tire par le bras et nous rentrons chez nous. C'est fini, mon père et sa maîtresse viennent de nous claquer leur porte à la figure.

Mon corps s'est couvert de furoncles dans les jours qui ont suivi. J'ai manqué l'école une semaine.

À présent, ma mère n'est plus jamais comme avant. Pour Philippe, qui n'a pas neuf ans, elle tente de l'être. Elle lui cache ses larmes, elle le protège. Pour moi, c'est le contraire. Elle ne me cache rien des agissements de mon père dont elle attend inlassablement le retour. Elle trouve toujours des mots nouveaux pour me dire son malheur, sa détresse, son humiliation. « Tu te rends compte, Thierry... » comme si elle craignait que je m'habitue, que je devienne aveugle et sourd à son immense chagrin. Je dois partager son malheur, je dois à tout prix demeurer à ses côtés dans ce naufrage.

C'est pourquoi sans doute, des mois durant, elle m'associe à cette traque désespérée.

Un matin, elle me conduit devant la devanture d'un salon de coiffure.

– Tu vois cette femme, Thierry ?

– Laquelle, maman, il n'y a que des femmes, dans ce salon ?

– La blonde, celle dont on coupe les cheveux.

– Oui, maman.

– Eh bien, tu vas entrer et la gifler, elle saura pourquoi.

– Mais je ne peux pas, maman.

– Tu dois le faire, Thierry. Cette femme est une putain, elle nous a volé ton père.

– Je ne peux pas, maman.

– Thierry, sans cette femme, ton père serait encore là. Nous serions heureux. Comme avant. Tu n'as pas le droit de renoncer, Thierry. Veux-tu m'aider, oui ou non ?

– Maman, je t'en supplie.

– Pour moi, Thierry. Pour nous tous.

Je pousse la porte. Je n'entends ni ne vois rien. Rien d'autre que le visage de cette femme que je ne connais pas. Je la gifle. Je la gifle sans croiser son regard, presque machinalement, et je suis dehors avant que les coiffeuses aient réalisé ce qui se passait. Nous courons jusqu'à la voiture. Maman rit, de ce drôle de rire heurté qu'elle n'avait pas du temps de papa.

– Bravo ! Thierry, dit-elle. Elle ne l'a pas volé.

Une autre fois, nous entrons dans un immeuble luxueux d'un quartier résidentiel. Nous sommes accompagnés par un huissier. Maman sonne chez la concierge.

– Donnez-moi les clés de M. Huguenin, dit-elle, je suis sa femme.

– Vous n'êtes pas Mme Huguenin, dit la concierge. Je connais bien cette dame et...

– Je suis Mme Huguenin, reprend maman, d'ailleurs voici mon passeport...

Comme l'huissier, à son tour, montre sa carte, la concierge s'exécute et nous montons tous les trois chez mon père.

Maman ouvre la porte, ses mains tremblent. Aussitôt dans l'appartement, elle nous conduit dans la chambre à coucher. Elle me tient par le bras, elle le serre à me faire mal. Elle défait brutalement le lit, elle découvre le drap du dessous et là, de nouveau, elle a ce rire affreux. Le drap est constellé de taches blanchâtres.

– Regardez, crie-t-elle. Tu constates, Thierry! Tu te rends compte, ton père... Je vous prie de noter, maître.

Je constate, oui, mais je ne sais pas ce que sont ces taches. J'entends ma mère, je la vois exulter puis pleurer, mais je ne sais pas encore ce que sont ces taches. J'ai quatorze ans, je voudrais seulement qu'on s'en aille. Qu'on s'en aille très vite. j'ai peur qu'il nous surprenne autour de son lit et que, cette fois, lui et maman se battent.

Ce harcèlement des premiers mois n'a servi à rien : papa n'est pas revenu. Pas encore. À cette époque, Philippe et moi ne le voyions plus qu'un ou deux dimanches par mois. Il nous prenait le matin et nous raccompagnait le soir. Il ne nous conduisait jamais chez lui. Il nous gardait au restaurant de la plage ou nous promenait dans les rues de Genève. Je crois qu'il aimait bien Philippe, mais qu'il se méfiait de moi. Jamais nous n'avions reparlé de la scène du sparadrap, de la gifle, des multiples fois où il nous avait surpris, maman et moi, en train de guetter sous ses fenêtres. Mais désormais ces scènes épouvantables étaient entre nous, ces scènes horrifiantes, et mon père, lointain déjà, devenait au fil des mois un étranger. Nous ne skiions plus ensemble, ni sur le lac Léman, ni sur les sommets, au-dessus de Genève. Jamais il ne reparlait de la grande maison de Veyrier, du gazon et des arbres fruitiers qu'il avait plantés pour nous. Jamais il ne reparlait du passé, comme si nous n'avions plus rien en commun, comme si nous n'avions plus d'histoire commune. Quand par hasard j'évoquais le chagrin de maman, il laissait tomber deux ou trois mots insupportables. « Ta mère devient folle », ou encore : « Qu'est-ce qu'elle est allée inventer encore ? »

Maman devenait folle, oui, je pouvais le croire. Elle ne s'habillait plus, le matin, après notre petit déjeuner. Nous partions à l'école, Philippe et moi, et je sais que, aussitôt la porte claquée, elle retournait sur son lit et passait la journée à sangloter. Je la retrouvais là, le soir, endormie parfois, en chien de fusil comme une enfant, ou adossée au mur, les pupilles dilatées, son lit défait, couvert de mégots et de cendre.

– Ça ne va pas, maman ? Tu n'es pas sortie ?

Elle gardait un moment cette fixité affolante dans le regard, puis elle tournait son visage vers moi mais ne semblait pas le reconnaître.

– C'est moi, maman. Attends, je vais ouvrir grand la fenêtre.

L'odeur du tabac était épouvantable. J'ouvrais la fenêtre, je lui prenais la main, sa main amaigrie.

– Maman !

– Ah, c'est toi, mon chéri... Pardonne-moi, j'étais ailleurs.

– Veux-tu du thé ? Je vais te préparer du thé.

– Oh, Thierry, non ! Je ne pourrais rien avaler.

– Il faut que tu manges.

– Je n'en ai plus la force, mon chéri, plus la force.

– Bon, ça ne fait rien, repose-toi. Je vais faire goûter Philippe, et puis, si tu veux, après, il viendra t'embrasser.

– Oui, qu'il vienne. Laisse-moi maintenant.

Je ne travaillais plus à l'école, j'en étais devenu incapable. Maman ne mangeait plus, elle maigrissait, elle allait mourir. Mon père n'était plus là pour la retenir et, en son absence, qui d'autre que moi aurait pu veiller sur elle, l'empêcher de s'en aller, l'empêcher de mourir ? Quelle importance avait encore l'école comparée à ce souci, à cette mission que Philippe était trop jeune pour partager avec moi ? Tout ce que racontaient les professeurs me semblait dérisoire, je regardais ma montre, j'imaginais maman sur son lit, ses yeux pleins de fièvre, et alors je comptais les minutes, jusqu'à la sonnerie de quatre heures et demie.

Le soir, je lui préparais son verre d'eau, ses somnifères. J'avais couché Philippe, je pouvais maintenant lui donner tout mon temps. Je lui prenais la main, elle me souriait parfois du fond d'un demi-sommeil. Nous ne parlions plus, ou si peu.

– Crois-tu que ton père...

– Je ne sais pas, maman, repose-toi.

– Sans toi, mon chéri, je crois que je n'aurais plus la force.

– Tais-toi, maman. Tu sais comme Philippe et moi t'aimons.

Je la regardais s'endormir, et puis j'allais me coucher.

Une nuit, je suis réveillé en sursaut. Il m'a semblé entendre le bruit mat d'une chute, la chute d'un objet, ou plutôt d'un corps. Mon cœur bat très vite, je suis affolé. Je cours jusqu'à la chambre de Philippe, il n'a pas bougé de son lit, il dort. Alors j'entrouvre la porte de maman et là, dans l'obscurité, oh non je ne veux pas y croire, j'ai envie de hurler, maman est là, le corps en travers de la descente de lit, la tête rejetée en arrière, le cou tendu comme une agonisante. Je crois que très vite j'ai dû allumer. Je me revois, agenouillé près d'elle. Je lui prends la tête, elle est livide, elle n'a plus de regard, ses yeux sont morts, son corps est mou... Je crie et je pleure en même temps :

– Maman ! Maman ! Oh non !...

Alors seulement je vois qu'elle a vidé le flacon de somnifères. Je bondis vers la fenêtre, je l'ouvre, je veux appeler au secours tous les gens de la rue, mais la rue est vide au milieu de la nuit. Je cours vers le palier, je sonne chez nos voisins. Bientôt une voix demande à travers la porte :

– Qu'est-ce que c'est ?

Je crie :

– Maman va mourir, ouvrez vite!

Le monsieur nous connaît. Vite, il m'accompagne auprès de maman. Nous appelons ensemble les secours. À un moment je ne sais pas ce qui me prend, je lui agrippe la main comme si j'allais me noyer, et lui me saisit par les épaules.

– Ça va aller, Thierry, ça va aller, ne t'affole pas.

Enfin, quand le médecin arrive, il fait très vite les gestes qu'il faut. Il fait vomir maman, il la force à respirer, et bientôt elle gémit, elle entrouvre les yeux. Nous la recouchons ensemble, et je la borde.

– Vous êtes seul, votre père n'est pas là ? demande le médecin.

– Il est en voyage.

– Alors, il faut le rappeler. Votre mère ne doit pas rester seule pendant quelques jours. Elle vient de faire une tentative de suicide, qu'est-ce qui ne va pas en ce moment ?

– Je ne sais pas, docteur, maman est fragile. Maman a toujours été fragile...

– Bon, je compte sur vous pour rappeler votre père.

Je ne suis pas allé à l'école ce matin-là. J'ai téléphoné à papa, à son restaurant du bord du lac.

– Ah, ça commence! a-t-il dit. Je m'y attendais.

– Est-ce que tu vas venir, papa ?

– Toujours son chantage, a-t-il murmuré.

J'ai repris la main de maman et j'ai attendu mon père. Il n'est pas venu. Quand maman a été en état de parler, elle a demandé doucement :

– Tu es là, Thierry ? Mais quelle heure est-il ? Qu'est-ce qu'il m'est arrivé ?

– Tu as voulu mourir, maman, ai-je dit. Tu as pris tous tes somnifères...

Et là, je me suis mis à sangloter. Ma mère m'a caressé la main. Elle a attendu que je me calme.

– Tu as prévenu ton père ? a-t-elle enfin demandé.

– Oui, maman.

– Et qu'est-ce qu'il t'a dit ?

– Il était bouleversé.

Elle a eu une sorte de soupir, et ses yeux se sont fermés lentement.

Mon père n'est pas venu. Le soir, comme maman ne voulait pas rester seule, je me suis glissé dans son lit. J'avais pris soin de retirer tous les médicaments de sa table de nuit. « Si elle se lève, je l'entendrai », me suis-je dit. Je n'ai pas pu dormir, j'écoutais sa respiration, je guettais ses mouvements, je craignais sans cesse qu'il nous arrive un nouveau malheur.

Peut-être un mois plus tard, elle a recommencé. Je ne sais pas quel bruit ou quelle intuition m'a réveillé, au milieu de la nuit. J'ai couru jusqu'à sa chambre. Seule sa tête pendait hors du lit, elle n'était pas tombée mais elle semblait morte. De nouveau, j'ai réveillé notre voisin. J'ai pleuré et j'ai grelotté pendant toute l'intervention du médecin. Ce n'était pas le même que la première fois, celui-ci n'était pas bavard, il avait l'air exténué et indifférent à ce qu'il faisait. Quand ma mère a repris conscience, il a seulement dit :

– Tout va bien maintenant. Je vous la laisse.

Mais moi, je n'en pouvais plus. Cela faisait des semaines, des mois que je portais maman et cette dernière tentative de suicide venait de provoquer une sorte de crise de nerfs.

À l'aube, je m'étais mis de nouveau à trembler violemment, mon corps avait été pris de convulsions, et j'avais vomi dans mon lit en sanglotant comme un enfant.

J'ai rappelé mon père. Cette fois, je l'ai supplié de revenir.

– Maman a recommencé, papa, ai-je dit. Je t'en supplie, reviens, elle a failli mourir, tu n'as pas le droit...

Et comme je me suis remis à pleurer, comme je ne contrôlais plus mes sanglots, comme je n'étais même plus capable de lui répondre, mon père a cédé. Il a dû comprendre, là, qu'il ne pouvait plus nous laisser seuls. Que nous étions réellement en grand danger.

– Je serai là ce soir, a-t-il murmuré.

Le soir, je les ai laissés seuls. Ils se sont enfermés dans leur chambre, et pour la première fois depuis des mois je me suis senti heureux dans la mienne, heureux et à ma place d'enfant. J'allais avoir quinze ans.

Et puis cette chose insoutenable est arrivée le lendemain. Je revois maman entrer dans ma chambre, ce qu'il restait de maman : une petite chose grise, amaigrie, aux yeux immenses, au teint de craie, je la revois me disant :

– Vite, Thierry, habille-toi, nous partons au cimetière.

Qu'allions-nous faire au cimetière ? Je n'en avais aucune idée, mais j'ai obéi. J'étais devenu incapable de discuter rationnellement, de raisonner comme n'importe quel autre adolescent. J'étais trop épuisé, psychologiquement détruit.

Nous sommes partis tous les trois pour le cimetière, sans Philippe. Nous nous sommes retrouvés sur la tombe de ma petite sœur Véronique. Je ne sais pas qui avait eu cette idée, ma mère sans doute. Elle a prié Véronique, elle l'a appelée, et bientôt j'ai vu mon père s'effondrer véritablement en sanglots. Je ne l'avais jamais vu dans cet état, lui si peu expansif ; j'ai eu le désir de le prendre par le cou mais je n'ai pas osé. Nous pleurions tous les trois, sous une pluie fine. Nous étions des naufragés accrochés à la pierre tombale de cette enfant.

Mon père s'est réinstallé dans notre bel appartement du chemin Rieu. Deux tentatives de suicide et le souvenir de Véronique, ses prières pour nous réunir peut-être, avaient en somme permis à maman de récupérer papa. Mon père est rentré tôt le soir, durant quelques jours. Maman a quitté son lit, elle a repris l'habitude de s'habiller et nous avons de nouveau pris nos repas tous ensemble. Mais papa et maman ne s'adressaient pas la parole ; on aurait dit qu'ils évitaient même de se regarder. Un dimanche, je ne sais plus pour quel prétexte, ils ont recommencé à se disputer. Brusquement, mon père a saisi la carafe d'eau à pleines mains et l'a lancée sur ma mère. Elle est allée s'écraser contre une desserte. Maman a hurlé. Mon père a lancé sa chaise en arrière et a quitté l'appartement. Il n'est rentré que très tard ce soir-là.

Les semaines suivantes, il n'est plus rentré dormir certaines nuits ou à l'aube seulement. Alors, maman se levait toutes les heures, elle allait le guetter depuis le balcon, et puis elle arpentait le salon, si bien qu'à mon tour je me levais. Nous l'attendions ensemble. « Il n'a pas le droit... Il n'a pas le droit », répétait-elle. Je l'accompagnais sur le balcon, je lui proposais du thé qu'elle refusait. À la fin, je la mettais au lit et je lui tenais la main, en attendant. Quand nous entendions le bruit de sa clé dans la serrure, au petit jour déjà, je courais m'enfermer dans ma chambre. Je ne voulais pas être là au moment terrible, au moment où elle le regarderait entrer, où il lui tournerait le dos en jurant, en l'injuriant. « C'est trop facile, disait-elle, il nous fait passer une nuit blanche et il rentre se coucher à l'heure qu'il veut. »

Il n'a pas tenu plus de quelques semaines à ce régime. Il n'est plus rentré du tout, il est reparti chez ces femmes que nous avions longtemps traquées, ces femmes que nous haïssions. Alors maman a recommencé. Son râle la nuit. Les secours qui arrivent, d'abord le médecin, puis l'ambulance, l'ambulance que je renvoie finalement, parce que chaque fois maman reprend conscience très vite. Elle devait savamment doser son poison pour être certaine de ne pas y rester. Aujourd'hui, je lui ai pardonné : c'était sa façon d'exprimer sa souffrance, d'appeler au secours.

Sa mère, ma grand-mère Esther, avait été bien silencieuse au début du drame de mes parents. Sans doute espérait-elle qu'ils se retrouveraient et cela d'autant mieux que la famille demeurait discrète. Quand mon père est reparti, ma grand-mère à dû cesser d'y croire parce que, du jour au lendemain, elle est venue plus souvent chemin Rieu. Elle a dû mesurer à quel point maman n'en pouvait plus, à quel point nous n'en pouvions plus, elle et moi. D'une certaine façon, c'est également à mon secours qu'elle est venue.

Elle arrivait pour le déjeuner et passait là tout l'après-midi, jusqu'à la tombée du jour. Souvent ma tante, la sœur cadette de maman qui devait mourir d'un cancer quelques années plus tard, l'accompagnait. Elles arrivaient les bras chargés de fleurs, elles couvraient ma mère de cadeaux, elles lui offraient la dernière mode de Paris, des chemisiers, des jupes, parfois même elles parvenaient à l'entraîner dans un salon de thé du centre-ville. Ma mère n'allait pas vraiment mieux au fond d'elle-même, simplement elle confiait à d'autres sa détresse, et j'en ressentais un peu moins le poids.

Mais désormais j'étais l'homme de la maison, le seul homme – Philippe était encore trop enfant pour me seconder. Le seul homme parmi trois femmes. Souvent, le soir, rentrant de l'école, je les trouvais en plein essayage. Ma mère ou sa sœur s'étaient offert un pantalon, un chapeau et c'est à moi qu'elles demandaient un avis. Elles riaient d'un rire léger de coquettes, et moi d'un seul coup j'étais gêné d'être là. Ma mère, de plus en plus, m'associait à ses toilettes. Elle tournait sur elle-même et je devais dire si je la trouvais belle, « toujours belle ». (« Est-ce que tu me trouves “ toujours belle ” Thierry ? ») Si elle n'avait pas trop de ventre ici, si la jupe ne découvrait pas trop le genou, si l'échancrure du chemisier... Ou bien, elle approchait son visage tout près du mien, comme une femme amoureuse, et je devais juger de la perfection du rouge sur sa bouche, du bleu léger sur ses paupières, du fond de teint, de la poudre de riz...

J'aurais voulu enfiler une salopette et plonger les mains dans un moteur, j'aurais voulu sentir la main forte d'un homme sur mes épaules, le suivre dans des expéditions folles, braver des dangers, donner toutes les forces de mon corps et l'entendre me féliciter, au retour, comme mon père autrefois me félicitait après un championnat de ski nautique. J'aurais voulu respirer l'air d'un homme, et au lieu de ça cette situation faisait de moi une poule souffreteuse aux mains délicates. J'étouffais dans ce milieu de femmes, dans ce rôle de petit maître. J'étais cela le jour et, la nuit, j'étais celui qu'elle appelait du fond de ses sanglots.

– Mais tu pleures, maman...

– Oh, Thierry, appelle ton père, je n'en peux plus.

– Je ne peux pas, maman, tu sais bien que je ne peux pas.

– Je t'en supplie...

– Non, maman. Papa est parti, il ne reviendra plus.

– Alors, ne me laisse pas seule.

Je me couchais près d'elle. Elle allait vouloir mourir sinon.

– Endors-toi, maman, je suis là.

Elle me prenait la main, elle s'endormait. Moi, je ne dormais pas. Elle avait fait de moi cette chose devenue docile à force d'angoisses, cette chose qui ne savait plus dire non.

Partout je guettais la silhouette d'un homme, d'un père. Je ne voyais plus le mien, ou si peu. Mon grand-père paternel, l'ancien chocolatier, était certes fier d'avoir deux petits-fils, deux garçons qui porteraient son nom, mais nous ne l'intéressions pas plus que son propre fils. Quant à mon autre grand-père, Efisio, le prothésiste dentaire, il ne pouvait être ni un modèle ni un recours. Efisio n'était pas mieux loti que moi : il vivait sous l'autorité de sa femme, ma grand-mère Esther, n'osait pas la contrarier et lui savait gré de lui accorder deux soirées par semaine pour ses tournées de pétanque. C'était tout. Efisio, lui aussi, avait abdiqué.

La Bible seule m'apportait l'espoir. Ici, les hommes continuaient à braver les éléments, à dialoguer avec le ciel, à montrer le chemin aux femmes et aux enfants apeurés. Les hommes n'avaient pas déserté la Bible. Pour cela, malgré tous mes malheurs, ou grâce à eux peut-être, j'étais resté un élève assidu au cours de catéchisme de la paroisse. L'église était à deux pas du chemin Rieu. Notre pasteur, Pierre Favre-Bulle, me saluait toujours d'une poignée de main forte et pleine de chaleur. « Bonjour Thierry, bienvenue ! » lançait-il, et aussitôt je me sentais ressusciter, comme si cet homme m'avait distingué des autres adolescents, comme s'il attachait à ma présence une importance particulière. Un jour, je m'étais confié à lui et, par la suite, il s'était invité à la maison. Je le revois dans un fauteuil du salon, s'entretenant avec ma mère. Ma fierté ! Il était venu pour moi, il était venu parce que je l'intéressais ! Ainsi je valais qu'on s'intéressât à moi, qu'un homme de cette qualité, de cette grandeur d'âme s'intéressât à moi. J'ai pu croire à partir de ce jour que tout n'était pas désespéré. J'avais une adolescence singulière, effrayante, mais qui me disait que ce n'était pas là justement un signe du ciel pour tester ma force, mon courage, ma détermination ? « Le Seigneur ne fait rien au hasard », disait Pierre Favre-Bulle. Qui savait si cette adolescence ne resterait pas comme l'épreuve initiatique d'un destin hors du commun ? Je lisais la Bible comme on dévore une histoire de l'aviation quand on veut devenir pilote de chasse ou comme on lit la vie de Van Gogh quand on se sent une vocation d'artiste. J'étais peut-être appelé à devenir un homme de la trempe de ceux de l'Ancien Testament. N'avais-je pas guéri ma grand-mère Fifine, quatre ans plus tôt ? Je gardais comme un brûlant secret le souvenir de ce premier miracle.

Puis j'ai fait ce rêve, dont j'ai noté chaque détail le matin même. Je l'ai fait à cette époque où je buvais les paroles du pasteur Favre-Bulle, et j'ai cru sincèrement qu'il s'agissait d'un rêve prémonitoire. Nous étions en 1997, une voix me le disait. J'étais là, quelque part dans les limbes, et de cet emplacement je pouvais voir la terre tout entière. Or, elle était bombardée par des milliers de météorites, des fragments incandescents qui allaient la détruire. Alors, la voix me dit : « Thierry, tu es le seul à pouvoir interrompre ce déluge de feu sur notre planète. Grimpe sur la montagne la plus haute, lève les bras vers les cieux et la paix succédera au cauchemar. » J'ai escaladé cette montagne, je ne sais pas comment, je ne sais pas où, mais je me vois encore l'escaladant. Parvenu au sommet, la terre m'est apparue encore plus petite et menacée. J'ai levé les bras et il s'est passé une chose incroyable : comme un paratonnerre, mon corps a dévié sur lui cette pluie destructrice et l'a absorbée.

Quelques semaines plus tard, une voix s'est clairement adressée à moi. Je vais le raconter ici pour la première fois, je ne l'ai jamais confié à personne, ni même à ma mère, ni même au père Favre-Bulle. J'étais seul dans ma chambre ; je m'y étais réfugié après une nuit épouvantable auprès de maman. J'avais envie de mourir, j'étais découragé. Soudain, j'ai senti une présence, une présence féminine, et cette voix légèrement cristalline m'est parvenue. « Thierry, m'a-t-elle dit, ta souffrance a un sens, elle témoigne de l'attention que tu portes aux autres. Ne reste pas recroquevillé sur toi-même, va vers ton prochain. » J'étais stupéfait. Je me souviens avoir dit tout haut : « Mais... Mais qui me parle ? », avoir tourné la tête en tous sens, à la recherche de cette voix. Mais c'était fini, la pièce était de nouveau vide et silencieuse.

Quels que soient le sens et l'explication que chacun donnera de cette scène, je sais que cette apparition a eu sur moi un effet considérable et que ma vie a changé à dater de cette nuit-là.

4

Si la Suisse est célèbre pour abriter la Croix-Rouge internationale, c'est un pays où la charité et l'aide humanitaire se pratiquent sous les formes les plus diverses.

J'ai seize ans quand j'entre dans le local de Frères des Hommes à Genève. Je me vois poussant cette porte pour la première fois, et pourtant je suis incapable de dire qui m'y a encouragé, qui m'a soufflé cette idée. je me suis accroché à cette porte comme un naufragé à une bouée. Je l'ai poussée, et là encore le ciel, ou le hasard, a bien fait les choses : il a voulu que le président soit là, ce jour-là justement. Frank Roulet m'a regardé entrer et je crois qu'au premier coup d'œil il a dû comprendre. Il m'a fait asseoir et, pour la première fois, devant cet homme que je ne connaissais pas mais dont le visage m'a tout de suite inspiré confiance, j'ai raconté toute ma vie, toute l'horreur qu'était devenue ma vie depuis la séparation de mes parents. Je n'ai rien caché, et à la fin j'ai dit : « Je ne veux pas que toute cette souffrance soit vaine, je veux l'offrir à ceux qui n'ont rien, tous ceux qui souffrent beaucoup plus que moi... »

– C'est exactement ce que nous faisons, m'a interrompu doucement Franck Roulet. Nous offrons aux autres l'expérience de notre propre souffrance et nous les aidons, de toutes nos forces, par tous nos moyens.

Je venais de rencontrer l'homme que je cherchais depuis des années, peut-être le père que je n'avais pas eu. Pour gagner son estime, pour mon propre salut aussi, bien sûr, j'allais m'engager à corps perdu dans l'aide aux plus démunis, ceux de Genève et du tiers-monde.

L'année scolaire s'achevait. Une année catastrophique : je n'étais pas admis dans la classe supérieure. Je venais d'avoir seize ans et on me conseillait une profession technique. Or deux métiers seulement me tentaient, deux métiers réclamant des années d'études : pasteur ou médecin. L'un et l'autre correspondaient à ce besoin d'aller vers l'autre, de lui porter secours et amour. On m'inscrivit donc dans un collège privé, le collège du Léman. Je rattraperai mon retard si j'en étais capable.

À vrai dire, je me sentais capable du meilleur, j'avais repris confiance en moi, en mon destin, depuis ma rencontre avec Franck Roulet et mon engagement à Frères des Hommes. Nous préparions « L'Épi de riz », cette journée mondiale de la faim. Depuis des semaines, je passais toutes mes soirées et mes week-ends à plier et cacheter des courriers aux donateurs de l'association, à couper les fameux épis pour qu'ils tiennent dans les boutonnières, à recueillir le matériel des dizaines de stands qu'il nous faudrait intaller dans les rues de Genève. J'étais enthousiasmé par le dynamisme de Franck Roulet, par la générosité et la bonne humeur des militants, mes nouveaux compagnons. À présent, je m'en voulais de n'être pas allé plus tôt à leur rencontre, et je me demandais comment j'avais pu supporter si longtemps cette existence étriquée, repliée sur elle-même.

Au collège du Léman, j'ai connu Béatrice. Je n'avais encore jamais touché une fille, sa bouche, ses seins. Mes parents ne m'avaient jamais rien dit de la sexualité, et j'avais découvert à quoi ressemblait un sexe de femme en lisant

Play-Boy. J'avais compris ce qu'il se passait entre un homme et une femme lorsqu'ils étaient nus dans le même lit. J'avais compris, mais je ne savais pas qu'un vrai baiser s'échangeait avec la langue. C'est Béatrice qui me l'a appris.

Un jour, ma mère m'a demandé de l'accompagner chez une de ses amies. Il y avait à ce thé une jeune femme que nous ne connaissions pas. La maîtresse de maison nous la présenta : elle s'appelait Marie-Laure, elle était blonde, avec une sorte d'étonnement amusé dans le regard. À plusieurs reprises, au cours de l'après-midi, nous échangeâmes un sourire si bien qu'une complicité s'établit entre nous, au détriment des trois autres participantes, plus âgées.

Je la revis seul, un jour, à la sortie du bureau où elle était secrétaire. Je la raccompagnai à pied jusqu'au bas de chez elle, et j'appris ainsi qu'elle était en instance de divorce. Elle avait vingt-sept ans, j'en avais un peu plus de seize. À plusieurs reprises, je revins la chercher, après sa journée de travail. Elle avait l'air chaque fois contente de me trouver là, sur le trottoir. Nous nous embrassions sur la joue et nous ne nous touchions plus jusque chez elle.

Un soir, elle m'offrit de monter. Elle habitait un studio, son lit était défait. Nous bûmes du thé. J'étais trop intimidé pour parler, trop occupé à lui cacher mes mains qui tremblaient. Elle aussi semblait intimidée. Elle se levait sans arrêt, pour fermer un placard, remettre de l'eau à chauffer, entrouvrir la fenêtre.

– Bon, il faut que j'y aille, ai-je dit à la fin. Merci beaucoup, c'était délicieux.

– Alors, vous reviendrez, Thierry!

Je m'étais levé, j'étais près de la porte déjà. Elle s'est approchée pour m'embrasser et involontairement, du moins je le crois, le coin de sa bouche a effeuré mes lèvres. J'ai dû rougir. Elle a ouvert la porte et je me suis jeté dans la cage d'escalier.

Quelques jours plus tard, nous avons fait l'amour. Pour

moi, c'était la première fois. Et pour la première fois, je venais de donner du plaisir à une femme, un plaisir indicible certainement, puisqu'elle avait crié. Elle m'a dit :

– Tu n'es pas comme les autres hommes, Thierry. Tu ne te jettes pas sur les femmes.

– Les autres hommes se jettent sur les femmes ?

– Oui, ils n'attendent que ce moment et cela se lit dans leurs yeux. Toi, tu me parles, tu es plein d'attentions...

Quand je suis rentré, au petit matin, la police était alertée. Maman avait appelé Franck Roulet, le commissariat de police et, finalement, l'hôpital.

– Thierry ! D'où viens-tu ? Enfin d'où viens-tu ?

Folle d'inquiétude, elle hurlait et, tout en criant, les larmes revenaient.

J'ai tenu bon. Pour la première fois de ma vie, je lui ai résisté.

– Ça ne te regarde pas, ai-je dit. Pardonne-moi de t'avoir fait faire tant de souci, mais ça ne te regarde pas.

Je l'aurais giflée qu'elle n'aurait pas été plus surprise, plus stupéfaite.

– Enfin, Thierry, tu deviens fou ! D'où viens-tu ? Dis-le-moi immédiatement.

– Non, maman, ça ne regarde que moi.

Mes mains portaient encore l'odeur du corps de Marie-Laure. J'étais un homme désormais. Sous la torture, je n'aurais pas avoué, je me sentais fort comme jamais.

Je suis retourné chez Marie-Laure. Elle aussi devait se cacher pour me rencontrer, du fait que son divorce n'était pas encore prononcé. Je devais emprunter les sous-sols pour rejoindre son studio et m'assurer, à la sortie, que personne ne me guettait. J'avais le sentiment de vivre une aventure extraordinaire. Ma mère ne prévenait plus la police, elle se doutait et brûlait de savoir avec qui. Son inquiétude, ou plutôt sa colère, elle la manifestait désormais en m'attendant ostensiblement, en laissant allumées au milieu de la nuit toutes les lumières de l'appartement. Mais elle ne savait jamais exactement d'où je venais, car parallèlement je me donnais sans compter à Frères des Hommes.

Nous préparions à l'époque une exposition sur le tiers-monde, et Franck Roulet m'avait demandé d'en être l'un des animateurs. J'avais eu l'idé de construire un octogone représentant huit pays. Une entreprise nous avait prêté gratuitement des tubes d'échafaudage et nous avions entrepris de monter nous-mêmes cet octogone. Ç'avait été d'une complexité incroyable, nous y avions passé des soirées et des week-ends. Comme j'étais un bon orateur, un « orateur passionné », disait Franck Roulet, on m'avait également sollicité pour animer certains débats après la projection de films sur les réalisations de Frères des Hommes dans les pays déshérités.

De ce point de vue, Marie-Laure et maman étaient logées à la même enseigne : l'une et l'autre m'attendaient en vain des soirées entières, car il était clair, dans mon esprit, que ma mission à l'égard des plus pauvres l'emportait largement sur mon bonheur égoïste, sur ma vie privée.

Le jour de notre grande exposition sur le tiers-monde arriva. Maman promit d'y venir avec Philippe. C'était mon jour de gloire, cela représentait des mois de préparation. Jamais je ne m'étais autant donné pour autrui et, voyant cela, Franck Roulet avait fait de moi, à cette occasion, l'un de ses proches. Nous nous étions fixé pour objectif la construction de deux écoles en Haute-Volta. Nous avions donc collecté dans toute la ville des objets à vendre, auxquels nous avions ajouté les petits articles d'artisanat local que nous avaient expédiés nos missions sur place. Je devais prendre la parole en public plusieurs fois « pour faire avancer les consciences », disait Franck Roulet. Ce fut une journée merveilleuse où se réalisa cette communion des cœurs que nous espérions. Jamais nous n'avions croisé dans le regard des autres, gens de la rue, visiteurs de hasard, un tel désir d'offrande, de partage. Jamais nous ne nous étions sentis à ce point les maillons fédérateurs d'une véritable chaîne de solidarité. Le soir venu, nous avions tout vendu et des gens étaient encore là, prêts à acheter, nous suppliant presque de les laisser nous aider. Oui, mais nous n'avions plus rien à leur donner en échange. Alors me vint cette idée de courir chez moi, de ramasser tous mes objets personnels et de les mettre en vente pour la mission. J'étais enthousiasmé car seul le Seigneur pouvait être à l'origine d'une telle pensée.

– Faites patienter les gens, soufflai-je à mes camarades, je sais où trouver de quoi nous réapprovisionner une dernière fois.

Je revins avec deux valises pleines de bibelots et d'objets plus ou moins précieux. J'avais vidé mes étagères, donné tout ce qui m'était le plus cher.

Entre-temps, l'année scolaire s'était achevée, l'autre était engagée. Mes résultats ne s'étaient guère améliorés, mais j'évitais de trop penser à mon avenir. Sans me l'avouer vraiment, j'avais abandonné l'ambition d'être médecin. Je rêvais secrètement encore de devenir pasteur. Tout m'y portait, et d'abord mon attirance têtue pour la Bible, les messages christiques, les voix mystérieuses du ciel. Je savais que nous n'étions pas là par hasard, mais pour accomplir une mission. Toute la question pour moi était, déjà, d'atteindre à cette profondeur dans la foi qui permet d'appréhender le sens de sa mission. Or, quel plus beau métier que celui de pasteur me permettrait d'être à l'écoute de ma foi, tout en aidant les autres à ne pas rater leur engagement de chrétien ?

Je rêvais d'être pasteur et, en attendant, je menais cette vie compliquée entre Frères des Hommes et Marie-Laure, quand maman découvrit tout. Elle m'apostropha un soir, au retour, je me souviens, d'une projection-débat sur les bidonvilles de Bombay :

– Marie-Laure! Une fille de dix ans plus âgée que toi... Enfin, Thierry, tu as perdu la tête!

– Quoi, Marie-Laure ?...

– Oh, ne fais pas l'ignorant, je t'en supplie!

Et alors, elle brandit une lettre de Marie-Laure. J'étais sidéré. Je savais que maman interceptait certaines de mes lettres, mais jusqu'ici je n'en avais jamais reçu de très personnelles. Elles provenaient de mes grands-parents, de mes tantes, de la paroisse ou de Frères des Hommes. Des mois durant, j'avais espéré secrètement recevoir un jour de Marie-Laure une vraie lettre d'amour. Elle était là, dans les mains de ma mère. Elle l'avait lue avant moi. Elle avait tout gâché.

– Tu n'avais pas le droit, maman, dis-je. Donne-moi cette lettre.

Je la lui arrachai et je filai dans ma chambre. Marie-Laure m'écrivait qu'elle ne voulait plus m'attendre en vain des soirées entières, qu'elle respectait mon travail à Frères des Hommes mais que je devais comprendre, etc.

Le week-end suivant, nous partîmes en voyage, Marie-Laure et moi. C'était la première fois que nous nous offrions le luxe de quitter Genève, d'aller dormir à l'hôtel. Malgré nos dix années d'écart, Marie-Laure m'avait toujours témoigné le même respect qu'à un homme mûr. C'est elle qui payait tout, mais elle s'arrangeait pour que ça ne se voie pas. Ce week-end fut merveilleux, nous avions une grande attirance l'un pour l'autre, et pour la première fois, au retour, je me surpris à envisager de quitter la maison pour partir vivre avec Marie-Laure.

J'avais prévenu maman avant de m'en aller pour ces deux jours, mais je n'avais pas attendu son avis. Je la retrouvai blême et grelottante, assise dans le salon auprès d'une lampe, le regard perdu.

– À ton tour tu t'en vas, murmura-t-elle. Comme ton père...

– Mais maman, je ne pensais pas que ça te mettrait dans cet état.

– Après tout ce qu'il m'a fait, comment oses-tu ? Thierry, réponds-moi, comment oses-tu ?...

Le soir-même, j'avais oublié mon intention de rejoindre Marie-Laure. Je dînai avec Philippe et maman, puis je la couchai et restai un long moment à son chevet à lui caresser la main pour qu'elle se calme et s'endorme.

La vie reprit normalement, les semaines suivantes, les mois suivants, et je ne perçus aucun changement à mon égard, tant de maman que chez Marie-Laure. Pourtant, j'appris beaucoup plus tard que maman était entrée en contact avec Marie-Laure. Elles s'étaient vues secrètement à plusieurs reprises, et maman était parvenue à retourner Marie-Laure, à la persuader de ma jeunesse, de ma faiblesse ; bref, à la convaincre que notre relation n'avait aucun avenir.

Quand le printemps arriva, je ne me doutais en rien de cette machination et j'avais d'autres soucis : avec la fin prochaine de l'année scolaire, la question de mon avenir, mon avenir professionnel, allait être de nouveau posée. Mes résultats ne me permettaient plus d'espérer un jour entrer dans la prêtrise. Mais une autre profession me tentait à présent : celle de bijoutier-joaillier. J'avais hérité de mon père de réels talents de dessinateur, et j'avais pu éprouver, à Frères des Hommes, mes capacités de bricoleur, d'inventeur. Je le dis à ma mère, et tout de suite ce fut l'effroi.

– Oh ! là, là, Thierry ! s'exclama-t-elle, mais c'est un métier où l'on ne gagne rien. Si tu savais, les bijoutiers...

– Je me fiche de l'argent, maman, j'ai renoncé à la médecine, à l'Église, à ce besoin que j'ai d'aller constamment vers les autres. Laisse-moi choisir maintenant le métier qui me tente.

– Tu n'es qu'un enfant, Thierry. Fais-moi au moins le plaisir d'en parler à tes grands-parents et à ton père.

Elle songeait à ses parents, bien sûr, Efisio, le prothésiste dentaire, et ma grand-mère Esther qui n'avait pas cessé de travailler avec lui. D'ailleurs, depuis le divorce, je ne voyais plus que rarement mes grands-parents paternels.

Bientôt, je les ai eus tous les quatre en face de moi : Esther et Efisio, ma mère et sa sœur Louise. Ils avaient vu la similitude qui peut exister entre le métier de bijoutier-joaillier et celui de prothésiste dentaire, et ils entreprirent de me convaincre d'abandonner le premier au profit du second.

– Je te formerai, je t'ouvrirai toutes les portes, c'est la voix royale, me dit mon grand-père.

Les trois femmes abondaient dans ce sens. Je n'étais pas artiste, et même si je l'étais est-ce que je savais dans quelle misère vivent la plupart des artistes ?

– Tu n'as que dix-huit ans, qu'est-ce que tu connais de la vie ? soupirait maman.

– Nous avons commencé pauvres, et regarde aujourd'hui, plaidait ma grand-mère Esther : partout nous sommes respectés et nous n'avons pas un franc de dette.

Des années plus tard seulement, je me suis souvenu que cette même Esther et son Efisio avaient fait capoter la vocation de leur fille, ma mère, pour le théâtre. De la même façon, mes autres grands-parents avaient étouffé dans l'œuf la vocation de décorateur de mon père. Ma mère n'avait finalement rien fait de son talent, et jamais mon père ne s'était réjoui d'être devenu, par force, restaurateur. Et voilà que ça recommençait avec moi, comme s'ils avaient l'un et l'autre perdu la mémoire.

De guerre lasse, et puisqu'il n'y avait pas d'urgence, je partis pour l'Italie. C'était encore une idée de ma famille : m'envoyer six mois perfectionner mon italien, et surtout réfléchir, chez de lointains cousins, près de Milan. Je garde de ce séjour un souvenir comateux. Rien, dans l'avenir qu'on me promettait, ne me donnait plus envie de vivre.

Tout me donnait envie de fuir Genève. Marie-Laure m'avait quitté, et je n'étais toujours pas résolu à marcher sur les traces de mon grand-père Efisio. Je me réinvestissais donc à corps perdu dans Frères des Hommes. J'en étais là quand l'idée me vint de me mettre totalement et définitivement au service de cette association. Cela me consolerait d'avoir dû abandonner la prêtrise et me permettrait, du même coup, d'échapper à cet avenir qu'on voulait pour moi et qui me faisait horreur.

J'en parlai à Franck Roulet. Deux heures durant nous en discutâmes, puis de nouveau le lendemain soir. Il connaissait tout de ma vocation, mais il chercha tout de même à m'en dissuader. Enfin, il accepta et nous nous embrassâmes. Il devait en parler à la direction parisienne. Si Paris acceptait ma candidature, je serais appelé à aller là-bas quatre mois en stage de formation. Enfin, ce serait le départ pour l'Afrique, ou l'Amérique latine.

Paris accepta et je me retrouvai en plein Quartier latin, rue de Savoie, aux premiers jours de l'automne. J'étais dans ma dix-neuvième année, et pour la première fois j'avais le sentiment d'avoir choisi mon destin. L'idée de passer ma vie future au service des autres me comblait, et ce bonheur, désormais à portée de main, effaçait toutes les blessures de mon adolescence. Je serai missionnaire, missionnaire laïc, oui, mais peu importe, il m'en venait des larmes d'émotion.

Je fus accueilli par des hommes qui partageaient mon idéal, des gens épatants. Certains étaient novices, comme moi, d'autres rentraient d'une mission de trois ans et devaient passer une année en Europe, avant de repartir. Nous vivions tous dans le même bâtiment, un immeuble vétuste, et j'ai découvert à cette occasion à quel point j'aimais la vie en communauté. Elle est le meilleur antidote contre le narcissisme, l'égoïsme, le bonheur étriqué. Nous étions cinq ou six par chambre, sur des lits de fortune. Tour à tour, nous nous occupions du ménage, de la vaisselle, des courses, de la cuisine. Nous étions sans cesse en activité pour la communauté, nous donnions des conférences, nous présentions des films et je crois que nos dirigeants jugeaient durant cette période notre aptitude à servir.

Bientôt on m'indiqua que j'étais pressenti pour l'Amérique latine. On pensait précisément m'envoyer pour trois ans dans l'immense bidonville de Récife au Brésil. Le seul nom de Récife était un sujet de fierté. Nous avions vu un documentaire sur ce bidonville à Genève, un film réalisé par la mission locale, « ma » mission désormais, et la salle, ce soir-là, avait été particulièrement émue. Dès que je l'appris, je filai à la bibliothèque me replonger dans notre dossier Brésil. Le soir-même, j'écrivis la grande nouvelle à Franck Roulet, puis j'enchaînai par une longue lettre à ma mère. Je lui dis que, certes, une page de notre vie allait être tournée, mais que j'emporterai là-bas un peu de cette sensibilité qu'elle avait su me transmettre et sans laquelle je n'aurais peut-être jamais connu le bonheur du partage. Je lui répétai qu'elle avait été une mère exceptionnelle et lui demandai de me pardonner pour Marie-Laure, comme pour toutes les déceptions qu'elle avait ressenties par ma faute.

J'appris par la suite que ma mère était allée confier son désarroi à Franck Roulet. Je n'ai jamais su ce qu'entreprit alors Franck. Il est probable qu'il fit part aux dirigeants parisiens du désespoir de ma famille. Il le fit, sans doute, par souci d'honnêteté. Or Paris ne souhaitait pas qu'on s'engage pour de telles missions contre l'avis de nos proches. Est-ce que je perçus, chez mes responsables de stage, un brusque sentiment de défiance à mon égard ? Toujours est-il que durant le troisième mois je fis une violente crise d'allergie : mon corps se couvrit brusquement de plaques rouges et on dut très vite me conduire aux urgences. Il devenait impossible, si j'étais allergique, de m'envoyer dans un bidonville. Je le compris tout seul, puis on me l'expliqua. C'était une immense déception, le deuil brutal de la seule vie capable de me réconcilier avec moi-même, avec ces années d'adolescence que j'avais prises en horreur.

LE 54e

Un mois avant la date prévue pour mon départ vers le Brésil, on me raccompagna jusqu'au train pour Genève. C'était fini, on ne voulait plus de moi pour les grandes missions. On me renvoyait à mes échecs, à moi-même, dans ma famille qui me réclamait, chemin Rieu. Mon corps était à l'image du reste, de l'âme ou de l'esprit, couvert de plaies purulentes. Je n'étais plus qu'une blessure vivante.

5

Je fais mon apprentissage de prothésiste dentaire chez un certain François Boré. Je trouve l'homme très sévère, il est cassant, bougon, et surtout, à certains moments, grossier. Mon esprit somnole, je perds la mémoire, j'oublie qui je suis. Je suis là pour quatre ans. Quand je lève les yeux de mes outils et que j'imagine ces quatre années, il me vient des images molles de mon corps, des images de chairs blanchâtres qui se déchirent et s'émiettent. Je me rêve en noyé, mon corps se désosse sous la seule pression du courant. Le soir seulement je retrouve une vague envie de vivre. Je suis retourné à Frères des Hommes, nous préparons la quatrième ou la cinquième exposition sur le tiers-monde, je ne sais plus. Les mois passent. Maman est heureuse, je suis là presque tous les soirs et je me couche tôt.

Je cherche malgré tout à mieux comprendre le sens de toutes ces épreuves. À quoi me prépare-t-on là-haut ? Sans cesse je m'interroge. Je sais que ça ne suffit pas, et que je dois également me mettre en situation d'entendre la réponse. D'où viendra-t-elle ? De nouveau, je suis à l'écoute.

Comme mon dos me fait affreusement souffrir, et qu'aucun médecin ne me soulage, je sonne un jour chez un magnétiseur. Lui me soulage et nous parlons de ce don qu'il a reçu. Je lui dis que je crois aux influences surnaturelles, aux messages du ciel, aux signes de l'au-delà, et nous en venons à parler de ce monde spirituel qui me préoccupe tellement depuis mes premières années passées dans la Bible. « Je connais une femme extraordinaire, me dit-il. Elle a des dons de médium. Vous pouvez l'appeler de ma part. »

Un après-midi, je rencontre Valérie Faget et tout de suite les mots de cette femme rencontrent un écho en moi, comme si elle s'adressait à moi dans le langage secret de ma conscience, ou plutôt de mon inconscient. J'ai le sentiment très fort d'avoir enfin découvert une sœur spirituelle. Elle explique mon destin si douloureux, si déroutant, par mon « karma », cette mémoire mystérieuse, dit-elle, que chacun porte en soi, résultante de toutes nos vies antérieures et seule capable de révéler pourquoi nous nous trouvons dans telle ou telle situation à telle étape de notre vie terrestre. Encore faut-il apprendre à remonter le temps, à découvrir d'où nous venons, quels personnages se sont incarnés avant nous dans notre enveloppe corporelle.

Tout ce qu'elle me confie me bouleverse et m'enflamme. J'achète les livres qu'elle me conseille, les classiques de la littérature ésotérique, *Les Grands initiés*, d'Édouard Schuré, *La Vie des maîtres* de Spalding, et beaucoup d'autres.

Deux années durant, nous nous voyons, Valérie et moi. Deux ou trois fois par mois. Nulle part ailleurs je ne partage cette excitation, cette impression d'apprendre à décoder les messages de l'au-delà. Ainsi, comme je le soupçonnais, tout aurait un sens, rien ne serait le fruit du hasard. Je n'en suis qu'à l'apprentissage de l'alphabet, mais un jour je saurai pour qui, pour quoi, j'ai tant souffert et sacrifié ma vie présente. Je suis peut-être appelé à devenir un « initié » et il me semble qu'au fil des mois cette promesse, ce savoir aussi que j'acquiers en lisant, m'inspirent une sorte de compassion pour ceux qui n'ont pas cette chance, ceux qui travaillent et se débattent dans l'obscurité du quotidien.

Un soir où je suis dans un état profond de désespoir, pour

la seconde fois de ma vie, j'entends une voix. Et cette voix me dit : « Thierry, si vraiment tu me ressens, si ma présence est si grande en toi, mets-toi à genoux, où que tu te trouves. » J'étais à ce moment-là dans la rue. Je me suis agenouillé, là, au milieu des passants, et le Christ m'est apparu. Je l'écris comme cela, simplement. Un instant, le visage du Christ m'est apparu. Je demande qu'on me croie.

C'est une époque où je priais énormément. Ma grand-mère Esther, ma grand-mère maternelle, allait mourir. Nous le savions, elle n'en avait plus que pour quelques semaines, quelques jours peut-être. Le lendemain de cette apparition, nous nous trouvions à son chevet, ma mère et moi. Elle agonisait, et j'avais soudain le sentiment qu'elle s'éteignait, là, sous nos yeux.

– Vite, mettons-nous de chaque côté de son lit, ai-je dit, et croisons nos mains au-dessus d'elle.

Ma mère a obéi. Un moment, nous sommes demeurés là, silencieux et recueillis. J'ai appelé le Seigneur de toute mon âme, je me suis adressé à lui comme jamais je n'avais osé le faire, et nous avons vu se détendre les traits du visage de ma grand-mère. Bientôt, elle a ouvert les yeux et nous a souri.

Quelques jours plus tard, j'ai lu dans un quotidien que des villageois espagnols avaient eu une apparition de la Vierge. Sur la photo publiée, on ne voyait qu'une sorte de halo blanc, entre ciel et terre. J'ai découpé cette photo et j'ai filé à l'hôpital. On m'a annoncé que ma grand-mère était entrée dans le coma en milieu de journée. Je lui parlais et elle ne me répondait plus. J'ai déposé la photo sur sa table de chevet et je me suis agenouillé pour prier. Le lendemain, grand-mère s'est éveillée au son de ma voix, et elle a prononcé ces quelques mots, ses dernières paroles : « Thierry, j'ai eu la visite cette nuit d'une dame tout en vison blanc, au pied de mon lit. Je n'ai plus peur, je suis dans la paix totale. »

J'avais dit à l'infirmière : « Je rentre chez moi prendre une douche. Appelez-moi s'il arrive quelque chose, je reviendrai tout de suite. » J'étais sous la douche quand le téléphone a sonné.

« Votre grand-mère vient de mourir. »

Je me revois m'habillant n'importe comment, les cheveux trempés, grelottant. Je cours jusqu'à cet hôpital. Je revois cette scène comme si c'était hier. Je me penche sur ce visage que j'avais tant aimé et là, sur son front, je vois se former une croix. Jamais je ne l'oublierai.

Est-ce une coïncidence si ces quatre années d'apprentissage, ces quatre années de malheur, se sont achevées par l'arrivée de Nathalie dans ma vie ? Comme si je venais d'effectuer là, dans cet étrange climat de deuil et de prières, mes années de purgatoire avant d'entrer dans la vraie vie. Nathalie allait devenir ma femme, la mère de mes deux fils.

Ma mère était enfin guérie de mon père. Si je parle d'elle ici, c'est à dessein : sans maman, je n'aurais jamais connu Nathalie. Pour marquer son indépendance, elle s'était fait embaucher comme secrétaire chez un grand avocat de Genève. Un soir, j'entre dans son bureau et je vois à côté d'elle une très jeune femme blonde, menue, aux yeux clairs. Ma mère nous présente, nos regards se croisent. J'ai su tout de suite que cette rencontre allait marquer un tournant dans ma vie. Jamais aucune silhouette, aucun visage de femme ne m'avait autant troublé. Dans la rue, j'ai interrogé ma mère. Je voulais surtout savoir si elle était libre, ni mariée, ni fiancée. Elle avait un gros chagrin sur le cœur, un amour déçu, c'est à peu près tout ce que ma mère savait d'elle. Cela m'a encouragé. Deux jours plus tard, je l'ai invitée et elle a accepté. Nous sommes allés dîner à bord d'un bateau à quai, sur le Léman. Je lui ai tout dit de ma vie, là, dès la première rencontre, je ne lui ai rien caché de mes échecs, et je me souviens avoir ressenti intérieurement, tout en parlant, le sentiment de ma propre mise à mort. Comment pourrait-elle tomber amoureuse, pensais-je, d'un type qui avait tout raté à ce point, jusqu'à accepter d'apprendre un métier qu'il n'apprécie pas ? Mais je ne voulais pas nourrir de faux espoirs ; si après ce déluge de deuils et de renoncements elle acceptait de me revoir, ça serait que ma franchise au moins l'avait séduite.

Je l'ai ramenée chez elle et, le lendemain, c'est elle qui m'a appelé. Je l'avais émue. Elle n'avait jamais vraiment connu un homme aussi peu imbu de lui-même, aussi soucieux de vérité. Elle partageait même mon inquiétude existentielle, mes recherches spirituelles, pourtant à peine évoquées la veille.

Nous nous revîmes et, très vite, nous ne pûmes plus nous passer l'un de l'autre. Par la suite, j'ai compris aux confidences de Nathalie que ma mère avait discrètement pesé sur elle pour que notre union se fasse. Elle avait reconnu en Nathalie quelqu'un de fort, de gai et, dans le même temps, à présent qu'elle-même allait mieux, elle avait pris conscience de mon insondable mélancolie. J'avais vingt-trois ans, et je portais la tristesse sur le visage – mes photos d'époque en témoignent – tandis qu'avec seulement deux années de moins Nathalie était la vie même. Maman a dû craindre qu'aucune femme ne veuille plus de moi et elle avait confié à Nathalie qu'elle se sentait en partie responsable de ma tristesse, de mes échecs. Peut-être s'est-elle même dit, à moitié consciemment : si je parviens à intéresser Nathalie à Thierry, j'aurai réparé un peu du mal que je lui ai fait sans le vouloir. Peut-être. En tout cas, dès les premiers jours, elle a couvert Nathalie d'attention, de cadeaux : une robe, un pull, des places de théâtre...

Très vite, nous avons décidé de vivre ensemble. Nathalie habitait alors un petit studio et rien ni personne ne s'opposait à ce que je la rejoigne. Depuis trois mois, ma mère partageait enfin la vie d'un autre homme que mon père, un veuf, père de deux jeunes enfants. Depuis trois mois, nous avions donc quitté l'appartement du chemin Rieu pour nous installer tous les trois, maman, Philippe et moi dans la luxueuse villa de cet homme. D'une certaine façon, maman avait donc quitté le navire, notre funèbre navire, avant moi, après m'avoir tant supplié de ne pas l'abandonner, de ne pas m'en aller. Elle avait donné le signe du départ, de la résurrection, et maintenant qu'elle habitait chez cet homme, qu'elle était heureuse je pouvais partir tranquille et rassuré. Les parents de Nathalie étaient, eux, trop respectueux de leur fille pour dire quoi que ce soit. Ils ne ressemblaient en rien à mes parents. Ils étaient vraiment dans la vie et satisfaits d'y tenir une place. Lui était ingénieur dans un centre de recherche; elle était secrétaire d'un physicien au même endroit.

Notre vie commune s'annonçait donc sous les meilleurs auspices. Nathalie partageait avec ma mère ce travail de secrétaire chez cet avocat genevois, et moi j'avais trouvé une place, ma première place de prothésiste dentaire, dans un cabinet réputé de la ville. Nous aurions pu vivre confortablement l'un pour l'autre, si mon besoin d'aider toujours mieux les plus défavorisés ne m'avait entraîné dans une spirale infernale.

J'étais à l'époque l'un des piliers de Frères des Hommes et cette seule activité, que je n'avais pas cachée à Nathalie, me prenait déjà deux ou trois soirées par semaine. J'aurais dû m'en satisfaire. Mais, dès mes premiers salaires, je me mis à secourir, de façon privée, des malheureux que nous n'avions pas les moyens d'aider à Frères des Hommes, comme si je ne méritais pas le salaire qu'on me versait. Des gens que je croisais aux conférences de Frères des Hommes m'accostaient à la fin : « Tout ce que vous faites pour le tiers-monde est formidable, me disaient-ils, mais savez-vous que chez nous aussi des gens survivent dans une immense détresse ? » J'acquiesçais, je demandais l'adresse, et le lendemain soir j'allais moi-même chez ces personnes. De cette façon, j'eus bientôt totalement à ma charge un jeune homme qu'on m'avait dit presque aveugle et vivant reclus dans un baraquement de la banlieue de Genève. J'y étais allé, j'avais pu constater. Il vivait sans chauffage ni électricité, il pouvait à peine payer son loyer et quand il l'avait payé il ne lui restait plus rien pour manger. Si bien qu'une fois par semaine, je lui faisais ses courses et les lui livrais. Puis nous parlions. Je lui remontais le moral, et cela a duré des mois.

J'avais également pris à ma charge tout le ménage d'une dame très âgée, d'origine polonaise, qui n'avait plus aucune famille. À deux ou trois reprises, Nathalie m'avait même accompagné chez elle. C'était très sale, elle nous donnait un travail fou. Très vite, Nathalie n'avait plus voulu y aller.

Je m'étais aussi engagé à rendre visite à une grand-mère, une fois par semaine, dans un hospice où sa famille l'avait abandonnée, m'avait-on dit. D'autres personnes encore attendaient mes visites.

Nous vivions ensemble depuis trois mois peut-être quand la crise est survenue. Presque chaque soir, je disais à Nathalie : « Je ne peux pas te voir ce soir, j'ai un travail fou. Ne m'attends pas avant minuit. » Elle acquiesçait, je ne me posais pas de questions. Il me semblait qu'elle ne pouvait que partager avec moi ce souci d'aider les autres, nous qui avions la chance de nous aimer, deux salaires et un toit. La période de Noël approchait, je m'étais porté volontaire à Terre des Hommes, en même temps qu'à Frères des Hommes, pour collecter des jouets dans tous les foyers de Genève, des jouets que nous enverrions dans nos missions des pays de l'Est. Je me revois chargeant ma voiture, la bourrant jusqu'à ne plus pouvoir conduire, et regagnant le local tout à fait en fin de soirée. Il me restait encore à décharger et à laver les jouets avant de rentrer me coucher. Et le lendemain matin, je devais être à 8 heures au cabinet dentaire.

Une nuit, je rentre. Nathalie n'est plus là. Le lit n'est pas défait, la vaisselle du petit déjeuner est restée dans l'évier comme nous l'y avions mise. Je cherche un mot d'elle, j'ouvre les placards et je vois que sa valise n'est plus à sa place.

Nathalie est partie. Sans me prévenir. Et je ne sais même pas où... Je n'ai pas pu dormir de toute la nuit. Je suis resté debout à boire du café, à prier, tout en arpentant la pièce pour me calmer. Comment avait-elle pu me faire ça, avec tout le mal que je me donnais pour que les enfants du tiers-monde aient un Noël digne de ce nom ? Comment avait-elle pu ?

Elle n'est rentrée que deux jours plus tard. J'avais perdu l'appétit et le sommeil. Et là, d'un seul coup, j'ai tout compris.

– Imagine-toi, m'a-t-elle dit, si je te disais : « Ce soir, je ne rentre pas avant 2 heures du matin... » sans autre explication. Qu'est-ce que tu en penserais ?

– Mais enfin, Nathalie, les pauvres, le Noël des enfants des pays de l'Est...

– Quels pauvres ? Quel Noël ? Trois ou quatre fois tu m'as demandé de t'accompagner, mais qui me dit que tu passes toutes tes soirées avec ces gens-là ?...

Et Nathalie s'est mise à sangloter. J'ai compris que je l'avais traitée inconsciemment comme je traitais ma mère en ne lui disant jamais vraiment ce que je faisais, où j'allais, comme si je voulais encore protéger ma vie privée, me protéger d'elle en somme. Dans mon aveuglement, mon enfermement, je ne lui avais même pas parlé de la collecte des jouets. Si bien qu'elle avait pu s'imaginer que mes œuvres n'étaient qu'un alibi pour cacher peut-être une autre femme, une liaison.

Nous avons quitté son studio, nous avons pris un vrai trois pièces. Je lui ai appris que mon protégé était un faux aveugle, que de surcroît il était le fils d'une famille extrêmement riche qui ne demandait qu'à l'aider, et Nathalie s'est beaucoup moquée de moi. « Tu crois tout ce qu'on te dit, mon chéri. Tu ferais mieux de m'emmener avec toi, ça nous coûterait moins cher... » J'ai préféré en rire. Puis j'ai espacé mes visites chez les nécessiteux et bientôt je ne suis plus allé non plus à Frères des Hommes. Ma vie allait prendre une autre direction.

Le 22 mai 1976, j'ai épousé Nathalie. Je venais d'avoir vingt-six ans, elle en avait vingt-quatre.

Sans ma mère, aurais-je connu cette femme ? Aurais-je connu le bonheur d'épouser Nathalie ? Ma mère avait contribué à ce bonheur-là, et il était écrit certainement qu'elle veillerait à le protéger, à le sauvegarder. Car, quelques mois plus tard, c'est elle qui a sauvé Frédéric, notre premier enfant.

Nathalie était enceinte depuis trois ou quatre mois, quand un jour elle m'appelle de chez son gynécologue. Elle sanglotait :

– Thierry, me dit-elle, je suis en train de perdre notre enfant. Le médecin dit que c'est très grave, je ne peux pas rester comme ça. Nous devons dès demain matin aller à la clinique pour un curetage...

J'étais bouleversé. Le soir, ma mère nous appelle, comme elle le faisait chaque soir à cette époque.

– Oh là, là ! nous dit-elle. Je téléphone tout de suite au mari de ma meilleure amie qui est gynécologue. Mes pauvres enfants ! Je vais vous avoir tout de suite un rendez-vous.

Nous avons vu ce médecin le lendemain matin. L'enfant était parfaitement accroché et un peu plus, sans l'intervention de ma mère, nous allions le supprimer. Frédéric est né le 5 mai 1977.

Entre-temps, j'avais quitté mon premier emploi dans ce cabinet dentaire et je m'étais associé avec... François Boré, cet homme chez qui j'avais fait tout mon apprentissage. C'est une suite de hasards qui m'ont ramené auprès de lui dont je ne conservais que des souvenirs peu plaisants. Le cabinet dentaire est d'abord tombé sous le coup de graves difficultés puis, au moment où je m'apprêtais à chercher une autre place, Boré m'a appelé, comme on appelle quelqu'un au secours. Il avait perdu la moitié de ses clients du fait de son caractère, et il me proposait de le rejoindre. Je compris plus tard que c'était pour remonter l'affaire. Il a dû me faire pitié : j'ai accepté. Je suis retourné voir chacun de ses anciens clients, je les ai tous convaincus de repartir avec nous et, en quelques mois, l'atelier a retrouvé sa prospérité. Mais c'était comme une fatalité : côtoyer de nouveau cet homme réveillait en moi le souvenir des échecs accumulés qui m'avaient contraint à prendre ce métier.

Frédéric était né, je travaillais tous les jours au côté de François Boré, dans ce climat difficile, quand un jour ma mère nous fait cette proposition qui, de fil en aiguille, allait bouleverser notre vie. Elle avait une amie hollandaise, du nom de Patricia, chez qui elle avait accepté d'aller dîner le soir même. À vrai dire, il ne s'agissait pas d'un dîner classique, mais plutôt d'une conférence suivie d'un cocktail. « Le conférencier, nous dit maman, est un homme très inspiré, paraît-il. Un certain M. Mercier. Patricia tenait beaucoup à ce que je le connaisse, mais je ne suis finalement pas libre. Est-ce que ça vous ferait plaisir, à Nathalie et à toi, d'y aller à ma place ? » Oui, cela nous faisait plaisir, très plaisir. Nous souffrions l'un et l'autre à cette époque du peu d'ouverture spirituelle de notre vie, coincés comme nous l'étions dans nos métiers terre à terre, d'un côté, et de l'autre dans les contraintes épuisantes de la toute petite enfance.

Nous partons chez Patricia. Cette femme est veuve depuis quelques années. Elle a reçu en héritage une certaine fortune et vit dans une superbe villa de la banlieue genevoise. Quand nous arrivons, une vingtaine de personnes sont déjà là, assises en rang comme au cinéma, dans le double salon dont on a ouvert grand toutes les portes. Une table et deux ou trois chaises sont disposées sur une estrade. Les gens nous sourient; Patricia nous prie de nous asseoir et bientôt apparaît sur l'estrade ce M. Mercier. C'est un petit homme tout en rondeurs, âgé d'environ soixante-cinq ans. Il sourit et nous salue d'un mouvement du buste. Puis il se met à parler, et nous réalisons au fil des minutes qu'il se laisse totalement inspirer par son sujet. Il n'a aucune note, aucun livre sous la main. De quoi nous a-t-il parlé ce premier soir ? Peut-être de l'argent et de sa signification spirituelle. Près de deux heures durant, nous l'avons écouté, et pas une fois son regard, accroché quelque part au-dessus de nos têtes, ne s'est troublé sous le coup d'un doute ou d'une incertitude. Quand il s'est tu, nous nous sommes tous levés, épuisés et sidérés par ce que nous venions d'entendre. Patricia nous a conduits vers le buffet.

– Alors, voilà comment ça se passe, nous a-t-elle dit. Nous le recevons une fois chez l'un, une fois chez l'autre. La semaine prochaine, ce sera chez mon amie Yvonne. Voulez-vous revenir ? Vous serez les bienvenus, j'en suis certaine !...

– Alors, avec plaisir, ai-je dit.

Et Nathalie, à son tour, a acquiescé.

De retour à la maison, nous étions ravis. Nous avions le sentiment d'avoir découvert un petit groupe bien décidé à sortir, à s'élever de sa condition matérielle pour « ouvrir les portes de l'esprit » comme l'avait préconisé ce M. Mercier.

– Décidément, ma mère est notre bonne étoile, ai-je dit ce soir-là à Nathalie en l'embrassant.

– Ta mère est merveilleuse, Thierry.

La semaine suivante, nous partons donc chez Yvonne. Nous arrivons en avance, des gens nous reconnaissent, et nous commençons à sympathiser avec deux ou trois couples plus âgés que nous. Puis, de nouveau, tout le monde s'assoit en silence et M. Mercier apparaît sur l'estrade. Cette fois, il a choisi de nous parler du rêve et de son interprétation. Il se lance encore sans une note, et nous l'écoutons comme nous écouterions la voix d'une apparition, véritablement fascinés. Il parle peut-être depuis une demi-heure dans ce silence religieux quand, soudainement, il s'interrompt :

– Une voix intérieure, dit-il, me souffle les noms de deux personnes qui sont assises là, parmi nous. Je pourrais les nommer, mais je veux qu'elles se désignent elles-mêmes. Je sais qu'elles vont entendre la même voix que moi, je veux en avoir la preuve.

J'ai ressenti à ce moment-là en moi quelque chose de très fort, comme un appel à me lever, oui, véritablement un appel. Et cette voix disait mon nom : « Thierry, lève-toi ! » Pourtant, j'étais tétanisé à l'idée de m'exhiber devant cet homme, devant ces gens que je connaissais si peu. J'ai levé timidement le bras :

– Thierry Huguenin, ai-je murmuré.

– Oui, effectivement, a aussitôt repris M. Mercier, j'ai reçu ton nom, Thierry. Et le nom d'un autre que j'aperçois là-bas, au fond de la salle...

Un homme alors s'est désigné, à quelques rangs de nous.

– Bien, très bien, a dit M. Mercier.

Alors son regard m'a cherché et il ne s'est plus adressé qu'à moi durant quelques minutes.

– Thierry, a-t-il poursuivi, tu ne t'es pas incarné pour rien sur cette terre. Tu seras appelé, d'ici très peu de temps, à une grande activité spirituelle, et bientôt tu seras placé en face d'êtres importants. Je le sais, on m'a prévenu. Lors de nos prochaines rencontres, je te demanderai parfois de me rejoindre derrière cette table. Tu devras poursuivre la conférence là où je l'aurai interrompue. Ne crains rien, les maîtres de l'invisible t'inspireront.

Les maîtres de l'invisible ! Moi ! J'étais bouleversé, et Nathalie était également très troublée. Je ne voyais plus depuis longtemps Valérie Faget, cette jeune femme qui m'avait initié au monde de l'invisible, de l'ésotérisme, mais j'avais continué seul à lire tout ce qui se publiait dans ce domaine. Et dès le début de notre vie commune, j'avais passé à Nathalie la bible en la matière, *La Vie des maîtres* de Spalding. Elle avait accroché et s'était même inscrite, un peu plus tard, aux publications et aux enseignements de la Rose-Croix, un ordre ésotérique.

Nous y retournons la semaine suivante, mais cette fois dans un état d'émotion tel que nous n'échangeons pas un mot dans la voiture. Pour ma part, je n'ai pensé qu'à cela toute la semaine, et l'idée d'être enfin reconnu, d'avoir enfin rejoint mon destin, m'a fait paraître léger mon travail au laboratoire. C'était un jeudi soir – les ordres initiatiques se réunissent généralement le jeudi soir, jour où les initiés communiquent traditionnellement avec le monde invisible. Ce jour-là, nous nous asseyons tout au fond de la salle et je me tasse sur ma chaise pour ne pas être vu. J'aspire à être appelé et en même temps je tremble d'émotion. Nous nous tenons la main, Nathalie et moi. Mercier se lance, toujours ce sourire, toujours ce regard absent, comme attiré par un point mystérieux bien au-delà de nous. Et brusquement, ce regard s'abaisse et vient accrocher le mien :

– Lève-toi, Thierry, me dit Mercier, et viens près de moi. Voilà, chers amis, je sais tout ce que je devais vous révéler ce soir, mais Thierry aussi le sait, et c'est lui qui va vous le dire. Je veux contrôler que les maîtres de l'invisible lui ont bien transmis le même message qu'à moi...

Quel message ? Il m'avait semblé n'avoir rien entendu de particulier. J'étais au bord de la syncope, je fus pris d'une suée et mes jambes me portèrent difficilement jusqu'à l'estrade. De quoi devais-je parler ? Je n'en avais pas la moindre idée, d'autant moins que par un fait exprès je n'avais pas réussi à prêter attention, trop ému ce jour-là, aux propos de notre conférencier. Il me fait asseoir à côté de lui et je sens ses doigts m'enserrer le poignet.

– Arrête de trembler, me dit-il tout haut. Va, Thierry, ça va très bien se passer.

J'ai fermé les yeux et j'ai commencé à parler. Ce que j'ai dit ? Je ne m'en souviens plus. Je me suis laissé inspirer, j'ai dit tout ce qui me venait aux lèvres. J'ai dû parler une demi-heure, les yeux clos la plupart du temps, dans un état d'écoute intense de moi-même. Quand je suis sorti de ce rêve éveillé, la salle avait l'air stupéfait par ce qu'elle venait d'entendre, choquée, mais en bien, et Mercier m'observait avec un sourire plein de gratitude.

– Je n'aurai pas employé d'autres mots, a-t-il soufflé. C'est formidable, Thierry !

Nathalie était également en admiration. Elle me le dit ce soir-là, en rentrant, et je me souviens que nous avons passé une partie de la nuit à bavarder, elle et moi, tellement nous étions bouleversés par cette conférence qui m'avait été finalement inspirée par les « maîtres ». Nathalie m'a dit cette nuit-là des choses très profondes sur nous, sur notre amour, sur moi. Elle m'a avoué qu'elle regrettait de ne pas m'avoir connu plus tôt, d'avoir perdu quelques années avec des garçons qui ne s'intéressaient qu'à des choses futiles, qu'elle m'aimait pour ma profondeur, pour cette quête du spirituel qui m'habitait sans cesse.

Par la suite, j'ai parfois donné seul la conférence de nos jeudis soir. Mercier me prêtait ses propres livres de réflexion et j'avoue que j'avais pour eux un respect religieux. Cet homme avait succédé dans mon esprit à Franck Roulet, il était devenu mon guide, mon autre père. Pour accéder à sa hauteur, pour lui plaire, je consacrais désormais toutes mes heures libres à approfondir ma réflexion.

Nous connaissons à présent tous les membres du groupe. Nous allons même parfois dîner chez l'un ou l'autre. Ceux-là deviennent presque des amis. Bernadette Humeau est de ce premier cercle. Cette femme d'une cinquantaine d'années nous a pris en affection. À deux reprises déjà, nous avons dîné chez elle, quand, un jeudi soir, elle nous rappelle. Voilà, nous explique-t-elle, sa sœur Brigitte, qui vit à Paris, est à Genève pour vingt-quatre heures. Est-ce que nous ne voudrions pas passer chez elle prendre un verre pour faire sa connaissance, avant d'aller tous ensemble à la conférence ? Nous acceptons, et c'est ainsi que des liens se nouent avec Brigitte Humeau. Des liens déterminants pour notre avenir.

Brigitte Humeau nous manifeste de l'amitié. Et quand Nathalie est enceinte de Pascal, notre second fils, cette amitié se transforme vite en sollicitude. Lors de chacun de ses passages à Genève, Brigitte s'enquiert, comme une mère, de l'état de Nathalie. Par ce biais, nous apprenons que cette femme ne s'est jamais remise de la mort de son propre fils, tué à trente ans dans un accident d'avion.

– Savez-vous pourquoi je viens deux fois par mois à Genève ? nous demande-t-elle un soir.

– Pour les conférences, je suppose, dis-je.

– Oui, mais pas seulement, reprend-elle. Je consulte une dame, Évelyne Chartier qui me fait faire du rêve éveillé, et cela me soulage énormément.

Elle dit que cette femme « extraordinaire », sa pratique du rêve éveillé, lui ont permis d'accepter peu à peu le deuil de son fils et, plus généralement, de beaucoup apprendre sur le sens, ou plutôt la finalité de sa propre vie. Elle parle de cette « angoisse existentielle » dans laquelle elle se débattait avant de connaître Évelyne Chartier, et elle en parle si justement que brusquement je me reconnais dans sa description. Moi aussi, je dois porter comme un deuil le sentiment de mes échecs éternellement répétés, moi aussi je veux découvrir un sens à tout cela car je suis maintenant persuadé qu'il y en a un, que le hasard n'existe pas. Une soirée entière, nous échangeons nos sentiments d'impuissance, impuissance en partie dépassée pour Brigitte Humeau grâce à ces séances de rêve éveillé. À la fin, Brigitte me dit :

– Mais Thierry, pourquoi n'irais-tu pas voir cette femme ? Elle ne prend pas n'importe qui, mais toi, je suis certaine qu'elle t'acceptera.

Et elle me donne l'adresse d'Évelyne Chartier.

C'est l'été, l'été poussiéreux de Genève, l'été 1978. Les conférences de M. Mercier ont été interrompues, je n'ai plus aucun soutien spirituel. Sous l'effet de sa grossesse, Nathalie s'est refermée sur elle-même. Je dois supporter seul, et silencieusement, l'ingratitude de mon métier, et la vulgarité de mon associé. J'ai vingt-huit ans, la vie de nouveau me paraît trop lourde. Tous les soirs du mois d'août, j'appelle en vain cette Évelyne Chartier. Son absence me rend fou, de plus en plus fou, alors que je ne l'ai jamais vue, jamais entendue. Mais à présent, je lui prête des dons miraculeux, et plus ma frustration grandit plus je me persuade que cette femme est seule capable de réaliser l'impossible : donner enfin une cohérence à l'insupportable chaos de ma vie.

Enfin, un matin de septembre, une voix me répond. Une voix extraordinaire. J'essaie de me raconter dans un désordre épouvantable, je suis sans cesse prêt à craquer. Je suis un noyé qui crie au secours.

– Venez demain à 18 heures, je vous attendrai, m'interrompt-elle.

Elle habitait un immeuble modeste, sans ascenseur. Elle ouvre et me sourit. Une femme de plus de soixante ans, au regard étonnamment vif. Son bureau est meublé d'un divan et de deux fauteuils face à face. Nous prenons les fauteuils.

– Je vous écoute, dit-elle.

J'ai dû parler de l'absence de mon père, des tentatives de suicide de ma mère, de ce métier si difficile à exercer pour moi, alors que j'aurais tant voulu être pasteur, des voix et des apparitions qui m'ont permis de survivre malgré tout, de tenir.

Certainement j'ai dû dire tout cela, en retenant mes larmes parfois. Je ne me souviens plus bien. Après, c'est elle qui a parlé. Son but, m'a-t-elle expliqué, était d'aider les gens à remonter le temps pour leur permettre de retrouver, dans leurs incarnations passées, des événements douloureux qu'ils auraient vécus et qui pourraient expliquer les deuils, les échecs ou les frustrations de leur vie présente. Évelyne Chartier croyait à la réincarnation, comme j'y croyais depuis mes séances d'initiation avec Valérie Faget. J'étais persuadé que mes malheurs présents étaient le prix à payer pour racheter des crimes ou des ignominies commis lors de mes précédentes incarnations. J'en étais persuadé, j'éprouvais le poids de ce passé, mais je ne pouvais rien faire pour lutter contre cet enchaînement diabolique, tout simplement parce que je n'avais pas acquis les techniques qui me permettaient de revisiter mon passé. Évelyne Chartier allait m'initier à ces techniques. Cela s'appelait le « rêve éveillé ». J'allais découvrir dans mes vies antérieures la grille de décryptage de ma vie présente. Alors, je comprendrai enfin, je ne serai plus cette victime aveugle. Informé, averti, j'aurai les moyens de rompre l'enchaînement et d'aller vers d'autres voies. Je deviendrai acteur de mon propre destin.

– Nous devons nous voir une fois par semaine, avec une régularité de métronome, dit-elle. C'est un long travail, êtes-vous prêt à l'entreprendre ?

– Oui, dis-je solennellement.

J'étais non seulement prêt, mais impatient. Dans cet état d'excitation qui précède, chez l'enfant, l'entrée du magicien sur la scène. Le moment était enfin venu.

La fois suivante, je me suis allongé sur le divan, et Évelyne Chartier s'est assise près de ma tête, de telle façon que je ne la voyais pas.

– Maintenant, Thierry, tu vas descendre dans un puits, a-t-elle commandé. Ferme les yeux. Imagines-tu ce puits ? Le vois-tu ?

– Oui, ai-je murmuré, je le vois.

– Bien, Thierry. Alors, comment vas-tu t'y prendre ? Y a-t-il une échelle ? Une corde ?

– J'emprunte l'échelle, je descends.

– Tu descends, tu descends encore et que vois-tu au fond de ce puits ?

– Je vois une galerie... non, deux galeries...

– Laquelle choisis-tu, Thierry ? Celle de droite ? Celle de gauche ?

– Celle de gauche. Je marche dans la pénombre, vers un faisceau lumineux.

– Ah, c'est intéressant. Et où arrives-tu ?

– J'entre dans une pièce circulaire. Il y a un vieux manuscrit posé sur une table poussiéreuse.

– Un vieux manuscrit... Bien, Thierry. Et qu'est-ce que tu fais ? Tu le prends, tu le lis ?

– Oui. Je pose la main dessus mais j'entends soudain l'écho d'un pas... quelqu'un vient. Les pas se rapprochent, un homme entre..

– Cet homme, tu le vois, Thierry n'est-ce pas ? Comment est-il habillé ? Arrives-tu à situer l'époque ?

– Nous sommes au Moyen Âge. C'est un moine. Il est vêtu d'une robe de bure. Son visage est d'une maigreur effrayante. Ses yeux me font peur. Ils m'ordonnent silencieusement de ne pas toucher le livre, de reculer...

– Et que fais-tu ?

– Je tombe à genoux, j'implore le pardon de cet homme.

– Vois-tu comment tu es habillé ?

– Je porte un habit de chevalier, une épée...

– Chevalier, soldat. Pour qui te bats-tu, Thierry ? Et que fais-tu chez ce moine ?

Le rêve éveillé s'est longtemps prolongé, puis Évelyne m'a prié de me lever et de la rejoindre dans le fauteuil en face. Nous avons tenté de comprendre ensemble pourquoi cette période du Moyen Âge, qui pouvait être ce chevalier que j'avais été certainement. À la fin, elle a dit :

– Ce ne sont que les prémices, Thierry. Nous reprendrons la prochaine fois là où nous avons laissé ce chevalier.

Voilà, c'était parti. Chaque séance durait une heure environ. Évelyne Chartier recevait d'autres « patients », parfois nous nous croisions sur le palier. Chacun payait selon ses moyens, en liquide. Je ne tarissais pas d'éloges pour cette femme qui était en train de me redonner l'envie de vivre. Nathalie était heureuse pour moi, sincèrement heureuse.

– Elle est formidable! Est-ce que tu ne voudrais pas la rencontrer ? je lui demandais sans arrêt.

– Pas pour l'instant, mais peut-être plus tard.

Nathalie accoucha de Pascal au mois de novembre de cette année 1978 et, quelques semaines plus tard, alors qu'une fois de plus je lui vantais les mérites d'Évelyne Chartier, c'est elle qui proposa de l'inviter à dîner.

Oh, ce repas! Nathalie avait passé sa journée à y réfléchir, et nous avons découvert ce soir-là qu'elle avait tout fait de travers. Nous avons découvert ce soir-là que depuis notre plus tendre enfance nous mangions à l'inverse de ce que réclame le corps pour vivre en harmonie avec l'esprit, vivre dans les meilleures dispositions en somme pour entrer en communication avec le monde de l'invisible. Nathalie avait fait une salade mélangée, alors qu'il ne faut jamais manger plus d'une ou deux salades, et séparément. Je lui avais dit : « Je crois qu'elle ne prend pas de viande », alors Nathalie avait préparé une fricassée de champignons à la crème. À la crème! Quelque chose d'absolument prohibé, de formellement interdit. Durant les quinze années que j'ai passées dans l'Ordre du Temple, je n'ai jamais vu l'ombre d'une cuillère de crème. Enfin, pour dessert, j'avais fait une salade de fruits, ignorant que deux fruits ne se mélangent sous aucun prétexte. Ce repas a été une horreur. Évelyne n'a fait que chipoter dans son assiette, manifestement furieuse. Arrivés à la fin du repas, nous étions tétanisés, Nathalie et moi, plus capables d'aligner deux mots cohérents.

La séance suivante chez Évelyne a été terrible. Elle ne m'a même pas fait allonger.

– Thierry, tu te rends compte comment Nathalie nous a fait manger! Tous ces mélanges, cette crème! Ta femme a perdu la raison, voyons. Il faut que je vous apprenne à manger, ce n'est plus possible de continuer comme ça. En es-tu conscient ?

– Oui, oui.

J'ai dû apprendre les règles de base de la nutrition, sans lesquelles le rêve éveillé était un rêve impossible. Ce n'était même pas la peine de continuer tant que je n'aurais pas bouleversé, dans le bon sens, mes habitudes alimentaires. Nathalie a bien voulu s'y mettre. Nous ne mélangions plus rien, nous n'avions plus de crème à la maison, nous faisions cuire les céréales d'une certaine façon, nous ne mélangions plus la viande et les céréales, nous buvions comme ceci, mais pas comme cela, etc.

Désormais, Évelyne me palpait le foie avant chaque séance de rêve éveillé.

– Voyons d'abord le foie, disait-elle. Oh là, là ! Il faut absolument faire un jeûne, Thierry. Tu vas dire à Nathalie qu'il faut tout arrêter. Pendant huit jours, vous ne faites plus que du thé.

Évelyne devenait de plus en plus directive. « Non, Thierry, c'est fini tout ça, maintenant tu dois vivre comme cela, tu dois faire ceci, tu ne dois plus penser comme cela, tu dois lire tel livre, ce que tu lis là est inintéressant au possible, ce n'est pas comme ça que tu progresseras. » Elle m'interrogeait avant chaque séance sur l'état psychique de Nathalie, sa santé, ses humeurs de la semaine, acceptait-elle sans rechigner de mettre en pratique ce que disait Évelyne ? Et les enfants ? Les enfants devaient absolument suivre le même régime alimentaire que nous.

Nathalie se pliait avec beaucoup de bonne volonté aux consignes d'Évelyne. Elle suivait alors assidûment l'enseignement par correspondance de l'ordre des Rose-Croix et, à plusieurs reprises, nous avions constaté des similitudes étonnantes entre ce qu'elle apprenait et ce que j'entendais chez Évelyne Chartier.

– Écoute, Thierry, me disait-elle.

Et elle me lisait un passage sur le « panorama de la vie écoulée », par exemple. La question était de savoir comment nous conservions dans une « mémoire subconsciente les souvenirs de nos vies antérieures ». Ces fameuses vies dans lesquelles j'apprenais à retourner. « Depuis la première inspiration à la naissance jusqu'au dernier souffle avant de mourir, lisait-elle, nous respirons de l'air chargé des images de notre milieu, et le même éther qui transporte ces images à la rétine de nos yeux pénètre dans nos poumons, où il entre dans le sang; puis il atteint le cœur. Dans le ventricule gauche de cet organe, près du sommet, se trouve un petit atome particulièrement sensible et qui reste dans le cœur durant toute la vie. Il diffère à cet égard des autres atomes qui viennent et qui s'en vont car il appartient particulièrement à Dieu et à un certain esprit. Cet atome pourrait être appelé le " Livre de l'ange de justice ", vu qu'à mesure que le sang passe par le cœur, cycle après cycle, les images de nos bonnes et mauvaises actions y sont reproduites jusqu'au moindre détail. Lorsqu'elles sont reproduites juste après la mort, elles forment la base de notre vie future... »

– Cela complète parfaitement ce qu'Évelyne m'enseigne, disais-je.

Nous avions le sentiment, Nathalie et moi, d'approfondir ensemble notre spiritualité, même si nous empruntions des voies différentes pour y parvenir. Cela nous remplissait d'une force bien à nous, et nous plaignions les gens de l'extérieur dont les seules préoccupations tournaient autour des prochaines vacances aux sports d'hiver ou du dernier film à la mode. Peu à peu, nous avions laissé tomber les conférences de M. Mercier, sur les conseils encore d'Évelyne Chartier. Elle l'avait bien connu et jugeait que son enseignement avait perdu l'essentiel de sa substance.

– Il était formidable au départ, m'avait-elle dit. Mais maintenant, ce n'est plus rien, Mercier, une coquille vide. Il ne faut plus le voir, Thierry. Il ne peut rien t'apporter.

Notre défiance à l'égard de Mercier datait du moment où nous avions appris qu'il allait épouser Patricia, la belle et riche Patricia, de trente-cinq années plus jeune que lui. Il se murmurait qu'il la voulait pour son argent et qu'il avait mis à profit ses conférences pour la subjuguer.

Enfin, au mois de novembre 1979, après une année de rêve éveillé, Évelyne Chartier me dit un jour :

– Thierry, tu es prêt maintenant à franchir une étape importante de ton évolution. Mais pour cela, je dois te présenter un initié, le veux-tu ?

J'étais bouleversé. Quelques années auparavant, j'avais en effet échangé un courrier troublant avec un certain M. Belline. Cet homme était parvenu à entrer en contact avec son fils mort dans un accident de la route, et il avait écrit un livre très émouvant, *La Troisième Oreille*. À la suite de cela, grâce à ce don particulier, ce don de parler avec un mort, il avait offert ses services aux gens en quête de révélations et je lui avais envoyé ce qu'il réclamait pour prédire l'avenir : des taches d'encre jetées par moi-même sur une feuille blanche. « Monsieur, m'avait-il répondu, à travers vos taches, j'ai lu que vous alliez rencontrer un jour un initié, un être important qui sera un guide sur votre chemin spirituel. » Je n'avais jamais oublié cette prédiction. J'avais pu croire que Mercier était cet être. Évelyne Chartier m'en avait dissuadé et à présent c'était elle, elle en qui j'avais une confiance aveugle, qui me demandait si je voulais rencontrer cet initié, ce guide.

– Oui, je le veux, dis-je.

6

« Je serai présente à l'entrevue », m'avait dit Évelyne Chartier, et elle m'avait donné l'adresse du lieu de la rencontre : Fondation Golden Way à Saconnex-d'Arve, dans la banlieue sud de Genève. Nous devions nous retrouver là, un soir, à 19 heures.

J'arrive et je vois au centre d'un parc, à la lueur dorée des lampadaires, une maison magnifique disposée en L. C'est une ancienne demeure des chevaliers de Malte, je le devine aux petites chapelles attenantes, aux ouvertures en ogive, aux vitraux. Un silence absolu règne dans le parc. J'étais très impressionné et je me souviens avoir dû reprendre mon souffle à quelques pas du perron. Enfin, je frappe à la lourde porte et quelqu'un m'ouvre. Qui ? Je n'ai pas gardé le souvenir. Mais Évelyne arrive aussitôt. Elle prend un instant la main que je lui tends entre les siennes, comme pour me communiquer un peu de sa force, et m'introduit dans ce salon que je connaîtrai plus tard sous le nom de « salon vert ».

– Assieds-toi là, me souffle-t-elle, je vais chercher M. Di Mambro.

La pièce inspire respect et solennité. Tendue d'un tissu Empire et décorée de tableaux du XVIIIe, elle rappelle ces sombres salons de musée, reconstitués à l'identique. On a disposé des fauteuils de part et d'autre d'une haute cheminée surmontée d'une glace lourdement encadrée. Trois ou quatre lampes diffusent une lumière faible, mystérieuse, si bien qu'ici ou là des espaces demeurent dans l'ombre, inaccessibles à l'œil. Combien de temps ai-je patienté ? Peut-être dix minutes. Et pendant ces dix minutes, j'ai imaginé l'homme qui allait apparaître sous les traits d'un maître hindou, une longue barbe blanche, des sandalettes... Il ne va pas parler, me suis-je dit, il va simplement plonger son regard dans le mien, et je tomberai à genoux. Enfin, brusquement, la porte s'ouvre et un petit homme bedonnant vient à moi, la main tendue.

– Jo Di Mambro, se présente-t-il. Évelyne m'a beaucoup parlé de vous.

Il s'assoit sans façon près de moi et commence à parler tout en m'observant.

– Vous êtes très attiré par les croisades, le Moyen Âge, l'Égypte, l'Égypte des pharaons, n'est-ce pas ?

– Oui, oui, c'est exact.

Les yeux ont une étrange fixité derrière les grosses lunettes cerclées d'or, une fixité qui tranche avec la mollesse du visage.

À présent, ces yeux se portent au-dessus de ma tête, comme les initiés le font, je l'ai appris, quand ils souhaitent lire l'avenir dans l'aura de quelqu'un.

– Je vois en effet de grandes attirances pour ces époques lointaines, poursuit-il, mais je vois aussi qu'il faudra que je vous emmène un jour en Amérique latine, vous avez quelque chose à voir avec les Incas...

Le regard, la voix très sûre d'elle-même, mon impression grandit. Joseph Di Mambro peut avoir cinquante-cinq ans à cette époque, mais il s'habille beaucoup plus jeune que son âge. Blouson noir, chemise ouverte, pantalon serré... De ses mains soignées, il lisse parfois une fine moustache qui se prolonge bas, jusqu'à encadrer un menton rond et charnu.

– Vous avez des enfants, n'est-ce pas ? demande-t-il après un silence.

– Oui, dis-je, la bouche bée. Et nous essayons de les élever dans le respect d'une voie spirituelle, de leur faire partager...

– Bien, très bien, m'interrompt-il, on rencontre si peu de gens comme vous... La plupart font des enfants parce que ça se fait, ils ne savent même pas pourquoi. Ce n'est pas votre avis ?

– Si, si... Nous essayons de leur expliquer, si jeunes soient-ils, qu'ils portent une âme qui, elle, a déjà beaucoup voyagé, beaucoup vécu.

– Ah, bien, bien! Nous nous rejoignons parfaitement. Je suis très satisfait de vous connaître enfin, Thierry.

Il va me prendre la main, comme pour me raccompagner peut-être, quand il se ravise.

– Nous donnons un concert lyrique ici même, dimanche prochain, dit-il. Venez, ça me fera plaisir. La chanteuse est une de nos amies, elle chante merveilleusement. Alors, c'est entendu ?

– Avec plaisir, merci infiniment... Savez-vous, dis-je, dans un brusque désir de me confier, et comme nous nous levons, j'ai dans cette pièce une étrange impression, que je ne saurais pas définir.

– Vous comprendrez tôt ou tard pourquoi vous ressentez cela, me dit-il, avec un imperceptible sourire. Et, s'emparant de mes mains : Patience, je ne peux pas vous le révéler aujourd'hui.

Une soudaine émotion me voile les yeux. Il me fixe un instant gravement, puis me reconduit à la porte.

– Je compte sur toi dimanche, Thierry, dit-il.

Ce brusque tutoiement sonne comme un adoubement. Je veux répondre un mot de gratitude, mais déjà la porte s'est refermée.

Enfin, je suis le pilote de ma vie, j'ai trouvé mon guide et je n'ai plus qu'à le suivre. Je ne suis pas cette victime apeurée qui court en tous sens sous une pluie de coups. Éclatée, cahotique, dispersée, ma vie soudainement s'engage sur une voie unique, celle qui rejoint l'éternité de mon âme, celle qu'ont tracée mes incarnations précédentes et que j'ai su redécouvrir. Grâce à Évelyne Chartier, à qui je dois tout désormais. Même la banalité de Jo Di Mambro et de ses propos me comble ce soir-là. Il est un initié, oui, et qui s'en douterait en le croisant à la poste ou au supermarché ? N'est-ce pas la preuve la plus éclatante de l'insignifiance du corps ? On peut ne rien être apparemment dans ce monde-ci qu'un tout petit bonhomme négligeable, et n'en être pas moins élu.

Ce soir-là, j'ai attendu que les enfants soient couchés pour tout raconter à Nathalie. Elle m'a écouté calmement et n'a fait aucun commentaire. Quand j'ai évoqué le concert, dimanche prochain, elle a tout de suite deviné mon embarras – la laisser encore seule, avec les deux enfants, comme toute la semaine – mais elle m'a encouragé à y aller. Nathalie est formidable, ai-je pensé. Quand je songe qu'au début de notre union, j'ai osé me défier d'elle...

Le jour du concert arrive et je retourne à la fondation Golden Way. Là, on me dirige aussitôt vers l'autre aile de cette maison templière : un salon-bibliothèque tout en longueur au fond duquel on a disposé un piano à queue. Une vingtaine de personnes sont assises là, déjà, dans une atmosphère de recueillement. Je prends place à mon tour, sur la pointe des pieds. Quelques visages se tournent vers moi, et la plupart me saluent d'une légère inclinaison de la tête, ou d'un sourire discret. Comme s'ils avaient été prévenus de ma visite, me dis-je. Je tente d'endiguer mon émotion, de calquer ma respiration sur la leur, quand apparaît la chanteuse. Elle est entrée par une porte dérobée, derrière le piano. C'est une femme un peu forte, au port de tête majestueux. Elle salue la salle d'un sourire plein de grâce.

– Blanche Davout, me chuchote à l'oreille mon voisin. Vous allez voir, elle est magnifique...

– Elle a l'air, dis-je. Quel beau sourire !...

Mon voisin acquiesce. C'est un très jeune homme, barbu, aux cheveux frisés, châtain clair. Un air de routard.

Blanche Davout chante, quelqu'un l'accompagne au piano, et aussitôt je me sens porté par une intense émotion. Est-ce sa voix ? Est-ce le recueillement de tous ces gens ? Est-ce le sentiment d'être enfin à ma juste place, après ce long, ce si douloureux voyage initiatique ? Je me sens l'âme à fleur de peau.

C'est fini. Nous nous levons. Mon jeune voisin, et une femme qui pourrait être sa mère mais dont il tient tendrement la main, m'entourent aussitôt.

– François et Claude, se présentent-ils. Tu es Thierry, n'est-ce pas ? Évelyne nous a beaucoup parlé de toi. Comment as-tu trouvé Blanche ?

C'est François qui parle. Claude porte un foulard sur les cheveux et de drôles de lunettes de soleil en forme d'ailes de papillon, d'énormes lunettes, comme si elle cherchait décidément à cacher son visage.

– C'était merveilleux, dis-je, j'ai passé un moment inoubliable.

Claude me sourit, mais je ne vois pas ses yeux. Et soudain Évelyne est là, entre nous.

– Alors, Thierry, s'empresse-t-elle, comment te sens-tu ?

– Oh, Évelyne, c'était...

– Extraordinaire, n'est-ce pas ? Alors, tu sais que le week-end prochain nous avons un séminaire ? Jo tient absolument à ce que tu y sois. Nous comptons sur toi...

Une brève pression de sa main sur mon avant-bras et la voilà partie.

Jo Di Mambro nous croise justement sans nous voir. Il file entre les groupes, distribuant ici ou là une petite claque dans le dos. Mon cœur est l'objet de multiples sollicitations, je perçois son affolement : le week-end prochain, m'a dit Évelyne... ah oui ! le week-end prochain déjà... – que va penser Nathalie ? Les enfants, je ne vais pas voir les enfants de tout le week-end... Jo ne m'a pas vu, et pourtant j'ai tendu la main... François me parle mais je ne l'entends pas... Je suis trop occupé à suivre Jo des yeux, va-t-il revenir vers nous ou s'en va-t-il définitivement ? Évelyne le suit, elle va certainement lui parler de moi... Ai-je été suffisamment enthousiaste ?... Tiens, un nouveau visage devant moi, tout contre celui de François, qui s'est enfin tu... c'est une jeune femme blonde, plutôt jolie.

– Tu me reconnais, Thierry ? demande-t-elle.

– Pardonnez-moi, non...

– Michèle, Michèle Braun.

– Oh ! mon Dieu, Michèle !

Je l'embrasse. Le bonheur de retrouver ici, sur cette autre planète, un visage connu, autrefois ami. À huit ans, nous jouions au ping-pong ensemble, sur la plage du Léman, devant le restaurant de mon père.

– Et alors, tu viens ici, toi aussi...

Je bafouille, je suis ému.

– Tu connais François et Claude ? demande-t-elle. C'est le premier couple de la fondation, ils se sont connus ici. C'est formidable, n'est-ce pas ?

– Formidable, dis-je.

Nous nous sourions. Je cherche à dire un mot gentil quand une voix de femme nous prie de quitter la salle. Je n'entends pas la suite. On m'entraîne vers le hall d'entrée. Les gens s'en vont vers l'autre aile par le couloir. Ils me saluent, me sourient. Moi aussi, je souris. Bientôt, je me retrouve dans le parc. Seul. Enfin seul. Mes mains sont moites, ma chemise trempée dans le bas du dos. Voilà, c'est fini. Je marche comme un automate jusqu'à ma voiture. J'ouvre grand la glace, l'air frais me désoûle. Je reprends doucement conscience. Nathalie, les enfants... Nous sommes dimanche soir. S'il n'est pas trop tard, nous irons peut-être nous promener dans le parc public, derrière la maison. Non, il est trop tard, la nuit tombe déjà. C'est l'automne.

J'embrasse Nathalie. Elle n'a pas une minute. C'est l'heure un peu folle du bain. Pascal barbote dans sa petite baignoire, il n'a qu'un an. Frédéric, lui, va dans la grande, mais il faut sans cesse le surveiller. Pendant ce temps-là, le dîner est sur le feu. Mon Dieu ! Comme le concert me semble loin brusquement...

Enfin, le soir, nous parlons. Je raconte cette cantatrice, et les regards merveilleux de tous ces gens.

– Tu sais, Nathalie, dis-je, on les dirait illuminés de l'intérieur. Ils n'ont rien à voir avec les gens que nous croisons habituellement. On ne dirait même pas que les uns et les autres vivent sur la même planète.

Elle acquiesce, me sourit tendrement.

– Tu as l'air transporté, dit-elle. Je suis heureuse pour toi, mon chéri.

– Le week-end prochain, dis-je, ils m'invitent à un séminaire. Crois-tu que tu pourras te débrouiller seule encore ?...

– Écoute, Thierry, ça a l'air de te faire tellement de bien... Je préfère te savoir là-bas que de te voir triste à la maison.

– Ma Nathalie, tu es formidable !

La semaine passe vite. Les vulgarités de François Boré me semblent légères à présent. Je le plains, voilà tout. Chaque soir, je m'occupe énormément de mes enfants en prévision de ce long week-end où je ne vais pas les voir. Je suis également plus attentif à Nathalie, plus sensible à sa grâce.

Tout le week-end, Jo nous parle de sa conception de la vie spirituelle. La discipline du corps, l'alimentation, la méditation, le rêve éveillé : toutes choses qui doivent nous permettre d'apprendre d'où nous venons et de prévoir où nous allons. Évelyne Chartier est là, parmi nous. Durant les pauses, elle va de l'un à l'autre, puis elle s'entretient avec Jo Di Mambro. Aux quelques mots que j'échange avec mes voisins et voisines, je devine que tous ou presque sont passés par son cabinet, avant d'être admis ici, à la fondation. Nous ne sommes qu'une trentaine, pas plus. Parfois, lorsqu'un moment est solennel, Jo nous appelle « frères et sœurs ». Plus couramment, il nomme chacun par son prénom, et se fait appeler Jo, sans façon. Nous sommes entre élus, d'une certaine façon, à un degré de notre évolution, dit-il, qui nous permet déjà d'accéder à certaines choses du monde de l'invisible, des choses auxquelles n'a pas accès le commun des mortels. De quelles choses parle-t-il ? Patience, me dis-je, je viens seulement d'arriver.

J'ai pris un plein cahier de notes. La tête me tourne un peu quand, le dimanche vers 18 heures, nous nous séparons dans la pénombre, sous les arbres du parc. À présent, j'ai hâte de retrouver Nathalie et les enfants. Je les embrasse, je serre Nathalie contre moi. De nouveau, j'éprouve cette distance qui existe entre les deux mondes : la fondation d'un côté, ma famille de l'autre. Il me semble que je n'ai pas vu Nathalie et les enfants depuis des mois, tant je suis dépaysé. Mais un sentiment d'euphorie me transporte, que je voudrais transmettre à Nathalie.

– Tu te souviens, lui dis-je soudain, quand nous lisions *La Vie des maîtres* ? Il y a une phrase qui m'a toujours frappé : « Quand le disciple est prêt, le maître apparaît. »

– Oui, dit-elle, je me rappelle bien cette phrase.

– Eh bien, j'en suis exactement là, dis-je. J'étais prêt, je suis prêt, et à ce moment précis Jo Di Mambro est apparu dans ma vie. Nathalie, tu ne trouves pas cela extraordinaire ?

Elle va répondre quand le téléphone nous interrompt.

– Thierry ? C'est François à l'appareil.

– Ah ! François, oui, bonsoir. Comment vas-tu depuis tout à l'heure ?

– Écoute, Thierry, est-ce que tu peux revenir tout de suite à la fondation ?

– Tout de suite ! Mais François, j'en viens... Tu te rends compte. J'ai passé tout le week-end à la fondation, je n'ai pas vu une minute ma femme et mes enfants.

– C'est Jo qui le demande, Thierry. C'est très important, très important...

– Bon, je vais voir.

Nathalie est un peu triste, mais elle comprend.

– Vas-y, dit-elle. S'ils te rappellent, ce n'est certainement pas pour rien.

Je me change en toute hâte, et par une curieuse intuition je m'habille tout en blanc, chemise et pantalon blancs. J'embrasse Nathalie et les enfants, et me revoilà sur la route. Je suis en même temps irrité et flatté d'avoir été rappelé. Flatté, parce que la consigne vient de Jo lui-même. Nos regards se sont croisés à plusieurs reprises durant le séminaire ; sans doute a-t-il été frappé par mon assiduité, par ma soif d'apprendre et de noter. Un sentiment mêlé de joie et de fierté me réchauffe soudain le cœur.

François et Claude semblent m'attendre dans le hall d'entrée. Claude a toujours ce foulard et ces étranges lunettes noires, elle sourit nerveusement. François ne contrôle plus son impatience.

– Viens vite, dit-il, ça va commencer !

Ils m'entraînent tous les deux vers le salon vert, que nous traversons, puis m'introduisent dans une autre pièce tout en longueur, en m'enjoignant de me taire surtout. Et là, surprise ! Tous les participants du séminaire sont en robe blanche, debout, et disposés en arc de cercle autour d'un Jo méconnaissable. Jo a revêtu une cape rouge et or, dont le dos porte un aigle à deux têtes brodé de fil d'or, symbole de son rang dans l'Ordre du Temple. On me fait signe de me glisser dans un coin, le plus discrètement possible et, à ce moment-là, je réalise que par bonheur je suis en blanc, moi aussi. Sur une sorte de petit autel triangulaire, au milieu de la pièce, on a placé une rose rouge dans un vase. Un spot, suspendu au-dessus de la fleur, l'éclaire vivement. Jo fait face à l'autel, dans une attitude d'extrême recueillement. Et soudain, je remarque que deux femmes, dans une attitude similaire mais parallèle à la sienne, ne portent pas l'aube blanche. L'une est la chanteuse lyrique, Blanche Davout ; de l'autre, je ne connais que le visage, aperçu au séminaire, et j'apprendrai un peu plus tard qu'elle se nomme Janine Junod. François, maintenant vêtu de blanc lui aussi, vient me chuchoter à l'oreille :

– Tu va assister à une remise de talares. La talare est cette aube blanche que nous portons tous. Surtout, ne te manifeste pas. Normalement, tu n'as pas le droit d'être là, mais Jo a insisté pour que tu y sois.

Sur un signe de Jo, les deux femmes commencent bientôt à se déshabiller, cependant que montent les premières notes d'une musique de Wagner. Elles se défont de leurs vêtements profanes avec des gestes lents, des gestes de cérémonie, et les laissent tomber au pied de l'autel. Blanche apparaît en soutien-gorge blanc; Janine, elle, a des sous-vêtements noirs. À l'instant où elle découvre ce noir, l'ampoule se détache brusquement du spot, vient sectionner la tête de la rose, avant de se fracasser au pied de l'autel. Je suis stupéfait. Alors Jo brandit une épée et s'écrie d'une voix profonde :

– En vertu des pouvoirs dont je suis investi, je trace un cercle de protection autour de cette sainte assemblée et, par l'entité qui m'habite, j'éloigne toutes les forces d'opposition. J'appelle l'ange de l'heure, du jour, ainsi que la divinité planétaire, et je lui demande de nous mettre sous sa protection.

Tout en disant, il entreprend de tracer de la pointe de son épée un cercle protecteur au-dessus de nos têtes.

– Janine, poursuit-il, en t'habillant de noir, tu as introduit le négatif, l'Adversaire parmi nous.

Il s'adresse aux maîtres dans des formules ésotériques, et chacun retrouve son calme. Les deux femmes passent la talare que leur tend Jo et alors surgissent d'on ne sait où des sons stupéfiants, des vibrations un peu similaires à celles d'un essaim d'abeilles. Jo, de nouveau, brandit son épée. Nous devons tous suspendre notre respiration et écouter. Nous avons le sentiment que ces vibrations émanent de partout à la fois et tourbillonnent autour de nous.

Les rites accomplis, la cérémonie s'achève, et nous sortons les uns derrière les autres, silencieux et bouleversés.

Évelyne, aussitôt, me bondit dessus :

– Thierry, tu as entendu les sons cosmiques ?

– Oh, Évelyne ! Mais qu'est-ce que c'était ? Des vibrations...

– Des sons cosmiques, Thierry. Est-ce que tu te rends compte ? Tu sais que c'est la première fois que nous les entendons ? Tu viens d'assister à quelque chose d'extraordinaire, hors du commun. Nous étions en résonance avec la vibration du plan des maîtres cosmiques, dans la quatrième dimension !

– C'est incroyable, en effet...

– Et tu as vu le négatif, comment Jo l'a maîtrisé ?...

– Oui, Évelyne. Tu sais, là, je ne trouve plus mes mots...

François et Claude sont là, de nouveau, près de moi.

– Ta marraine et ton parrain, me dit Évelyne. Ils sont là pour t'aider durant les premières semaines, tu peux tout leur confier.

Nous buvons un verre de jus de fruits, tous silencieux encore tant la cérémonie nous a émus. Nous allons nous séparer quand Évelyne m'entraîne dans un coin du vestibule.

– Surtout Thierry, me dit-elle, pas un mot à l'extérieur de ce que tu viens de vivre ici sur le plan occulte. Tu aurais de graves ennuis, non par moi, mais par les maîtres de l'invisible. Même pas un mot à Nathalie, n'est-ce pas ? Je compte sur toi.

Je suis préoccupé sur le chemin du retour. Pour la première fois, depuis que nous nous connaissons, je vais cacher à Nathalie quelque chose d'essentiel pour moi. Je suis préoccupé, et en même temps subjugué, bien sûr, par ce que que je suis en train de vivre. « Moi qui pensais, me dis-je, qu'il me faudrait un jour partir en Inde pour rencontrer un maître, un initié... Et dire qu'il y en avait un là, qu'il y en a un là, tout près de moi, à Genève même ! » Je n'en reviens pas, je ne touche plus terre.

J'espérais bien être rappelé dès le lendemain, ou le surlendemain, pour une soirée, un week-end, mais je n'imaginais pas être appelé chaque jour désormais, pour une réunion, ou une cérémonie urgente. On commence à me téléphoner au laboratoire en pleine journée, ou à la maison, à n'importe quelle heure. Jamais on ne me dit précisément l'objet de notre rencontre et mes interlocuteurs usent d'un code secret. S'ils me disent : « Ah ! Thierry, ce soir, nous faisons un buffet froid », je sais qu'il s'agit d'une cérémonie. S'ils me disent : « Nous t'attendons sans faute, notre ami sera là ce soir », je sais que Jo souhaite impérativement que nous soyons tous présents. Jamais nous ne devons prononcer à l'extérieur le nom de Jo Di Mambro. Jo est un maître de l'au-delà, m'a-t-on expliqué, un être important de l'astral qui a accepté cette mission sur terre pour des raisons spirituelles qui me seront révélées plus tard. Or, comme tous les maîtres, Jo risquerait d'être confronté à d'énormes problèmes avec la société si on découvrait sa véritable identité, sa véritable mission.

Au fil des rencontres qui se multiplient durant cet automne 1979, je commence à me familiariser avec les habitués de la fondation Golden Way, les plus fidèles disciples de Jo Di Mambro. Et, de confidence en confidence, je découvre comment s'est constitué le groupe.

Di Mambro était un homme seul lorsqu'il rencontra pour la première fois deux femmes qui, tout de suite, allaient reconnaître en lui les attributs d'un maître : Évelyne Chartier et Laurence Meunier.

Nous sommes en 1976. Joseph Di Mambro vient de s'installer comme guérisseur à Annemasse. Il a près de cinquante ans, vit pauvrement, n'a que deux ou trois meubles et une Renault 4, mais les gens qui le consultent sont impressionnés par ses dons de médium. On parle de lui jusqu'au sein d'une petite école de yoga de la banlieue genevoise, très attirée elle-même par la quête spirituelle. Une élève l'a consulté et elle rapporte à Laurence Meunier, la fondatrice de cette école, qu'il est véritablement extraordinaire. Laurence est alors l'épouse du patron d'un magasin de produits de luxe à Genève. Elle a de l'argent et a créé cette école dans une dépendance de la somptueuse villa qu'elle partage avec sa fille et son mari. Elle parle à plusieurs reprises de ce M. Di Mambro à son amie Évelyne Chartier. Toutes les deux ont créé, en marge des cours de yoga que dispense Laurence, un groupe ouvert de « réflexion sur le monde spirituel et sur le développement de la qualité de la vie ». Une grande partie des élèves du yoga participe aux travaux de ce groupe.. Enfin, un jour, Laurence et Évelyne décident d'inviter à l'une de leurs conférences cet étrange guérisseur d'Annemasse. Il arrive au volant de sa Renault 4, simplement vêtu, mais en moins d'une heure il a séduit l'assemblée et ses deux animatrices. Que leur raconte-t-il ? Qu'il vivait autrefois confortablement dans le Midi, auprès de sa femme et de ses trois enfants, déjà guérisseur bien sûr, quand il vit un soir s'incarner dans son bureau un être qui se présenta comme son guide, sous le nom mystérieux de Maha : « Abandonne tout, lui dit-il, ta mission n'est pas là, mais dans la région de Genève. Des hommes et des femmes, là-bas, ont besoin de toi. Va, tu seras leur guide. »

Laurence et Évelyne voient donc immédiatement en Di Mambro le maître qu'elles espéraient. L'une et l'autre sont nourries du fameux récit de Spalding : *La Vie des maîtres*, du livre d'Édouard Schuré : *Les Grands Initiés*, de *L'Amour universel* de Peter Deunov, ainsi que de *La Cosmogonie des Rose-Croix* de Max Heindel. L'une et l'autre pratiquent depuis des années le rêve éveillé. Elles peuvent croire enfin à un signe du ciel. Les trois se revoient assidûment et chaque rencontre ne fait qu'accroître la dévotion des deux femmes pour cet homme qui semble lire dans les yeux comme dans un livre. Il est bientôt question de constituer, au-dessus du groupe ouvert déjà existant, un groupe plus discret de disciples. On sélectionnera les meilleurs au sein du groupe ouvert et Évelyne Chartier, de son côté, choisira parmi ses patients ceux dont l'évolution est la plus prometteuse. La première recrue de Di Mambro, au sein du groupe ouvert, est une certaine Marielle Chiron.

Dès mon premier séminaire à la fondation, j'ai remarqué cette femme. Un corps long et maigre, des cheveux strictement noués sur la nuque par un chignon, un visage pointu dénué de toute sensualité. Marielle Chiron est alors comptable dans une grande banque de Genève. Elle habite un immeuble de la banlieue d'Annemasse qu'on appelle « Le Castelet ». C'est là, pour une raison qui tient sûrement à l'immense dévouement de Marielle, que vont se réunir les premiers adeptes de la future fondation Golden Way, appelée à devenir très vite l'Ordre du Temple solaire. Sur le même palier que Marielle vivent des amis à elle, Michel et Claudine Salvin. Lui est potier. Ils échangent depuis longtemps des lectures ésotériques avec Marielle Chiron. Quand elle leur propose de venir un soir écouter « un homme qui communique avec l'au-delà », ils n'hésitent pas. Ils seront ainsi parmi les pionniers.

À présent, Joseph Di Mambro est bien connu dans les cercles ésotériques d'Annemasse et de Genève. Il est même invité à s'exprimer à deux ou trois reprises. C'est au soir d'une de ces conférences qu'il rencontre Jocelyne, sa future femme, celle qui succédera à la mère de ses enfants restée dans le Midi. Jocelyne a vingt-cinq ans de moins que Jo, elle est belle, elle a de la classe et il émane de sa personne un tel élan de dévotion pour l'homme qu'elle vient d'entendre, l'homme qu'elle ne va plus lâcher, que tous deux, très vite, s'installent en couple. Ils sont sur le point de se marier quand Di Mambro décide que le moment est venu d'ouvrir un véritable lieu de rencontre pour ses premiers disciples. Il devient trop inconfortable de se réunir tous chez Marielle Chiron. Pourquoi ne pas acheter, à crédit naturellement, une maison indépendante ? Évelyne Chartier et Laurence Meunier y sont favorables. Laurence, dont la fortune est importante, souhaite qu'on la laisse participer. Marielle Chiron et les Salvin se portent immédiatement candidats pour habiter cette maison, avec le couple Di Mambro, en échange de quoi ils verseront à la communauté l'équivalent de leur loyer.

On trouve très vite une maison, à la périphérie de Genève. Une maison ordinaire de trois étages que Jo baptise immédiatement « la Pyramide ». Jo et Jocelyne s'installent à l'étage supérieur. Marielle Chiron prend une chambre au second. Michel et Claudine Salvin emménagent en bas, au-dessus de l'atelier de poterie installé dans la cave. Laurence Meunier et Évelyne Chartier ne les rejoignent pas. L'une, parce qu'elle ne peut pas quitter son mari et sa fille ; l'autre, Évelyne, parce qu'elle tient à conserver en plein centre-ville son cabinet de rêve éveillé. Mais il est entendu que Laurence et Évelyne, par le yoga, par le groupe ouvert de « réflexion sur le monde spirituel », ou encore par le rêve éveillé, sélectionneront de futurs disciples qu'elles dirigeront vers la Pyramide.

C'est de cette façon que débarque un soir à la villa un adolescent de seize ans, Jacques Boivin. Il sort du lycée et veut parler à « M. Di Mambro ». Nul ne saura jamais ce que lui a dit Jo, ce soir-là. Mais, le lendemain, Jacques est de retour, dès la sortie du lycée. C'est un garçon peu bavard. Il se change dans le vestibule, enfile un bleu de travail et se met en devoir de décoller tous les vieux papiers peints de la maison. On devine que Jo le lui a demandé. Tous les soirs suivants, tous les week-ends suivants, il est là désormais, besogneux, têtu et muet, acharné à restaurer la Pyramide, de la cave au grenier. Quand Jo fait une réunion pour vilipender la folie des hommes qui mènent le monde à sa perte, Jacques est encore là, attentif et muet. Il est le fils d'un couple d'ouvriers, d'un père effacé et d'une mère omniprésente. Le dynamisme de Jo, les messages qu'il dit recevoir de l'au-delà, et qui en font un homme d'une puissance inimaginable, le subjuguent.

Quelques semaines plus tard, arrive une femme d'environ quarante ans, Claude Galard, ma future « marraine ». Elle n'éprouve pas encore le besoin de cacher son visage derrière de grosses lunettes de soleil, car elle n'a pas encore rencontré François, qui pourrait être son fils. Claude a fait successivement du yoga avec Laurence Meunier, puis du rêve éveillé avec Évelyne Chartier. Elle vient de divorcer contre son gré d'un grand bijoutier genevois dont elle a eu deux enfants, à présent majeurs. C'est donc une femme seule, à peine sortie d'une longue dépression, qui se présente à Jo Di Mambro. Or, dès le premier entretien, Jo lui révèle la raison profonde de tout son malheur : elle est ce fameux soldat romain qui a transpercé de sa lance la poitrine du Christ, il y a deux mille ans. Longtemps, elle avait cherché avec Évelyne Chartier quel personnage elle avait bien pu être dans le passé pour mériter un si mauvais sort dans le présent. Longtemps, elle avait cherché mais elle n'avait pas trouvé. Et voilà que Di Mambro, lisant dans son aura, lui livre la clé de son destin. On devine dans quel état de dévotion elle va aussitôt se trouver à l'égard du maître. Non seulement elle doit tout à Di Mambro, mais elle doit maintenant racheter son geste monstrueux. Elle fera chaque année à Pâques un jeûne de quinze jours pour réparer sa faute.

Quand il sonne aux grilles de la Pyramide, François est un être fruste et lourd. Il a dix-huit ou vingt ans, porte la barbe et les cheveux longs et rentre, dit-il, d'un voyage de deux ans sur le continent américain. « J'ai reconnu en lui une force, me racontera plus tard Jo, et je me suis dit : “ Je vais le mettre à l'épreuve. Soit il craquera et s'en ira, soit il résistera et j'en ferai l'un de mes disciples. ” » Jacques est seul alors à refaire toute la maison. Il lui adjoint François pour tous les travaux de force, les terrassements dans le jardin, les cloisons intérieures à abattre, la construction d'un lieu de prière, un sanctuaire, au grenier. Non seulement François résiste, mais il devient un adepte fervent des cours et conférences que Jo commence à dispenser régulièrement dans la salle à manger. François se focalise sur deux idées simples : l'apocalypse est proche, mais une petite minorité d'élus en sera protégée, celles et ceux qui auront suivi à la lettre les enseignements des maîtres. Puisque Jo est un maître, François se sent protégé, et pour lui commence l'impatiente attente de l'apocalypse. Quinze années durant, je ne l'entendrai parler que de ça.

Bientôt, Jacques Boivin abandonne le lycée, malgré son jeune âge, et vient s'installer à la Pyramide. Comme il est ingénieux, bricoleur, imaginatif, Jo en fait l'homme de peine de la maison. Marielle Chiron conserve son travail de comptable à la banque et offre son salaire à la communauté. Sa rigueur, son immense discrétion aussi, lui valent d'être nommée trésorière de la Pyramide. Claude Galard qui, elle aussi, travaille en ville dans une boutique et donne son salaire, prend en charge le ménage et la cuisine, avec Claudine Salvin, l'épouse du potier qui, lui, vend sa production au bénéfice de la collectivité. François demeure l'homme à tout faire, du jardin à la bonne tenue des poubelles. Au-dessus de ce premier cercle de disciples, siègent, si j'ose dire, Laurence Meunier et Évelyne Chartier, ambassadrices de Jo dans le monde profane, marraines de tous les adeptes et, à ce titre, observatrices zélées de la conscience de chacun, toujours prêtes à rapporter à Jo l'écart de l'un ou de l'autre. Enfin, tout au sommet de la pyramide, au propre et au figuré, règnent Jo et Jocelyne Di Mambro. Le maître n'est là qu'une partie du temps. Il rédige ses conférences et elle les lui tape. Puis il disparaît deux ou trois jours et revient à l'improviste.

Un jour, Di Mambro révèle la destination secrète de ses voyages : Zurich. Là-bas siègent les trente-trois frères aînés de la Fraternité blanche de la Rose-Croix, dit-il. Ce sont des maîtres hautement spirituels qui maintiennent l'équilibre de la planète. Lui, Jo, est l'ambassadeur de ces trente-trois êtres venus de l'astral. Les maîtres de Zurich, raconte-t-il, ont construit une sorte de cité souterraine et ils n'ont guère besoin de lumière car leur propre lumière intérieure suffit à éclairer ce sanctuaire enfoui. Ces maîtres suivent avec réconfort la naissance de la Pyramide, car elle pourrait être, dit encore Jo, le dernier îlot de vie quand l'apocalypse aura tout ravagé.

La communauté en est là quand Blanche Davout, la chanteuse lyrique, la rejoint. Elle est envoyée à Di Mambro par Évelyne Chartier et c'est elle, Blanche, qui va présenter à Di Mambro son premier disciple d'importance : le musicien violoniste Stéphane Junod, accompagné de sa femme Janine. Junod n'a que trente-cinq ou trente-six ans cette année-là, mais il a déjà travaillé avec les plus grands orchestres, et sa réputation de premier violon ne va plus cesser de croître. Les deux hommes se séduisent mutuellement. Junod, d'abord sidéré par les dons de médium de Di Mambro, adhère très vite à ses prophéties. Jo lit dans son aura et lui annonce un destin hors du commun. Jo, de son côté, est certainement grisé de tenir sous son influence un personnage de cette ampleur. Et, dès le premier jour, il lui explique que leur rencontre n'est pas le fait du hasard : un maître, lorsqu'il s'incarne, a besoin d'une couverture sociale pour être en paix avec les institutions terrestres. Cette couverture, Junod est envoyé pour la lui donner. Jo pourrait être son conseiller privé ou son représentant international, ou encore son secrétaire particulier. Qu'importe, les deux hommes trouveront bien un statut.

Quelques semaines après l'arrivée de Stéphane Junod, un autre couple se présente à la Pyramide, de nouveau recommandé par Évelyne Chartier. Ils se nomment Jean-Marc Dubois et Jeanne. Lui est thérapeute, elle esthéticienne. Ils vivent largement dans une luxueuse maison, à proximité de Genève. Jean-Marc a une importante clientèle. Jeanne, elle, est réputée pour des produits cosmétiques qu'elle prépare elle-même. Tous les deux sont en guerre contre les brutalités de la vie quotidienne, le stress, le matérialisme. Ils se battent pour une alimentation biologique et ont tenté d'élever leur esprit par le yoga, la méditation, et enfin le rêve éveillé. Quand ils racontent à Jo Di Mambro le long chemin qu'ils ont dû parcourir pour arriver jusqu'à lui, ils savent déjà qu'ils s'adressent à un maître. Ils n'ont aucun doute là-dessus.

Le couple Colineau, qui vient à son tour consulter Jo, un peu plus tard, est bien différent. Elle, Joëlle Colineau, est une adepte fidèle des leçons de yoga de Laurence Meunier et du groupe ouvert de « réflexion sur le monde spirituel ». Son mari, en revanche, personnage bourru et peu bavard, se fiche apparemment de toutes ces « bondieuseries ». Pourtant, ils viennent ensemble à la Pyramide, et tout de suite Jo voit en André Colineau un personnage considérable du passé. « Tu as été Josué, le successeur de Moïse », lui dit-il. Et Jo lui-même semble impressionné de se trouver en face d'une telle sommité biblique. Joëlle regarde soudain son mari avec les yeux de Marie-Madeleine pour Jésus. Et André se laisse convaincre. Lui, l'incroyant, se sent habité soudainement, élevé par cette révélation au-dessus du commun. Dans la vie, il est juriste, comme sa femme. Tous deux ont une fille de douze ans, Corinne, et un superbe chalet sur les hauteurs de Genève.

À présent, la Pyramide est bien trop petite pour héberger tous ces nouveaux disciples. Seule Blanche Davout, la chanteuse, rejoint vraiment la communauté. Elle vit seule et n'a donc besoin que d'une chambre. Les autres, le couple Junod, le thérapeute Jean-Marc Dubois et son amie Jeanne, les juristes Joëlle et André Colineau, demeurent des membres extérieurs mais participent à toutes les conférences de Jo Di Mambro. On les associe étroitement à la vie de la petite communauté et c'est Jo lui-même qui leur annonce un jour à tous, à l'issue d'une méditation, la grande nouvelle : François et Claude vivent désormais ensemble. « J'avais été prévenu par les maîtres de Zurich que cela se ferait, dit Jo. Leurs entités se cherchaient. Ils ont maintenant une mission à accomplir ensemble. Laquelle ? Ils le sauront bien assez tôt. » Parce qu'ils ont été réunis sous l'autorité des maîtres, François et Claude forment le premier « couple cosmique » de l'humanité renaissante. On les applaudit. Plusieurs semaines durant, ils sont observés comme des êtres exceptionnels. À présent qu'elle sait qu'elle a transpercé le cœur du Christ, Claude est sur la voie de la rédemption. La preuve : François lui est envoyé, et avec lui le bonheur d'être en même temps épouse et mère. Sous son influence, François, le routard lourdaud, s'est affirmé. Il mange proprement, se lave et n'emploie plus de mots grossiers.

Bientôt Corinne Colineau, la fille d'André et Joëlle, vient à son tour vivre à la Pyramide. On ne sait trop si c'est pour l'enseignement de Jo ou pour Jacques Boivin, dans le lit duquel elle dort. Ce sont des adolescents, et chacun préfère fermer les yeux. D'ailleurs, puisque Jo n'en dit rien, il s'agit sûrement d'un couple cosmique.

Il est temps de songer à s'agrandir. Les Junod, les Dubois et les Colineau ont hâte de dormir sous le même toit que le maître, comme Marielle Chiron, comme Claudine et Michel Salvin, le potier, comme François et Claude, comme Jacques Boivin et Corinne Colineau. Les Dubois et les Colineau se disent prêts à vendre leur maison respective pour participer à l'achat d'une vaste demeure capable d'héberger tout le monde. On se met en chasse et Jean-Marc Dubois découvre la perle rare : une sorte d'ancien couvent templier ayant appartenu à l'ordre des chevaliers de Malte. La maison est située à Saconnex-d'Arve, au sud de Genève, au milieu d'un parc, lui-même prolongé par des terres agricoles. Jo Di Mambro voit dans cette découverte le doigt du ciel : ce sera cette maison et aucune autre, quoi qu'il en coûte. Les Dubois et les Colineau mettent immédiatement en vente leur propriété. Laurence Meunier promet de verser une part importante. Il faut enfin vendre la Pyramide, mais c'est plus compliqué, car elle est loin d'être payée. On est en train d'y réfléchir quand Jo propose soudainement, un soir, d'aller tous ensemble au cinéma. « On a assez bossé pour aujourd'hui, dit-il. Maintenant, détente. » Tout le monde est prié de suivre. Au retour, la maison est en feu et les pompiers sur les lieux. Jo est apparemment catastrophé. Michel et Claudine Salvin, qui ont en plus perdu leur atelier de poterie, tout perdu donc, sont livides. Claude et Marielle sanglotent. François veut foncer dans les flammes, sauver au moins les enseignements de Jo, mais Jocelyne Di Mambro le retient.

Durant quelques jours, la compagnie d'assurances tente d'échapper à ses responsabilités en prétendant qu'il pourrait s'agir d'un incendie criminel. Ils sont tous interrogés par la police et rapidement mis hors de cause. Quinze ans plus tard, j'apprendrai tout à fait incidemment que Jo, lui aussi, a été longuement interrogé. La police suisse avait découvert à cette occasion qu'il avait déjà été condamné en France à quelques mois de prison ferme pour diverses escroqueries, dont des chèques sans provision. Mais le secret, alors, est bien gardé. Trois semaines après le sinistre, la compagnie rembourse intégralement la Pyramide et l'on peut enfin acheter la belle demeure des chevaliers de Malte.

Avant même d'en avoir les clés, Jo l'a déjà baptisée du beau nom de « Fondation Golden Way ». Jacques et François sont aussitôt mis à contribution pour aménager les appartements de chacun. Jo et Jocelyne s'installent à l'étage, dans l'aile principale. Jean-Marc et Jeanne Dubois prennent plusieurs pièces dans l'aile secondaire. Jean-Marc ouvrira là son cabinet de thérapie ; Jeanne dispensera ses soins et ses crèmes de beauté, juste à côté. Les Colineau s'installent à proximité des Di Mambro. Les Salvin recréent leur atelier de poterie dans une dépendance. Pour les Junod, on aménage une vaste suite sous les toits, un atelier d'artiste en quelque sorte. Les autres, Claude et François, Marielle, Blanche, Jacques et Corinne s'installent où ils veulent, les pièces ne manquent pas.

Quand chacun est à peu près posé – les travaux d'emménagement ne vont jamais cesser réellement –, on construit un sanctuaire, un lieu de prière, à côté du fameux salon vert où, pour la première fois, je rencontrerai Jo.

Mais nous n'en sommes pas encore à l'automne 1979, à mon arrivée à la fondation Golden Way. Durant les quelques mois qui m'en séparent encore, deux couples vont se défaire et se recomposer difficilement. Jo estime que le couple de son ami Stéphane Junod est arrivé au terme de sa « mission ». Stéphane et Janine n'ont plus grand-chose à se dire, et pour Jo cela tient à Janine, esprit dévoué mais trop étriqué pour vivre en bonne harmonie avec le grand musicien. Jo constate une situation similaire chez les Salvin. Cette fois, c'est le potier qui fait pâle figure au côté de sa femme, Claudine, qu'il étouffe à petit feu. Il est vrai que Junod est tombé amoureux de Claudine Salvin, et réciproquement. « Vos deux entités ont une grande mission à accomplir », prophétise aussitôt Jo. Stéphane et Claudine, qui bientôt divorceront chacun et se marieront, formeront donc le deuxième « couple cosmique » de la fondation. Très vite, Janine Junod ira se consoler dans les bras de Michel Salvin et ils auront ensemble un enfant, Bruno.

La communauté est en plein emménagement, en plein bouleversement, quand M. et Mme Auneau demandent une audience à Jo. Ils habitent Lyon, où monsieur dirige une petite entreprise, et s'ils sonnent à la fondation Golden Way, c'est pour leur fille de dix-huit ans, Élisabeth, indomptable, consommatrice de drogues et de garçons, incapable d'étudier ni de se fixer le moindre objectif. Ils n'ont plus beaucoup d'espoir de la remettre sur le droit chemin, ou plutôt ils n'en ont plus qu'un, lui, Di Mambro. Jo demande à rencontrer Élisabeth et, la semaine suivante, M. et Mme Auneau la lui présentent. C'est une jeune fille de taille moyenne, blonde, aux grands yeux bleus, aux lèvres rouges ; un sosie de Marilyn Monroe. Jo la reçoit seul. Il la fait parler et lit dans son aura. Puis il fait entrer les parents et leur livre son diagnostic : « Je comprends, dit-il, pourquoi Élisabeth est comme cela : elle a une telle énergie en elle qu'elle est obligée de la manifester d'une manière ou d'une autre. Elle la manifeste mal, c'est entendu. Mais je vais canaliser cette énergie et lui donner un sens, car j'ai reconnu en elle la reine Hatchepsout, cette reine pharaon qui s'était déguisée en homme et était en réalité plus forte qu'un homme. Il faut qu'à nouveau cette entité puisse se manifester, et je vais l'y aider. Confiez-moi Élisabeth, dans quelques mois vous ne la reconnaîtrez pas. »

Élisabeth Auneau est installée dans un petit appartement repeint de neuf, juste sous celui des Di Mambro, quand je fais mes premiers pas dans la fondation Golden Way. Tous sont déjà là, dans ce climat d'euphorie des premiers mois.

Les activités se multiplient en cet automne 1979, et bientôt Noël approche. Un dimanche soir, alors que je quitte la fondation très tard après une méditation, Évelyne Chartier et Laurence Meunier me retiennent dans le vestibule.

– Ah, Thierry ! me dit Évelyne, tu sais que le 24 décembre au soir, nous avons une grande cérémonie. Jo tient absolument à ce que tout le monde soit présent...

– Le 24 au soir... Non, non, Évelyne, je ne savais pas...

– Cette nuit-là, nous dormirons tous à la fondation, poursuit Laurence, la journée du lendemain est très chargée. Tu penses, un 25 décembre...

– Bien, bien, dis-je, je... je vais en parler à Nathalie...

– Nous comptons sur toi, Thierry, c'est essentiel !

Je passe une mauvaise nuit auprès de Nathalie et des enfants que je n'ai pas pu embrasser ce soir-là, une fois de plus. Il me semble qu'en quelques semaines seulement je me suis énormément éloigné d'eux. Frédéric a deux ans et demi et je ne dessine plus beaucoup avec lui. Quant à Pascal, je n'ai même pas gardé le souvenir de son premier anniversaire, en novembre. Il me vient le désir brutal de les serrer contre moi, de leur annoncer mon retour. Mais en même temps je suis pris de vertige à l'idée d'abandonner la voie royale qui a donné un sens à ma vie. Ils avaient un père beaucoup plus présent auparavant, me dis-je, oui, mais dans quel état! Dépressif, défaitiste. À présent, ils ne me voient plus, presque plus, mais dans nos rares moments en commun je rayonne, je suis plein d'enthousiasme. Nathalie me le disait encore hier : « Tu es méconnaissable, Thierry. » J'arpente les pièces de notre petite villa, pieds nus, pour ne réveiller personne. Et finalement, je prends cette décision; je ne quitterai pas la fondation, c'est impossible, mais pour Noël, ce sera non, définitivement non. Mon absence serait trop cruelle pour Nathalie, trop insupportable pour les enfants.

– Évelyne, j'ai deux enfants et une femme, lui dis-je le lendemain, tu le sais. Pour Noël, je ne peux pas les laisser...

Son regard s'est durci brusquement. Elle ne sourit plus.

– Les choix sont les choix, Thierry, me dit-elle. Cela fait maintenant trois mois que tu viens, tu as eu tout le temps de voir comment ça se passe. Je compte sur toi le 24 décembre, un point c'est tout.

Elle tourne les talons et me plante là, dans un coin de la bibliothèque où nous attendons Jo. Un instant plus tard, je la vois chuchoter quelques mots à l'oreille de Laurence Meunier, et aussitôt Laurence me cherche des yeux. Elle vient vers moi.

– Thierry, qu'est-ce que j'apprends ? Tu ne serais pas là le 24 décembre! Mais c'est impossible, voyons. Jo ne le supportera pas...

– Enfin, Laurence, j'ai une famille!...

J'ai dû élever la voix, car aussitôt des visages se tournent vers nous. Et cependant, mes yeux se noient sous le coup d'une émotion trop forte. Je quitte la pièce pour cacher ma colère.

– Thierry! crie Laurence.

Cette fois, toute la salle a dû se retourner. Bientôt, François et Claude sont auprès de moi, dans le long corridor.

– Enfin, Thierry, qu'est-ce qu'il t'arrive? Laurence est bouleversée, Évelyne est montée chez Jo...

– On me demande d'abandonner mes enfants le soir de Noël. Je ne peux pas... Je préfère quitter la fondation.

– Thierry! Tu n'y penses pas sérieusement, balbutie Claude. Reste avec lui, François, je reviens.

À son tour, elle court vers les étages. Un moment plus tard, Jo arrive enfin, flanqué d'Évelyne et de Claude.

– Évelyne m'a tout raconté, dit-il. Thierry, pas de problème, nous t'attendons le 24 au soir, avec ta femme et tes enfants.

7

Intelligence des êtres ou fourberie machiavélique, Jo avait compris ce soir-là qu'il devait agir s'il voulait me conserver au sein du groupe. Comme j'aurai l'occasion de le constater au cours des longues années que je passerai à ses côtés, il était capable de changer d'attitude et de stratégie dans la seconde quand un événement inattendu venait contrarier ses plans.

En proposant que je vienne à cette cérémonie de Noël avec ma femme et mes enfants, Jo m'a totalement converti à sa cause. Il m'a libéré de la gêne que j'éprouvais en cachant à Nathalie la vérité sur mes activités exactes au sein de la fondation.

Quand je lui ai transmis l'invitation, Nathalie a eu ces mots tout simples : « Avec plaisir, Thierry, mais je ne veux pas m'imposer. » Je l'ai embrassée et je me souviens lui avoir confié à l'oreille : « Ce sera le plus beau Noël de ma vie, Nathalie, car il réunira sous un même toit l'homme que je vénère le plus au monde, et vous trois que j'adore. »

Lorsque nous avons franchi les grilles du parc, toute la maison était illuminée.

– C'est magnifique ! s'est exclamée Nathalie.

Elle était heureuse, et moi aussi. Je serrais Pascal dans mes bras pour traverser le parc, et Nathalie tenait la main de

Frédéric qui marchait tout à fait bien à présent. Notre entrée fut saluée par des exclamations de joie. Ils étaient déjà tous installés autour d'une longue table décorée de guirlandes et de bougies. Seuls manquaient Jo et Jocelyne. Beaucoup se levèrent pour nous accueillir. Laurence Meunier fut la première à nous embrasser.

– Tout est oublié, Thierry, me souffla-t-elle à l'oreille. Et aussitôt : Quels enfants superbes ! Je suis heureuse de vous connaître, Nathalie.

Puis François et Claude se sont approchés.

– Je te présente mon parrain et ma marraine, ai-je dit à Nathalie. Le premier couple de la fondation. Ils sont merveilleux, tu verras.

Nathalie les a embrassés. Blanche Davout m'a pris Pascal des bras et l'a serré contre sa large poitrine. Joëlle Colineau a fait au même moment le même geste avec Frédéric, qu'elle a débarrassé de son manteau et de son bonnet. Enfin, Évelyne Chartier nous a rejoints. Ses mots de bienvenue manquaient de sincérité. J'ai deviné à ses yeux glacés qu'elle était contre la venue de Nathalie et des enfants. Nous avons entrepris un tour de table pour saluer chacun. Stéphane Junod qui nous observait avec ennui et un peu de mépris, m'a-t-il semblé. Claudine Salvin, dont il tenait la main. Le couple Dubois, Jean-Marc et Jeanne. Jacques Boivin et Corinne Colineau, le petit couple d'adolescents. André Colineau, bougon, à peine souriant. Cette nouvelle, Élisabeth Auneau, sosie décidément de Marilyn Monroe. La sévère Marielle Chiron, au visage aigu, dénué de charme. Michel Salvin, le potier qu'on dit aussi poète. Janine Junod, etc.

Nous étions assis depuis un instant quand Jo et Jocelyne sont apparus. Le regard de Jo a croisé distraitement le mien, et son visage s'est éclairé à la vue de Nathalie. Aussitôt, il est venu vers nous :

– C'est ta femme, Thierry ? Mais elle est magnifique ! Nathalie, n'est-ce pas ?

Il l'a fait lever et l'a embrassée.

– Magnifique! répétait-il. Tu sais, Nathalie, qu'il faut que tu viennes désormais avec ton mari. C'est essentiel pour lui, mais c'est important pour toi aussi. Tu verras, tu comprendras tout cela plus tard. Alors, c'est entendu, nous comptons sur toi désormais?...

Nathalie a rosi. Elle était émue.

– Avec plaisir, a-t-elle bredouillé. Mais avec les enfants...

– Les enfants ne doivent pas être un problème, a tranché Jo. Il y a suffisamment de monde ici. Vous me téléphonez et je vous envoie une baby-sitter. D'accord, Nathalie?

– D'accord, c'est très gentil.

Nous avons passé deux jours étranges. À plusieurs reprises, j'ai surpris certains invités s'éclipsant en direction du salon vert, sur un signe discret de Laurence Meunier ou d'Évelyne Chartier. Je les soupçonnais d'avoir une activité secrète dont j'étais de toute évidence exclu. Sans doute est-ce la présence de Nathalie qui les gêne, me disais-je. De fait, nous fûmes conviés à tous les repas, les jeux, les promenades, bref les activités profanes. Mais on ne m'invita, moi personnellement, à aucune activité spirituelle. J'en ressentais au fil des heures une frustration grandissante, et même une sorte d'humiliation. Pourquoi avoir tant insisté pour m'avoir, si c'était simplement pour me regarder boire et manger?

Enfin, quelques instants avant notre départ, Jo me fit venir.

– Nous allons être appelés, me dit-il, à reprendre le flambeau des templiers. J'ai été prévenu. Je savais qu'une grande mission nous serait confiée, eh bien, c'est celle-là. Thierry, acceptes-tu de réaliser la croix du temple?

– La croix du temple! Mais Jo, je ne l'ai jamais vue...

– Je t'ai dessiné un modèle. Le voici. Acceptes-tu d'en faire une médaille?

– Je peux essayer, Jo. C'est un très grand honneur, mais...

– Tu y arriveras, Thierry. Je le sais. Va maintenant.

Nathalie était heureuse de ces deux journées. La communauté n'avait pas cessé de prévenir ses désirs, et quelques femmes, dont Claude et Janine Junod, l'avaient déchargée des enfants. Elle n'avait pas perçu que nous avions été systématiquement écartés des activités spirituelles. D'ailleurs, elle ignorait que la fondation recélait un sanctuaire, ce lieu secret où moi-même je n'étais allé que deux fois, depuis la fameuse cérémonie de remise des talares.

Toute la semaine, je me suis employé à réaliser au laboratoire la médaille des templiers. Je l'ai façonnée avec un immense respect. « Jo est extraordinaire, me disais-je, je ne lui ai jamais parlé de ma vocation rentrée de bijoutier-joaillier, et la première mission qu'il me confie est précisément la réalisation d'un bijou. » Quelques jours plus tard, je la lui ai remise et il n'a pu dissimuler un petit sifflement d'admiration.

Une semaine s'est écoulée et nous sommes soudain convoqués pour un « buffet froid en présence de notre ami ». C'est Laurence Meunier qui a téléphoné à la maison, en mon absence. « Notre ami insiste beaucoup pour que vous soyez présents tous les deux », a-t-elle dit à Nathalie. Jo nous envoie donc une certaine Sylvie, pour garder les enfants.

L'ambiance est électrique quand nous arrivons. François et Claude nous attendent sur le perron.

– Vite, vite, nous disent-ils, Jo rentre de voyage, il a une grande nouvelle à nous annoncer. Nous devons tous nous réunir dans la bibliothèque.

Laurence Meunier, à son tour, nous fait presser. On nous débarrasse de nos manteaux, on nous pousse vers la salle. Enfin, nous sommes assis, au dernier rang. Tous sont là, déjà, mais il est vrai que la plupart habitent sur place.

– Voilà, commence Jo, je rentre d'un voyage dans le Midi avec Jacques. Nous étions partis recueillir des vibrations sur un lieu templier qui m'avait été indiqué en sanctuaire, et nous avions pris avec nous cette croix du temple que Thierry a magnifiquement réalisée. Tu le sais, Thierry, je te l'ai moi-même dit...

Il marque un temps d'arrêt, et tous se tournent vers moi. Les visages, me semble-t-il, sont éperdus d'admiration.

– Nous pressentions que cette croix était liée aux entités templières, reprend Jo solennellement, quand un miracle s'est produit : trente-trois médailles se sont matérialisées sous nos yeux...

Véritablement, nous retenons notre souffle. Nous nous savons en présence d'un maître, nous n'avons aucun doute là-dessus. Pour ma part, j'ai déjà assisté à un phénomène extraordinaire en sa présence : la chute de l'ampoule du spot qui a sectionné net la tête de la rose lors de la cérémonie de remise des talares. Les autres ont dû en voir beaucoup plus encore. Nous retenons notre souffle car nous allons être les témoins d'une nouvelle manifestation surnaturelle. Jo se lève, et il brandit dans ses mains jointes les médailles.

– Les voilà ! poursuit-il. Elles sont au nombre de trente-trois, comme les trente-trois frères aînés de la Rose-Croix, comme les trente-trois maîtres de Zurich...

Jo est livide à cet instant. Sous le choc, certains s'agenouillent. Nous respectons tous un temps de méditation. Enfin, Jo se rassoit et reprend gravement :

– Chacune de ces médailles est numérotée. Nous allons maintenant puiser tour à tour un papier dans cette urne, et chacun recevra une médaille dont le numéro correspond au chiffre inscrit sur le papier. Puis nous demanderons aux maîtres de bénir cette médaille et celui qui la porte.

Je tire le numéro 13 et Nathalie le 33, deux chiffres hautement symboliques. Quand Jo nous remet notre médaille, elle nous brûle les mains véritablement, et instinctivement nous l'embrassons.

– Maintenant, dirigeons-nous lentement vers le salon vert, commande Jo. Chacun pénétrera à son tour dans le sanctuaire. Les maîtres y sont, je le sais. Ils vont se manifester à chacun d'entre vous dans un langage qui leur appartient. Mais nul ne pourra douter de leur présence.

Enfin, je suis appelé, me dis-je. Pour Nathalie, le sanctuaire va être une découverte. Je pense très fort à elle à ce moment. Nous nous effleurons la main, et nous partons en procession vers le salon vert. Les maîtres vont se manifester, mais de quelle façon, mon Dieu ? Et je serai seul en face de ces êtres cosmiques ? Vais-je savoir leur répondre ?

Nous nous plaçons à la file, suivant le numéro de notre médaille. Et comme la porte du sanctuaire demeure entrouverte, je vois que certains reçoivent deux ou trois éclairs lumineux, d'autres rien. Ainsi les maîtres se manifestent-ils par ces sortes de flashes extrêmement violents, me dis-je. Vont-ils s'adresser à moi, ou rester muets, comme pour certains ? Enfin, j'entre. Jo et Jocelyne sont là, dans la pénombre, revêtus de leur cape. Jacques Boivin est également là. Et soudain, trois éclairs trouent la nuit.

– Bien, Thierry, dit sourdement Jo, les maîtres t'ont reconnu. Va maintenant.

Je retourne en méditation dans le salon, et nous patientons jusqu'à la dernière présente, la trente-troisième, Nathalie. Quand elle entre, c'est véritablement un orage céleste qui se déchaîne dans le sanctuaire. Ce ne sont pas deux ou trois flashes, mais une dizaine, au point que certains ne retiennent pas des exclamations de surprise, ou peut-être d'envie.

Bientôt Nathalie réapparaît, blême, suivie de Jo, de Jocelyne et de Jacques.

– Voilà, dit Jo, je savais qu'il devait se passer aujourd'hui quelque chose de très important. Cela vient d'arriver. Nous avons retrouvé la reine des Atlantes. Le cycle de l'Atlantide est remis en route. Nathalie, tu es Anthéa...

Tous les regards se portent sur Nathalie. Jo l'observe comme une véritable ressuscitée. Elle semble hallucinée, chancelante, incapable de dire un mot.

– Tu es Anthéa, Nathalie, répète Jo. Ta place est maintenant parmi nous, et parmi les meilleurs d'entre nous.

Quand nous regagnons la maison, à minuit passé, Nathalie est encore sous le choc.

– Thierry, dit-elle, ces éclairs lumineux, tu ne peux pas savoir!... Jo a dû lever son épée pour les faire cesser. C'était très impressionnant.

– As-tu vu comme Évelyne te regardait à la sortie ? dis-je.

– Non, je n'ai rien vu, ni personne. Tu sais, j'étais totalement bouleversée...

– Évelyne avait l'air abasourdie. Elle qui te traitait comme une quantité négligeable... La reine des Atlantes, dis donc...

Dans les semaines suivantes, il n'y en eut plus que pour Nathalie-Anthéa. Depuis Noël, François et moi avions entrepris de labourer la terre, derrière la fondation, pour y planter des légumes. Jo nous avait demandé de planter de quoi nourrir au printemps toute la communauté. Tous les soirs, à la sortie de mon travail, je rejoignais donc François et nous travaillions dans la nuit, à la pioche. Mais Jo ne me demandait plus de rester après le dîner.

– Thierry, disait-il, tu files chez toi garder les enfants et tu m'envoies Anthéa. Je n'ai pas besoin de toi ce soir au sanctuaire, en revanche, il me faut absolument les vibrations d'Anthéa.

Ce fut une période difficile pour moi, car les rôles s'inversaient brusquement. Durant tout l'automne, c'était moi qui rentrais au milieu de la nuit à la maison, l'esprit brûlant des prophéties de Jo, des secrets qu'il m'était interdit de partager avec Nathalie. À présent, c'était elle qui rentrait affreusement tard, et ce fut elle qui dit un matin, au petit déjeuner, ces mots qui marquaient sa supériorité d'une certaine façon :

– Jo nous a fait vivre des choses incroyables, cette nuit. Je ne peux pas te raconter, tu le sais, n'est-ce pas? Mais incroyables, vraiment...

Enfin, au mois de mars 1980, Jo nous réunit de nouveau tous dans la bibliothèque. Comme il l'avait promis aux parents d'Élisabeth Auneau, nous dit-il, il venait de passer du temps à tenter de remettre leur fille sur le droit chemin. Et puisqu'il avait reconnu en elle l'entité de la reine pharaon Hatchepsout, il venait précisément d'emmener Élisabeth en pèlerinage sur le site égyptien où vécut cette reine : le temple de Deir el-Bahari. Tous les deux rentraient de trois jours de méditation dans ce temple, et voilà la révélation que Jo y avait reçue et qu'il voulait nous transmettre : Élisabeth concevrait, dans les mois à venir, un être aussi important que le Christ, un être d'origine cosmique, qui annoncerait tout à la fois la résurgence du temple et le monde nouveau. Celui qui survivrait à l'apocalypse.

Je me souviens que nous avons soudainement observé Élisabeth avec énormément de respect. Elle allait être fécondée en sanctuaire par un être de l'au-delà dont Jo nous révéla le nom : Manatanus. Élisabeth, fécondée par Manatanus ! Jo continuait à parler, mais nous ne pouvions plus détacher nos regards du tendre visage pâle de la jeune fille. Elle souriait, la bouche entrouverte, les yeux dans le vague. « Cette conception ne va pas de soi », reprit plus fortement Jo. Pour permettre à l'entité divine de venir s'incarner en Élisabeth, il allait falloir élever considérablement la vibration de la fondation, en faire, dit-il, un véritable « berceau énergétique ». Dans les jours à venir, nous serions donc appelés à multiplier les exercices spirituels.

L'annonce de la grossesse d'Élisabeth Auneau marque un tournant dans la vie de la fondation.. Bon enfant au départ, la communauté va peu à peu se donner, à l'occasion de cet événement, des règles disciplinaires draconiennes. Des règles qui annonceront effectivement la résurgence du temple, la création, en fait, de l'Ordre du Temple solaire. Comme si la communauté tout entière avait attendu la promesse de cet enfant pour se mettre en marche.

Élisabeth, elle-même, est la première à se métamorphoser. Cette jeune femme que l'on avait connue en T-shirt et jean effrangé ne va plus s'habiller qu'en robes de couturier. Son port de tête et sa démarche vont changer, peut-être sous l'effet des chaussures à talons et des bijoux dont elle va se trouver comblée. Du jour au lendemain, elle abandonne ménage et cuisine, pour méditer de longues heures dans son appartement, ou s'en aller vingt-quatre heures en pèlerinage avec Jo, sur un lieu templier tenu secret.

Désormais, nous ne devons plus nous approcher d'Élisabeth Auneau. Nous devons veiller à conserver, entre elle et nous, une distance d'au moins six mètres. Élisabeth ne se déplace plus qu'avec un petit coussin doré sur lequel elle s'assoit, pour que nos vibrations ne risquent pas de parasiter les siennes. Enfin, une femme est à son service, de façon à satisfaire tous ses désirs. Jo a nommé à cette place la grande et sèche Marielle Chiron, en qui il a reconnu une authentique vestale, une de ces prêtresses romaines vouées à la chasteté. Cette mission comble Marielle, qui va devenir tout à la fois la servante et la garde du corps d'Élisabeth. On la voit purifier à l'alcool l'assiette et les couverts de la jeune femme, filer au centre-ville lui acheter parfum et sous-vêtements, nous ordonner de déguerpir car Élisabeth doit descendre d'une minute à l'autre prendre son thé.

Future mère du nouveau Christ cosmique, Élisabeth est de plus en plus souvent au sanctuaire, seule avec Jo. Elle est, de ce fait, en liaison constante avec les maîtres et c'est à ce titre qu'elle va rapidement nous gendarmer. Elle va prendre l'initiative de nous réunir, comme seul Jo le faisait, et nous admonester. « J'ai appris des maîtres, va-t-elle souvent répéter, que ce week-end a été désastreux au niveau conscience, pour chacun d'entre vous. Ce n'est pas comme ça que l'unité de la fondation va se faire. Ce n'est pas comme ça que l'on réussira à construire le berceau énergétique de l'être à venir de l'ère du Verseau. »

Un jour, à l'issue d'une de ces réunions dont nous sortons accablés sous le poids de nos propres fautes, Élisabeth nous annonce l'ouverture d'une période d'intense méditation. Cette fois, il va falloir véritablement mettre en commun toutes nos énergies pour préparer la venue de Manatanus, le maître qui va la féconder. Les exercices débuteront tous les matins dans le parc à 5 h 30, et tous les soirs nous nous retrouverons au sanctuaire.

Nous mettons la sonnerie du réveil à 4 h 45, et tous les matins de ce printemps 1980, nous sommes donc là, dans le parc, Nathalie et moi, épuisés mais en survêtement, prêts à l'exercice. Élisabeth, Sylvie et Laurence Meunier ont mis au point un programme inspiré du yoga, qui doit permettre cette fusion des énergies. Nous nous réunissons invariablement sous l'ancestral wellingtonia, un séquoia de trente-trois mètres de haut, le plus beau de Genève, qui n'en compte que trois. « Le jour où la foudre touchera cet arbre, nous a prévenus Jo, nous saurons que l'apocalypse est en marche. » Là, sous le wellingtonia, Élisabeth dirige cette gymnastique spirituelle. Parfois, nous devons tenir un quart d'heure sur un pied, ou encore marcher religieusement en procession, et pieds nus, autour du tronc de l'arbre. À la fin, nous touchons tous ensemble le tronc, nous fermons les yeux, et nous prions. Élisabeth note sur un carnet l'assiduité et le degré de recueillement de chacun. Le soir, dans le salon vert, Jo commente les appréciation d'Élisabeth : « Bien, Thierry, je vois que tu n'as pas manqué un matin », ou encore : « François, qu'est-ce qui s'est passé ? Pourquoi Claude a-t-elle refusé de te prendre la main ? Je ne veux pas de disputes en ce moment, n'est-ce pas ? Ou tu porteras seul la responsabilité d'avoir empêché la fécondation d'Élisabeth... »

Nathalie et moi vivons dans une sorte d'état hallucinatoire. Nous ne dormons plus que trois ou quatre heures par nuit, nous sommes tout entier tendus vers la venue promise de Manatanus, nous ne parlons que de cela, et nous nous reprochons la moindre étourderie, comme si elle était susceptible de nuire à cette fusion des énergies que nous sentons monter. Désormais, Jo nous a demandé de faire trois fois par jour l'« unité universelle ». À 9 heures, 12 heures et 21 heures, chacun doit se recueillir au moins une minute, où qu'il se trouve. Nous nous sommes tous offert des montres digitales équipées d'un réveil, car il est essentiel, pour le maintien de la fusion, que cette unité se fasse à la même minute pour toute la communauté. Pour échapper aux questions de Boré, j'ai pris l'habitude de m'enfermer dans les toilettes cinq minutes avant l'heure H. Boré est toujours aussi bougon et indifférent aux autres, ce qui fait qu'il n'a même pas l'air d'avoir remarqué ma mine défaite par les nuits sans sommeil, l'entretien du potager et l'intense méditation que je m'impose à chaque instant. Ma mère, en revanche, que nous voyons de loin en loin depuis son remariage, se doute de quelque chose. « Je ne peux rien te révéler, lui ai-je finalement dit pour la rassurer, mais sache, maman, que nous vivons avec Nathalie une expérience extraordinaire sur le plan spirituel. »

Nos efforts ne sont pas restés vains. Une nuit de juillet, une nuit qui s'annonce, croyons-nous, comme toutes les autres, faite de méditations et de chants liturgiques, Manatanus apparaît enfin dans le sanctuaire. Nous ne devinons d'abord qu'un halo faiblement lumineux au fond du sanctuaire, puis ses traits se dessinent et le maître se révèle. Son visage est absolument livide, on dirait un masque mortuaire. Le corps est immense, peut-être deux mètres de haut, revêtu d'une longue cape noire, ce qui fait que nous le distinguons difficilement dans l'obscurité totale du sanctuaire. Nous sommes pétrifiés et en même temps éperdus de reconnaissance. Il est venu, nos prières ont été entendues. Il est venu pour nous, pour notre petite communauté. Il nous a distingués d'entre tous les mortels. Nous sommes des privilégiés. Je suis un privilégié. Que serais-je si je n'avais pas rencontré

Jo ? Où en serais-je aujourd'hui ? Toutes ces questions me tracassent l'esprit quand je me prosterne, comme tous les autres, aux pieds de Manatanus. Alors Jo s'adresse à lui, de cette voix profonde qu'il n'a qu'au sanctuaire :

– Manatanus ! dit-il, nous sommes là, que ta volonté soit faite.

Une main blanche, qu'une épée prolonge, sort lentement de sous la cape. Élisabeth est là, debout à côté de moi qui ai un genou à terre. Elle semble dressée, tendue, comme à l'écoute d'un message divin qu'elle seule entendrait. Lentement, la main et l'épée se lèvent, et alors que nous retenons notre souffle, qu'on pourrait distinguer le cognement de nos cœurs, cette épée s'abaisse sur le ventre d'Élisabeth. Au moment où la pointe vint enfin le toucher, un formidable éclair illumine le sanctuaire. Quand l'ultime flamboiement s'efface de notre rétine, c'est fini, Manatanus et son épée ont disparu. Les portes du saint des saints se referment.

Le surlendemain de l'apparition, Jo nous annonce enfin la grande nouvelle : Élisabeth est enceinte. Elle n'en a pas encore la preuve physique, mais lui le sait car il vient d'en être informé par les maîtres de Zurich. Et Jo se lance alors dans une longue explication sur la future incarnation de cet enfant. « Certains ici, commence-t-il, ont connu ma mère... » J'apprends que Mme Di Mambro est venue passer les derniers mois de sa vie à la Pyramide. Que, peu avant de mourir, elle a été veillée jour et nuit par Bernadette, la sœur de Jacques Salvin, qui vient par intermittence à la fondation. Bernadette est là, justement. « Toi, lui dit Jo au passage, tu as gagné à ce moment-là ton passeport pour l'éternité. Je te le confirme solennellement devant les maîtres de la hiérarchie du Dragon. »

Mme Di Mambro mère s'est éteinte donc, et dès cet instant Jo a su qu'elle s'en allait pour laisser l'essence de son enveloppe corporelle à un être important qui en aurait impérativement besoin. Et voilà, ce qui était écrit allait enfin s'accomplir : l'enfant d'Élisabeth Auneau serait une réincarnation de la mère de Jo... Nous étions tous subjugués par cette explication, prêts à l'accepter aveuglément, comme nous acceptions, avec gratitude, que Nathalie ait été Anthéa, Élisabeth la reine Hatchepsout, ou Claude le soldat qui avait transpercé de sa lance le flanc du Christ. Nous étions loin, infiniment loin de nous douter que ces circonstances métaphysiques n'avaient qu'un objectif, nous préparer à ce que l'enfant d'Élisabeth Auneau ressemble à son véritable père : non pas Manatanus, mais Jo lui-même.

Durant les neuf mois de sa grossesse, nous n'avons quasiment plus vu Élisabeth. Jo a fixé à plus de dix mètres la distance en deçà de laquelle nos vibrations pourraient nuire à la croissance de l'être divin. Les rares déplacements de la jeune femme sont donc annoncés par Marielle Chiron, et nous avons pour consigne de nous disperser aussitôt dans le parc, par mesure de prudence. Plus généralement, Élisabeth reste cloîtrée chez elle, protégée par un véritable cordon sanitaire. Sylvie, l'ancienne fille au pair des Dubois qui avait été notre baby-sitter, a été affectée au ménage de son appartement. Sols, murs et fenêtres doivent être continuellement aseptisés à l'aide d'un détergent utilisé habituellement dans les blocs opératoires. Marielle, la vestale, est là pour combler les moindres désirs d'Élisabeth car la jeune femme ne doit plus souffrir d'aucune contrariété, sous peine encore d'entraver l'épanouissement de l'enfant. Marielle court toute la journée, de la fondation au centre-ville, en quête de la dernière gourmandise, de la dernière parure souhaitée par Élisabeth Auneau. Mais à présent, elle ne doit plus lui remettre en mains propres ses achats. Elle doit obligatoirement les confier à Jocelyne Di Mambro, « ange gardien » de la maison divine, qui purifie tout à l'alcool à 90°, les livres comme les soutiens-gorge, afin que les vibrations du commerçant disparaissent. Enfin, puisque rien de ce qui a été touché par nous, ou par des gens de l'extérieur, ne peut plus parvenir à

Élisabeth, c'est Jo lui-même qui lui prépare ses repas. S'il doit se rendre à Zurich, ou dans quelque autre lieu secret, il emmène désormais Élisabeth qui ne se déplace plus sans son petit coussin doré.

Nous sommes dans l'attente de cet enfant, sans cesse en méditation, quand un jour André Colineau propose à Jo de lui présenter un personnage étonnant, un certain Pierre Vatel. André est un disciple très écouté de Jo, non seulement parce qu'il a reconnu en lui Josué, le successeur de Moïse, mais parce que André, avec sa formation de comptable et de juriste, a pris peu à peu en mains la gestion administrative de la fondation. C'est lui qui a rédigé les statuts de la communauté régulièrement déposés auprès de l'administration suisse; c'est également lui qui sera bientôt chargé de préparer les statuts du futur Ordre du Temple.

Jo reçoit donc ce Pierre Vatel. Nous le voyons arriver au volant d'une grosse voiture, et nous apprenons qu'il est un riche industriel. Les deux hommes se rencontrent au bar de la fondation et, à un moment, Pierre volubile et curieux, demande à visiter cette maison qui le fascine.

– Je ne pourrai pas vous montrer toutes les pièces, dit Jo.

– Ah bon! Et pourquoi cela? demande Pierre.

– Parce que nous avons ici un lieu spécial que nous désirons garder secret.

L'industriel s'étonne, insiste, fait valoir son amitié pour André Colineau qui, lui, vit tout de même depuis des mois à la fondation. Si bien que Jo, dérogeant à toutes nos règles, introduit pour la première fois un profane dans le sanctuaire. A-t-il pressenti que cet homme riche, curieux et influent pourrait devenir rapidement un adepte? Jo cherche à cette époque des gens de cette trempe pour drainer des fonds, et asseoir la réputation de la fondation à l'extérieur. Il ouvre donc les portes du sanctuaire à cet étranger. L'atmosphère de recueillement qui y règne, le parfum d'encens, font une forte impression à Pierre. Il en perd un peu de son assurance, et ressort de là, silencieux et troublé. Quelques jours plus tard, Jo et lui déjeunent ensemble. La communauté est de nouveau témoin de cette rencontre. Le déjeuner se prolonge fort tard, et chacun peut voir que Pierre est extrêmement troublé par tout ce que lui confie Jo. Sans doute lui révèle-t-il ce qu'il lit dans son aura, de cette voix très particulière qu'emprunte Jo lorsqu'il est en communication avec l'astral. Enfin, un matin tôt, alors que nous nous apprêtons à prendre notre petit déjeuner après la gymnastique spirituelle, Pierre débarque soudainement à la fondation dans un état de grande émotion. Il demande à voir Jo, qui plus tard nous a raconté leur entretien.

– Jo, lui dit-il, il vient de m'arriver quelque chose d'extraordinaire. Je me regardais dans ma glace, juste avant de me raser, et au lieu de me voir, j'ai vu quelqu'un d'autre! Un autre visage que le mien dans le miroir...

– Ça ne m'étonne pas du tout, Pierre, lui dit calmement Jo. Sais-tu qui tu as vu ? Tu as vu le reflet de toi-même, celui que tu es en réalité. Pour les gens, tu es Pierre. Mais tu es un autre personnage en vérité, un très grand personnage.

– Jo, que veux-tu me dire ?

– Tu le sauras plus tard, je n'ai pas encore le droit de te le révéler.

Quelques jours plus tard, nous voyons Pierre et Jo entrer tous les deux dans le sanctuaire. Tous ceux qui ont été appelés, ce soir-là, sont priés de patienter dans le salon vert. Les deux hommes restent enfermés plus de deux heures dans ce lieu où Manatanus nous est apparu. Enfin, ils sortent, les traits tirés, le visage livide. Pierre a du mal à tenir sur ses jambes et il se laisse aller sur une chaise, le menton tremblant comme un enfant bouleversé.

– Voilà, dit Jo gravement, nous savons maintenant qui est Pierre. C'est l'incarnation de Manatanus! Vous comprenez maintenant pourquoi une force irrésistible l'a poussé vers la fondation. Il est venu jusqu'à nous comme attiré par un aimant, guidé en réalité par le doigt de ce maître que nous connaissons. Il n'y a pas de hasard...

À partir de cette soirée mémorable, Pierre ne va plus cesser de venir à la fondation. Et de plus en plus, Jo Di Mambro, Stéphane Junod, le musicien, et Pierre Vatel l'industriel, vont se retrouver pour des conciliabules secrets. Tous les trois s'enferment des heures durant dans le sanctuaire, ils déjeunent ensemble, loin du reste de la communauté, et on les aperçoit se promenant dans le parc et dialoguant fiévreusement. Aucun d'entre eux ne participe jamais aux tâches de la communauté. Tout se passe, en somme, comme si se mettait en place, sous nos yeux, une élite. Et les élus de cette élite sont manifestement choisis en fonction de la place qu'ils occupent à l'extérieur, dans la société profane, et non de leur engagement spirituel. Que valent en effet, dans la société profane, un petit thérapeute comme Jean-Marc Dubois, ou un potier comme Michel Salvin, en comparaion d'un musicien réputé, ou d'un industriel honorablement connu à Genève ? Que valent-ils ? Pour nous, qui sommes tous frères et sœurs, ils valent autant les uns que les autres, mais voilà que Jo semble introduire une hiérarchie.

Il est bien trop tôt pour en être choqués, bien trop tôt même pour en prendre conscience. À cette époque, nous acceptons tous comme une vérité révélée ce que dit Jo. Il ne nous choque pas d'attendre deux ou trois heures devant les portes du sanctuaire que les trois hommes en sortent, et de nous entendre dire, à minuit passé, qu'il n'y aura pas finalement de sanctuaire pour nous. Il ne nous choque pas non plus d'être jetés dehors quand Élisabeth Auneau franchit les corridors, ou de laver le carrelage à quatre pattes quand Jo, Junod et Vatel tiennent conciliabule dans la même pièce. Nous avons trop le sentiment d'être des privilégiés, nous avons trop de compassion pour le monde extérieur qui n'a pas notre chance, qui continue à vivre dans l'aveuglement, pour nous attacher aux contraintes mesquines de notre quotidien. Oui, nous nous donnons tous à fond pour notre bien commun. Jean-Marc Dubois, justement, verse la quasi-totalité de la recette de son cabinet de thérapie à la communauté, et le soir désormais, il vient nous aider à la terre. François, Jean-Marc et moi formons un trio soudé. Salvin, le potier, a retrouvé son sourire tranquille depuis qu'il vit avec Janine, autrefois Junod. Il n'a plus l'air de trop souffrir du départ de sa femme Claudine, devenue Mme Junod. Salvin travaille beaucoup lui aussi pour renflouer les caisses de la fondation, et Sylvie, qui dessine et peint merveilleusement bien, décore certaines de ses poteries quand le ménage d'Élisabeth Auneau le lui permet.

Nathalie-Anthéa se donne tant qu'elle peut aux cuisines. Bien souvent, rejoignant à vive allure la fondation après ma journée au laboratoire avec Boré, je la trouve avec nos deux enfants, occupée à préparer le dîner pour toute la communauté. Joëlle Colineau est là, également, sanglotante, un éplucheur à la main, et Nathalie tente vainement de la consoler. André l'a quittée récemment pour se mettre en ménage avec la belle Michèle, cette fille avec qui je jouais au ping-pong, étant enfant, sur la plage du Léman. C'est Jo qui a eu l'idée de les assembler. Il a vu qu'André et Joëlle avaient l'air d'un couple usé, et comme il tient beaucoup à André qui gère magnifiquement les papiers de la fondation, il lui a dit : « Josué, ça ne peut pas continuer comme ça. Ta mission avec Joëlle est terminée depuis longtemps. J'ai reçu le message que tu as de grandes choses à construire avec Michèle. » Il a confié la même chose à Michèle, et tous les deux ont fini par se retrouver ensemble. C'est un drôle de couple, André a peut-être quinze ans de plus qu'elle, il est taciturne, sombre, toujours à bougonner, tandis que Michèle a le visage illuminé d'une vierge. C'est un drôle de couple, oui, mais ils vont se marier et, en perdant André, Joëlle a le sentiment d'avoir tout perdu. Nathalie la soutient, ainsi que Jeanne Dubois, qui les aide aux cuisines quand elle a fini de dispenser ses crèmes de beauté, dans son salon d'esthéticienne.

Nous vivons cette attente de l'enfant-Dieu dans l'offrande et le partage. Et Nathalie et moi comprenons à cette époque que désormais notre vie ne sera plus jamais comme avant. Nous n'avons plus une minute pour voir nos amis de la vie profane. Nathalie ne voit plus ses parents, et ma mère est devenue également bien silencieuse. Notre foi nous mobilise chaque jour un peu plus et il devient de plus en plus difficile de concilier nos activités extérieures et notre vie au sein de la communauté. Nous sommes épuisés par nos soirées de veille et d'appels, nos séances de gymnastique spirituelle à l'aube, et les allées et venues incessantes entre la fondation et notre maison. Nous envions secrètement ceux qui ont le privilège de vivre sur place. Cependant, comme la fondation ne peut pas nous héberger pour le moment, nous prenons la seule décision qui s'impose : trouver une villa dans son périmètre immédiat. Toute la communauté nous y aide, et bientôt nous emménageons à dix minutes de la vieille demeure templière.

Élisabeth n'est plus qu'à quelques semaines de son accouchement, quand Jo nous annonce la visite, pour le week-end à venir, d'un médecin belge et de sa femme. « C'est un homme important, très important, nous dit-il. Je ne peux pas vous en dire plus maintenant, mais je vous demande de lui témoigner beaucoup de respect. Il s'appelle Luc Jouret. »

8

Tout de suite, l'allure de ce médecin nous a séduits. Il a le corps long et bien dessiné, la taille fine, les épaules larges. Il porte haut une belle tête, émouvante et romantique ; un regard noir et profond qu'une soudaine tristesse voile par instant, des cheveux fous, dont une mèche lui barre le front. Il se déplace avec souplesse et nous salue d'une légère flexion du buste, un peu à la façon des maîtres hindous. Luc Jouret a trente-trois ans, cette année-là. Trente-trois ans, le nombre exact des frères aînés de la Rose-Croix, de la Fraternité blanche de Zurich. L'âge du Christ à sa mort, également. Il est le seul, ce jour-là, à porter un costume, d'une très belle coupe, et une cravate. Marie-Christine, son épouse, fait triste figure à ses côtés. Elle se tient d'ailleurs systématiquement en retrait. C'est une femme brune et menue, dont aucun trait ne retient l'attention.

Jo les fait asseoir auprès de lui, derrière la table du conférencier. « Luc Jouret, nous dit-il, est un de ces rares médecins dans le monde qui refusent de soigner le corps seul. Il sait, comme nous le savons également ici, que les symptômes du corps sont la traduction visible d'une maladie plus grave de l'esprit. C'est pourquoi le docteur Jouret est également médecin de l'âme... » Nous apprenons que, de l'Europe entière, des gens viennent consulter ce très jeune praticien. Notre admiration ne fait que croître. Et bientôt, un peu de la grandeur de cet homme nous réchauffe le cœur, nous élève, nous qui ne sommes rien. Un médecin, et quel médecin !, non seulement s'intéresse à nous au point de se déplacer, mais il vient nous dire qu'il partage notre conception du monde, notre vérité. Voilà qu'il nous raconte ses recherches spirituelles, son voyage en Inde, l'enseignement d'un maître nommé Baghwan. Puis, il nous parle de ses études de médecine menées parallèlement, et avec quel brio !, nous le devinons, à l'université libre de Bruxelles. Tout à fait à la fin, il laisse la parole à Marie-Christine. Nous nous étions sentis portés, une heure durant, par la voix chaude du docteur Jouret. Le contraste est cruel. Marie-Christine a un timbre de fausset, elle cherche ses mots continuellement, et ne détache que par instants le regard de ses mains pâles. Elle enseigne, dit-elle, la sophrologie, cette technique d'hypnose qui permet de dompter, d'écarter les souffrances du corps et de retrouver son équilibre.

Plus tard, alors que le médecin et son épouse sont repartis pour la Belgique, nous apprenons comment Jo les a connus. Depuis plusieurs mois déjà, Jo et Jocelyne vont régulièrement en Belgique rendre visite à un couple, les Charbonnier, qui ont créé là-bas un centre de rencontres et d'expositions. Ce sont Évelyne Chartier et Laurence Meunier qui ont présenté les Charbonnier à Jo. Elles sont certaines que ce centre peut devenir un vivier où recruter de nouveaux disciples. La fondation en a sans cesse besoin pour augmenter ses capacités financières, et son audience bien sûr. Pourquoi d'ailleurs ne pas ouvrir une maison sœur en Belgique ? On y songe à ce moment. Jo va beaucoup sympathiser avec Marc et Amélie Charbonnier, qui finalement rejoindront la fondation, à Genève même. Mais avant de tout quitter pour s'impliquer complètement dans la communauté, les Charbonnier ont présenté les Jouret au couple Di Mambro.

Les Jouret sont effondrés quand Jo les voit pour la première fois. Ils viennent de perdre, peu après sa naissance, leur unique enfant. Marie-Christine pleure en racontant ce deuil. Luc explique qu'il a souhaité que cet enfant soit inhumé avec une rose écarlate. Alors Jo, entendant ces mots – c'est lui qui nous le raconte –, reçoit soudainement des maîtres l'explication du symbole de la rose. « Cet enfant, confie-t-il solennellement à Marie-Christine et Luc, s'est incarné pour vous annoncer votre entrée et votre adhésion à l'ordre de la Rose-Croix. Une fois sa mission achevée, il s'en est retourné immédiatement, la rose à la main. » Il les convainc l'un et l'autre de la vérité de cette annonce prophétique, sans trop de difficultés sans doute, puisque le couple croit déjà à la réincarnation.

Par la suite, ils se revoient, et Jo gagne leur confiance et leur amitié. Quand les Jouret viennent pour la première fois à la fondation, ils sont déjà pratiquement décidés à emménager définitivement. Jo a persuadé Luc d'ouvrir un cabinet médical à Annemasse. Il pourrait également ouvrir une antenne à la fondation même s'il le souhaite. Marie-Christine, elle, pourrait y pratiquer la sophrologie, y recevoir des patients. Pourquoi rester isolés en Belgique alors que la communauté de Genève leur tend les bras ?

Jo a le désir secret, à cette époque, d'ouvrir dans la vieille demeure templière un centre qui regrouperait activités spirituelles, culturelles et médicales. Des patients, rêve-t-il, pourraient y venir du monde entier suivre des cures, cures de repos du corps et cures d'élévation de l'esprit. Jo dispose sur place de toute la main-d'œuvre nécessaire. Lui-même, Évelyne Chartier et Laurence Meunier, pour ce qui est de l'esprit ; Stéphane Junod et la chanteuse Blanche Davout pour la partie culturelle ; Jean-Marc Dubois, le thérapeute, sa femme Jeanne, l'esthéticienne, et à présent Luc et Marie-Christine Jouret pour la partie médicale. Enfin, tous les autres, nous tous, pour l'hôtellerie, les cultures biologiques, la diététique.

Quelques jours plus tard, les Jouret sont là, définitivement cette fois. Jacques Boivin leur aménage en toute hâte une partie du grenier, une pièce unique et superbe, tendue de blanc entre les poutres apparentes. Jo offre à Luc Jouret, en cadeau de bienvenue, la voiture d'Évelyne Chartier. Évelyne n'a pas été prévenue, mais elle a déjà donné toute sa vie à Jo, alors que vaut une voiture désormais ? Et puis Luc en a plus besoin qu'elle, il va devoir maintenant faire plusieurs fois par jour la liaison Annemasse-Genève.

Luc et Marie-Christine sont donc parmi nous quand vient enfin au monde Anne, l'enfant tant attendue d'Élisabeth. Elle accouche dans la nuit du 20 au 21 mars 1981. Pour que trente-six médecins profanes ne touchent pas l'enfant-Dieu, sa venue a lieu dans la maison particulière d'une adepte, Marie Dupin. Seul Jo Di Mambro, en tant que maître, et pour éloigner les forces négatives, assiste à la mise au monde par une sage-femme venue de l'extérieur. Pour nous, à la fondation, c'est une nuit de folie. Nous avons été mis en alerte dès les premières contractions. Aussitôt ont commencé les chants liturgiques dirigés par Blanche Davout, et les méditations conduites par Laurence Meunier et Évelyne. Nous avions établi des tours de veille, des relèves, de façon à ce que pas un instant les chants et les prières ne s'interrompent, jusqu'à l'accouchement que Jo lui-même nous annoncerait. Les trois jours suivants, nous n'avons pas cessé de prier non plus, pour maintenir la vibration du lieu où allait entrer pour la première fois Anne.

Enfin, elle est arrivée, une nuit, car personne ne devait poser ses yeux sur elle pour ne pas la polluer de son regard. Cette nuit-là, Jo est monté réveiller Jacques, et tous deux ont enterré dans le parc le placenta d'Élisabeth, avant de planter par-dessus un jeune chêne rouge.

Durant trois mois, nous n'avons vu ni la mère ni l'enfant. Seuls Jo et Jocelyne Di Mambro, Marielle Chiron et Sylvie, toujours affectée à l'aseptisation de l'appartement, les ont approchées. Puis toute la communauté a été conviée au baptême d'Anne. La veille, Jo nous a de nouveau mis en garde : « Comme c'est une enfant conçue par théogamie, nous a-t-il dit, Anne n'a qu'un seul sang, ce qui la rend très fragile. » Nous devions être propres de la tête aux pieds, et nous n'aurions pas le droit d'approcher à moins de vingt mètres. Jo a lui-même célébré le baptême, avec de l'eau du Jourdain qu'il avait conservée et les huiles saintes de Jérusalem, bénies devant le tombeau du roi David. Puis des mois durant, de nouveau, nous n'avons plus vu Anne, entraperçue ce jour-là. Mais nous savions qu'elle vivait et grandissait, car tous les soirs Marielle Chiron nous portait au jardin ses petites selles que nous avions pour consigne de mélanger à la terre des légumes.

La résurgence du temple pour un long cycle de quatre-vingt-huit ans est en marche désormais, puisque la naissance d'Anne en était le signe annonciateur. Jo me demande en urgence de concevoir une seconde médaille pour célébrer cet événement qui doit bouleverser la planète, à l'égal de la venue du Christ. André Colineau, de son côté, travaille à la rédaction des statuts du nouvel ordre templier. Et puis rien ne se passe, rien d'autre ne vient annoncer, dans les semaines et les mois suivants, la renaissance tant attendue. Le seul changement notable dans la vie de la communauté est la place, de plus en plus importante, qu'y prend Luc Jouret. Jo est sans cesse auprès de lui, délaissant du même coup Pierre Vatel et Stéphane Junod. On ne sait pas exactement ce que se racontent les deux hommes, mais on constate que, de plus en plus souvent, Jo cède sa place de conférencier à Luc. Il le fait avec nous, mais également à l'extérieur de la fondation. Avec le concours de Laurence Meunier et d'Évelyne Chartier, il parvient très vite à introduire Luc Jouret dans les réseaux ésotériques de Genève et d'Annemasse, et même à l'université. Bientôt, des affiches annonçant un cycle de conférences du « docteur Luc Jouret, médecin diplômé de l'université de Bruxelles » sont placardées en ville. La première conférence a pour thème : « L'amour, ou la force de vie. » Près de huit cents personnes y assistent, et la presse genevoise s'en fait l'écho.

Du coup, le cabinet du médecin démarre très favorablement à Annemasse. On dit le docteur Jouret à l'écoute des patients, toujours disponible, opposé aux médicaments allopathiques, favorable à l'homéopathie. Les personnes qui le consultent ressortent toutes troublées par son discours sur la vie, la profondeur de son regard. Aucun de ces médecins qui traitent les patients à la chaîne ne soutient la comparaison. Luc Jouret est unique, et cela commence à se dire à Annemasse comme à Genève.

Comme il l'avait fait avec Pierre Vatel, Jo s'enferme des heures durant dans le sanctuaire avec Luc. Nous sommes priés de patienter en méditant, dans le salon vert. Et Jo va nous faire revivre avec Luc la scène de la révélation qu'il nous avait fait vivre avec Pierre, quand tous deux avaient reçu le message que Pierre était l'incarnation terrestre du grand maître Manatanus. De la même façon, Luc et Jo ressortent un soir du sanctuaire véritablement hallucinés.

– Ça y est, nous dit Jo, nous savons enfin qui est Luc Jouret. Je vous avais prévenus qu'il s'agissait certainement d'un personnage important du passé. Eh bien voilà, Luc Jouret est saint Bernard de Clairvaux...

On nous aurait dit que Luc était la réincarnation de Jésus-Christ que nous n'aurions pas été plus émus. Mais qu'il fût saint Bernard, la réincarnation de saint Bernard, était d'une certaine façon plus gratifiant encore à nos yeux. Car saint Bernard de Clairvaux est le véritable fondateur de l'ordre des Templiers, en 1128. Il en est l'inspirateur et lui donne sa constitution. Ainsi, tout se mettait en place comme l'avait annoncé Jo : après la naissance d'Anne, voilà que les maîtres nous envoyaient l'homme qui mènerait à bien notre croisade pour un monde nouveau. Luc n'avait-il pas l'âge et le physique pour incarner cet homme ?

Nous sommes à peine remis de cette nouvelle que, le surlendemain, Jo nous réunit secrètement. Voilà, les maîtres de Zurich viennent de l'avertir d'une grosse difficulté, une difficulté qui peut mettre en péril la nouvelle mission de saint Bernard de Clairvaux : les maîtres ont reconnu en Marie-Christine Jouret l'entité de la déesse égyptienne Maât, fille de Rê. Or, les vibrations de Maât et de saint Bernard sont radicalement opposées. Jo va donc devoir dépouiller Maât de son énergie pour sauver saint Bernard. Sacrifier Maât, en quelque sorte. « À l'issue de cette cérémonie, nous dit-il, Marie-Christine ne sera plus qu'une enveloppe vide, un corps sans âme. Il est donc essentiel qu'elle ne soit pas avertie de ce qui va lui arriver, car elle pourrait s'en défendre et refuser d'entrer dans le sanctuaire. » Luc Jouret, qui assiste à cette réunion secrète, acquiesce gravement. Lui aussi est d'accord pour s'accaparer l'énergie de sa femme, au nom de sa mission, du bien commun, en somme.

Nous sommes tous conviés ce soir-là dans le sanctuaire. Mais la cérémonie elle-même, nous a-t-on prévenus, aura lieu dans le saint des saints, l'extrême fond du sanctuaire où nous est apparu Manatanus et que deux portes automatiques coulissantes protègent, à la demande, des regards profanes. Avec quelle curiosité nous avons observé Marie-Christine ce soir-là. Quelle curiosité mêlée de compassion ! Luc et Jo l'ont fait passer la première dans le saint des saints, et elle y est entrée d'un pas sûr, sans se douter de rien. Si elle s'était retournée à cet instant, elle aurait vu que trente paires d'yeux l'accompagnaient, comme on accompagne un condamné qui monte à l'échafaud.

Les portes se sont refermées. Quand, une demi-heure plus tard, elles se sont rouvertes, Marie-Christine apparemment était la même. Apparemment seulement, car dans les semaines suivantes nous avons observé les premiers signes tangibles de sa dégradation. Ses yeux ont perdu le faible éclat qu'ils recélaient, ses joues se sont creusées, sa démarche est devenue plus précautionneuse, plus hésitante. Une démarche de malade déjà. Puis ses cheveux ont commencé à tomber et elle a pratiquement cessé de s'alimenter. Très vite, elle qui n'avait pas plus de trente-cinq ans, en a paru vingt-cinq de plus. La peau de son visage, tendue et sèche, a pris des reflets verts, des reflets de cadavre. Nous avions tous remarqué que Luc ne lui adressait plus jamais la parole. Il feignait de ne pas la voir, de ne pas l'entendre. Elle était comme une ombre mortuaire dans son sillage, lui qui resplendissait. Si bien que nous n'avons pas été surpris quand nous avons appris que Luc et elle s'étaient séparés très peu de temps après la cérémonie où Jo lui avait subtilisée sa substance vibratoire.

Jo avait manifestement réussi à conjurer les forces négatives de Maât, car saint Bernard de Clairvaux poursuivait, lui, une belle ascension.

Le hasard – mais personne à la fondation ne croit plus au hasard – guide ainsi ses pas jusqu'au château d'Auty, dans le Tarn-et-Garonne. Saint Bernard rencontre là-bas un certain Julien Origas, grand maître d'un ordre templier qui compte déjà près de six cents adeptes à travers le monde. Origas a fondé cet ordre dans les années 60, et il est à présent âgé et malade. Luc est jeune et précédé d'une forte réputation. Il semble cependant, si l'on en croit aujourd'hui les descendants de ce M. Origas, que Luc-saint Bernard ait dû malgré tout recourir à de multiples stratagèmes pour convaincre le vieil homme de lui léguer son ordre. Mais cela, bien sûr, nous n'en savons rien à la fondation. De ces tractations, nous ne voyons que les aspects les plus honorables. On nous annonce un jour la visite du patriarche, et nous sommes témoins des égards immenses que lui témoigne l'élite de la communauté. Un déjeuner lui est offert après une cérémonie, et seuls les plus grands, Junod, Vatel, Luc, Jo et Jocelyne sont invités à y prendre part. Julien Origas va revenir à trois ou quatre reprises et chaque fois nous serons priés, comme des enfants, d'être déférents et polis à l'égard de ce vieillard que nous avons baptisé entre nous « Eurogaz ».

Enfin, un jour, Jo et Luc nous annoncent que la cérémonie marquant officiellement la résurgence de l'Ordre du Temple va pouvoir se tenir. Ce jour-là, le grand maître Origas remettra le flambeau et ses propres insignes à saint Bernard. Les festivités se dérouleront à l'Arch, une vaste maison du village du Barroux, dans le Vaucluse, propriété d'une adepte de la fondation. Nous y sommes tous invités. Origas et les siens doivent nous y rejoindre. Je me souviens parfaitement de ce voyage avec Nathalie, de cette cérémonie. Nous avions confié les enfants à Sylvie et nous nous étions joints au groupe qui partait en car. L'élite, les dirigeants, nous rejoindraient en voitures particulières. Nous étions heureux d'abandonner pour vingt-quatre heures les tâches multiples et répétitives qui faisaient que sans cesse nous courions, nous courions, sans avoir même plus le temps d'échanger quelques mots. Depuis combien de mois nous ne nous étions pas assis l'un près de l'autre, tout simplement, comme dans ce car ? Depuis combien de temps n'avions-nous pas fait l'amour ? Parfois, le soir, nous nous couchions si fatigués que nous ne prenions même pas la peine de nous déshabiller. Je me souviens avoir soudainement regardé Nathalie, dans ce car, comme si je ne l'avais plus vue depuis des mois, et m'être dit en moi-même : Mon Dieu, comme elle est jolie ! Nathalie avait maigri, ses traits s'étaient affinés, elle n'avait jamais été si belle. Nous nous croisons, nous n'avons plus le temps de nous aimer, ni même de nous regarder, ai-je encore pensé, et pourtant jamais notre vie spirituelle n'a été si pleine, si épanouie. Jamais... Jamais, même à la plus belle époque de Frères des Hommes je ne m'étais senti aussi en harmonie avec moi-même.

– Cet après-midi, dis-je à Nathalie, nous irons flâner un peu seuls, si la cérémonie le permet.

– Tu crois ? Oh, Thierry, ça me ferait tellement plaisir !...

La cérémonie ne le permit pas. À peine arrivés, nous fûmes priés d'aller nous purifier sous la douche, les hommes d'un côté, les femmes de l'autre. Déjà, Blanche Davout nous attendait pour nous faire répéter les cantiques. Une grande partie de l'après-midi, nous chantâmes, cependant qu'Origas et Luc, revêtus chacun d'une cape blanche frappée de la croix du temple, méditaient à genoux dans une chapelle attenant à la maison. Enfin, les deux hommes marchèrent lentement l'un vers l'autre. Rites secrets et lectures sacrées se déroulèrent, puis Origas transmit le feu de son flambeau au flambeau que brandissait Luc. Puis toute la soirée nous méditâmes, avant de nous coucher tant bien que mal sur des matelas de fortune à même le sol.

Dans les semaines suivantes, la fondation, que nous appelions désormais l'Ordre du Temple solaire, s'agrandit. Comme si la cérémonie des flambeaux, l'adoubement de saint Bernard de Clairvaux, avaient soudain donné un souffle nouveau à notre petite communauté. Jo et saint Bernard achetèrent du jour au lendemain un monumental corps de ferme situé à quelques mètres de la maison templière. Tous les corps de métier furent convoqués d'urgence pour aménager dans cette haute bâtisse plusieurs appartements, du studio au quatre pièces, ainsi qu'une cuisine de collectivité, une immense salle à manger et des salons. Jo nous avait tout de suite assuré que le plus grand appartement serait pour nous. « Vous ne pouvez plus vous permettre de perdre du temps en navettes inutiles », nous avait-il dit.

Nous entrions maintenant dans une ère d'intense activité, au niveau de notre développement terrestre, comme au niveau du sanctuaire. « Anthéa, j'ai désormais besoin de toi à plein temps ici, pour du secrétariat. Quant à toi, Thierry, j'ai été prévenu qu'une mission importante te serait bientôt confiée. »

L'achat de ce bâtiment de ferme et son aménagement correspondaient en réalité à l'entrée dans la communauté de son premier mécène : René Moulin. Tous les Genevois connaissent la famille Moulin, l'une des grandes fortunes de cette région du Léman. Le père de René, grand promoteur immobilier de l'avant-guerre, rêvait de transmettre à tous ses enfants sa passion conquérante pour la pierre. Un seul le déçut : René. Celui-là avait le cœur tendre de sa mère, un regard voilé, plein de doute et d'incertitudes, une âme de poète. Il voulut devenir ingénieur agronome, ce qui ne s'était jamais fait dans la famille. Puis il rêva d'exploiter une ferme, et plutôt que de se remettre en colère, son père lui offrit le plus beau domaine agricole jamais constitué aux portes de Genève. René est ainsi casé, et heureux, pensa-t-il, c'est l'essentiel. René était casé, oui, mais était-il heureux ? Il se maria au début des années 50 et rentabilisa très vite son exploitation. Il vivait exactement comme il l'avait souhaité, et pourtant il souffrait sans cesse de douleurs d'estomac, de maux de tête, de démangeaisons, d'allergies. En somme, lui se croyait heureux, mais son corps manifestement ne l'était pas. Au fil des décennies, il avait consulté de multiples médecins, et jamais aucun traitement ne l'avait débarrassé de tous ses maux. Quand l'estomac s'apaisait, l'eczéma reprenait, etc. Qui finalement lui conseilla d'aller se confier à Évelyne Chartier ? Je ne l'ai jamais su. Mais Évelyne, très vite, sut le convaincre que ces multiples douleurs disparaîtraient le jour où il découvrirait quelles entités du passé il avait été. Il supportait certainement le poids de graves péchés commis par ses précédentes incarnations et il était grand temps de purger ce passif. René Moulin venait en effet d'avoir cinquante ans, et l'on était au début des années 80. Les séances de rêve éveillé se prolongèrent plus de deux années, jusqu'à ce jour fameux où Évelyne dit à son patient :

– René, tu es prêt maintenant à franchir une nouvelle étape dans ton évolution, mais tu dois pour cela te mettre à l'écoute d'un initié. Je connais l'être auprès duquel tu dois désormais poursuivre ton chemin. Veux-tu que je te le présente ?

– Oui, murmura René.

Jo Di Mambro fut tout de suite exaspéré par les maladies chroniques de cet homme vieux avant l'âge, par son peu d'enthousiasme pour la vie, ses atermoiements perpétuels, son incurable scepticisme. Cela, nous le perçûmes tous dès les premières semaines. Mais René avait une telle générosité, un tel besoin de donner – et Dieu sait s'il avait de quoi donner ! – que Jo, très vite, apprit à modérer ses mouvements d'humeur, et même à sourire, malgré la colère qui couvait. Cela aussi nous le devinâmes.

René Moulin paya donc le corps de ferme, et tous les travaux, avec cette indifférence pour l'argent qu'ont parfois les grands désespérés. Mais en l'occurrence, René avait retrouvé l'espoir au sein de l'Ordre, car la multiplicité des tâches, la hiérarchie, la discipline, les horaires stricts, et même les attentes interminables aux portes du sanctuaire notamment lui rappelaient ses mois de régiment, « la plus belle période de ma vie », disait-il. Il avait conservé une immense nostalgie de l'armée, sa véritable famille d'adoption, la seule où on le dispensa de réfléchir, et donc de douter, ce qui du même coup le guérit provisoirement de ses aigreurs d'estomac, et du reste.

Nathalie et moi emménageâmes dans la ferme de l'Ordre au mois d'août 1983. Frédéric venait d'avoir six ans, et Pascal fêterait à l'automne ses cinq ans. Chacun avait sa chambre dans notre nouvel appartement, et il était entendu que nous partagerions tous nos repas avec la communauté, dans la grande salle à manger du rez-de-chaussée. Pour Nathalie, ça serait un soulagement car elle passait maintenant l'essentiel de ses journées à taper à la machine les statuts de l'Ordre rédigés par André Colineau et le haut conseil, ou les conférences de Jo Di Mambro ou encore les cours que Luc Jouret s'apprêtait à nous dispenser dès la rentrée d'automne.

Pour la première fois, en ce mois d'août, nous aperçûmes Anne dans le parc. L'enfant-Dieu, que nous n'appelions plus désormais que Nanou, suivant le surnom que lui avait donné Jo, venait d'avoir deux ans. Elle portait un casque de boxeur, des gants blancs, et on la retenait par un harnais car un enfant de ce rang-là, nous avait dit Jo, ne doit tomber sous aucun prétexte. A chaque choc, nous avait-il expliqué, c'est une page de son programme qui s'efface. Plus généralement elle devait être complètement isolée de l'élément terre, c'est pourquoi elle avait les mains gantées et portait d'épaisses semelles. Seuls Jo, Jocelyne, Élisabeth ou Sylvie étaient habilités à la promener, à tenir en réalité la laisse de son harnais. Tous les autres membres de la communauté, à l'exception de Jacques, avaient interdiction de s'approcher de Nanou à moins de quinze mètres. Nous ne devions pas lever les yeux sur elle, et nous avions même interdiction de l'imaginer cérébralement, les vibrations que nous émettions auraient pu alors parasiter son propre rayonnement.

Si Jacques est la seule exception, c'est qu'il a reçu de Jo la mission de remettre à neuf en permanence l'appartement d'Élisabeth et de Nanou. Il est donc bien souvent chez elles, occupé à repeindre une pièce ou à modifier l'électricité. C'est vraisemblablement au fil de cette proximité que Sylvie et lui se sont remarqués. Depuis quelques mois déjà, Jacques avait quitté la jeune Corinne Colineau. Très vite, Sylvie et lui se sont aimés, d'un amour extraordinaire que beaucoup leur enviaient au sein de la communauté. Sans doute Jo, qui avant même qu'ils ne soient ensemble en avait fait ses gens de maison, les a-t-il encouragés dans cet amour.

Nous ne sommes pas installés depuis plus de trois ou quatre semaines dans le corps de ferme qu'une intense activité de sanctuaire démarre, comme l'avait annoncé Jo. Lui et Junod viennent d'effectuer plusieurs longs voyages au cours desquels ils ont travaillé, nous dit Jo, à la création d'une composition musicale d'envergure. « Sans moi, nous raconte alors Jo, Stéphane aurait involontairement glissé dans cette œuvre des erreurs terribles qui auraient pu aboutir à détruire cérébralement de futurs auditeurs, telles des images subliminales, et même à mettre en danger l'évolution du monde. » Jamais nous n'entendrons cette création hors du commun, mais Jo nous révèle qu'en pleines recherches, alors qu'ils quittaient le plan terrestre pour entrer en communication avec des vibrations astrales, Junod et lui ont reçu de là-haut une série de sons qui vont désormais nous permettre de communiquer véritablement avec les maîtres. Jusqu'ici, les maîtres s'étaient exprimés par des éclairs lumineux, mais jamais nous n'avions pu dialoguer avec eux. Jamais, par exemple, nous n'avions pu les interroger sur le sens à donner aux nombres plus ou moins importants de flashes qu'ils nous dispensaient, suivant l'interlocuteur qui se présentait dans le sanctuaire. Nous savions que les maîtres ne pouvaient disposer de la parole, puisqu'ils n'existaient sous nos yeux que sous forme éthérée. Jo nous avait expliqué que, pour nous apparaître, ils devaient abaisser leur taux vibratoire au niveau humain, au niveau le plus bas, et que cela représentait déjà pour eux un effort et un déchirement considérables. Nous compatissions et nous n'en attendions pas plus. Or voilà que Junod et lui nous annoncent que, grâce à ce nouvel alphabet des sons, nous allons pouvoir interroger les maîtres et obtenir d'eux des réponses.

Les séances de sanctuaire s'ouvrent donc dans un climat d'émotion tel que certains parmi les plus exaltés, tels Marielle Chiron ou François, sont carrément pris de malaises et doivent être évacués. Il faut nous imaginer, tous revêtus de nos talares, disposés en arc de cercle autour des quatre grands de l'Ordre, Junod, Jo, Luc Jouret et Pierre Vatel, attendant dans un recueillement inouï l'ouverture des portes du saint des saints. Ces portes, nous le savons, ne s'ouvrent jamais « gratuitement ». Un mystère demeure au sujet de leur mouvement. Jo nous dit qu'en théorie seuls les maîtres ont le pouvoir de les actionner, au moment même où ils vont s'incarner sous nos yeux. Il dit aussi qu'exceptionnellement lui peut disposer de ce pouvoir. Mais nous ignorons comment il s'y prend car, de fait, aucun commutateur, aucune cellule électronique de veille ne sont visibles. Quand enfin les portes s'ouvrent, un halo lumineux apparaît d'abord, très au-dessus de nos têtes, puis ce halo se dissipe pour laisser place au masque livide d'un maître. Ce masque semble un instant flotter sur un ciel d'encre, mais nos yeux s'habituent à l'obscurité et bientôt nous distinguons la haute silhouette noire du maître qui porte ce visage mortuaire. Ses mains blanches font une tache lumineuse de même intensité que son visage. Elles tiennent une lourde épée dont la pointe repose au sol. Et soudain cette épée se soulève et frappe une première série de coups. Junod et Jo se penchent alors sur une sorte de minuscule pupitre qu'éclaire une faible lampe. Ils ont chacun un crayon en main, ils semblent extrêmement affairés.

– Est-ce vraiment « A » que vous nous avez dit, maître ? demandent-ils bientôt tout haut.

Comme les coups reprennent, les deux hommes aussitôt replongent sur leur pupitre.

– « P ». maître, vous avez dit « P », c'est bien cela ?

Non. Un formidable flash lumineux illumine brièvement le sanctuaire. C'est le signe d'une réponse négative. De nouveau, Jo et Junod tentent de décrypter ce second coup.

– Alors, c'est un « L », Maître, dit gravement Junod, le visage relevé vers les orbites insondables du maître.

Oui, c'était un « L », les coups reprennent. Cette fois, les deux hommes croient entendre un « X », ce qui ferait deux consonnes incompatibles l'une à côté de l'autre.

– Nous comprenons « X », maître, reprend Junod, mais nous nous trompons certainement, car...

– Boum ! Boum ! Boum !

Les coups l'interrompent. Vite, les deux hommes se mettent à leur pupitre. C'est un « V », ça n'a plus aucun sens.

– Maître, implore Jo, excusez-nous. Vous êtes sur le plan astral, mais nous, nous sommes sur le plan terrestre. Pouvez-vous répéter ? Nous sommes perdus...

– Boum ! Boum ! Boum !

Ça pourrait être un « I ». Jo et Junod se concertent. La tension monte. Le maître ne va-t-il pas disparaître, ou nous châtier tous, exaspéré par notre surdité ? Luc Jouret, à son tour, s'approche du pupitre. Il échange quelques mots vifs avec

Junod. Tous nos espoirs reposent sur lui, saint Bernard, car nous sommes mortifiés de faire patienter un maître. Mais saint Bernard à son tour semble s'arracher les cheveux. Soudain, deux flashes lumineux expriment la colère du maître. Les trois hommes se disputent presque autour du pupitre. Pierre Vatel ne peut plus tenir en place.

– C'est une honte, murmure-t-il. Enfin, dites quelque chose, on ne peut pas rester comme ça!...

Nous sommes au bord de l'évanouissement, véritablement pétrifiés sous les foudres de ce maître qui maintenant frappe le sol à tout rompre de la pointe de son épée.

– Maître, implore Jo, je vous en conjure. Recommencez votre message depuis la première lettre...

Nous sortons liquéfiés de ces séances. Parfois, nous n'avons rien compris au message, et Jo nous fait porter collectivement la responsabilité de cet échec car, dit-il, nos vibrations sont insuffisantes pour recevoir les sons cosmiques. Nous sommes alors privés de sanctuaire durant quelques jours, ou condamnés à un jeûne d'une semaine. Mais souvent le message est décrypté, et il s'agit, la plupart du temps, du nom d'un lieu de pèlerinage, en Israël, en Égypte, ou sur un site templier du midi de la France. Dans les jours qui suivent, Jo s'y rend, en compagnie souvent d'Élisabeth et de Nanou, qui commence ainsi son parcours initiatique sous la férule des maîtres. La communauté, elle, ne quitte guère Genève. Elle prépare l'avènement de cet enfant sous le joug de règles disciplinaires et inquisitoriales qui ne souffrent plus aucun écart.

9

Pendant cette année 1983, notre vie s'organise autour de notre engagement spirituel. Nos activités professionnelles ne sont que des parenthèses obligatoires et pesantes auxquelles nous nous astreignons à regret et uniquement parce qu'elles nous permettent d'apporter à notre communauté les moyens matériels dont elle a besoin pour survivre.

Chaque matin, nous nous levons vers 5 heures, car nous devons tous nous retrouver impérativement à 5 h 30 sous le majestueux wellingtonia. Nous avons conservé ce rituel depuis le printemps de l'année 80, lorsque nous préparions spirituellement la fécondation d'Élisabeth. Nous pouvons tenir à plus de vingt sous cet arbre, sans nous gêner. Nathalie et moi sommes souvent parmi les premiers, car nous n'habitons plus à présent qu'à cent mètres du valeureux séquoia. L'été, c'est un bonheur d'y courir ensemble, vêtus simplement d'un tee-shirt et d'un short léger. L'hiver, c'est un sacrifice, mais nous l'offrons aux maîtres en gage de remerciements, eux qui ont permis que Nanou naisse parmi nous. Certains, comme François, vont même jusqu'à se déchausser dans la neige pour pousser plus loin le sacrifice. À la belle saison seulement, nous emmenons parfois avec nous Frédéric et Pascal.

Celui qui conduit les exercices change chaque semaine.

Même si les exercices sont identiques d'un jour à l'autre, leur densité spirituelle est bien différente selon qu'ils nous sont commandés par une Marielle Chiron, une Blanche Davout, une Jocelyne Di Mambro, ou par quelqu'un qui fait cela comme s'il passait la serpillière dans la salle à manger. Je pense à André Colineau qui bougonne ses consignes avec l'air de s'en moquer et n'exécute même pas lui-même les mouvements. Je pense aussi au potier, Michel Salvin, de plus en plus lymphatique. Jo, lui, ne vient jamais aux exercices matinaux, pas plus d'ailleurs que Stéphane Junod, ou Luc Jouret. Mais René Moulin, notre tendre mécène, est toujours là, lui, heureux de se plier à des consignes venues d'en haut.

Nous nous adossons à l'arbre, nous le touchons, nous tâchons de nous en pénétrer car il est prouvé que l'on se ressource énergiquement au contact d'un séquoia ou d'un vieux chêne. Puis nous faisons des exercices de concentration, sur un pied, sur les mains, etc. et, là encore, autant cette gymnastique peut être gracieuse conduite par une femme, autant elle peut prêter à sourire lorsqu'elle est menée par un des hommes de l'Ordre.

À 6 h 30 précises, c'est fini. Nous n'avons alors que cinq minutes pour remonter chez nous, passer nos talares, et nous retrouver tous dans le nouveau sanctuaire que Jacques nous a aménagé dans le grenier du corps de ferme. Deux personnes différentes animent chaque semaine cette méditation matinale. Elle débute toujours par une prière dirigée, pour protéger et isoler la communauté du monde extérieur. Puis nous demandons aux maîtres de l'invisible de nous aider à accomplir notre mission : permettre à l'enfant-Dieu d'éclore favorablement, car c'est lui, Nanou, qui aura pour tâche, plus tard, de maintenir l'équilibre du monde en remplacement des maîtres de Zurich, qui repartiront pour l'au-delà. Après cela, nous émettons des sons, proches des sons cosmiques, sous la direction de Blanche Davout, notre chanteuse.

À 7 h 05, nous repassons chez nous, toujours à la hâte, car nous n'avons que trois à quatre minutes pour enfiler nos vêtements profanes avant de nous retrouver tous à la salle à manger. Là, dans un silence religieux, nous buvons chacun un grand verre d'eau citronnée pour nous laver l'estomac, puis nous récupérons notre bol, notre cuillère et notre chaise, chacun marqué à notre nom, car nous ne devons, sous aucun prétexte, mélanger nos vibrations. Pour notre petit déjeuner, nous n'avons droit qu'à une bouillie de céréales, parfois délicieuse, parfois exécrable, selon celui ou celle qui est chargé(e) de la préparer cette semaine-là.

Enfin, ceux qui travaillent à l'extérieur partent travailler. C'est un moment d'intense va-et-vient dans la grande maison, car c'est également l'heure de lever les enfants, de les faire déjeuner et de les expédier à l'école. Je laisse Nathalie se charger des deux nôtres, et bien souvent Joëlle ex-Colineau, ou Claude Galard, la femme de François, se propose pour l'aider. Pour moi, il est l'heure de rejoindre mon laboratoire en centre-ville, de retrouver François Boré, mon associé, les prothèses en cours, les dentistes pressés ou mécontents, le téléphone qui nous interrompt sans cesse, etc. Chaque matin, je mets à profit le trajet en voiture pour me préparer psychologiquement à ce retour dans le monde profane. Je m'y sens de plus en plus isolé et c'est moi, bien sûr, qui mets cette distance entre le monde ordinaire et l'homme que je suis devenu. Mais comment pourrais-je adhérer aux valeurs de la « réussite », aux voitures luxueuses, aux résidences secondaires, à l'argent, quand chaque soir ou presque je dialogue avec les êtres qui maintiennent ce monde en mouvement ? Je porte en moi le souvenir de ces apparitions, et malgré moi je me sens bien au-dessus des trivialités qui font courir les hommes. Boré, à cette époque, prépare fébrilement l'arrivée d'un yacht qu'il s'est fait construire en France pour naviguer sur le Léman. La venue de ce bateau l'excite comme un enfant, et je dois me forcer pour ne pas le rabrouer. J'ai honte pour lui, et en même temps je suis plein de compassion.

Je travaille assidûment dans ma bulle, j'acquiesce à tout ce qu'il me dit. Lui aura mis toutes ses économies dans ce bateau de trente-neuf pieds de long, tandis que moi j'aurai donné la somme équivalente pour l'avènement de Nanou, pour la mission. Qu'avons-nous à nous dire, désormais, Boré et moi ? Rien, puisque le secret que je porte est intransmissible. Depuis des mois je me cache aux toilettes pour « l'unité » de 9 heures. Il a fini par s'en rendre compte. « Bientôt l'heure de la gougoutte, Thierry ? » ironise-t-il. Je préfère en rire.

À midi, aussitôt la seconde unité célébrée (toujours dans les toilettes), je regagne la communauté neuf fois sur dix, car on nous sert là-bas un menu qui est autre chose que les repas pris en ville : salades du jardin, céréales, fruits. Pour acquérir la conscience qu'exige de nous Di Mambro, c'est le menu idéal. Parfois, je sacrifie un déjeuner à Boré, et c'est l'horreur. Lui mange n'importe quoi, de la cochonnaille, de la friture, des gâteaux, le tout arrosé de vin rouge. Il se moque de ma salade – « Si c'est tout ce que tu bouffes, mon pauvre Thierry, ça ne m'étonne pas que tu aies ce teint de cadavre » –, il ne me parle que de son bateau et je dois supporter une heure durant sa grossièreté et son souffle chargé.

Il n'y a rien à dire de l'après-midi qui ne s'écoule jamais assez vite à mon goût. Je mesure, durant ces longues heures, à quel point la vie spirituelle me manque. Je porte ce métier comme un boulet et j'ai hâte de retrouver les miens, notre vie communautaire faite d'échange et de partage. À 18 heures, c'est chose faite, me revoici enfin dans nos chers murs. Je n'ai qu'une minute pour embrasser les enfants car je dois immédiatement filer au jardin. La répartition des tâches est très stricte : certains travaillent au nettoyage des locaux communs, d'autres aux cuisines, d'autres aux soins des animaux. Nous avons des chiens, des chats, et surtout deux chevaux de labour, car nous ne travaillons la terre qu'à l'ancienne. Ni tracteur, ni motoculteur. Il faut les panser, nettoyer l'écurie, distribuer l'avoine et le foin. Moi, c'est le jardin, toujours. Avec François, la plupart du temps. Selon la saison, nous devons désherber, ou labourer, ou semer, ou récolter. Nous ne mettons jamais aucun engrais, sauf les selles de Nanou que nous passons un temps fou à répartir équitablement sur toute l'étendue du potager. Lorsque nous avons fini à temps, nous courons prêter la main à Jean-Marc et Jeanne Dubois qui ont en charge les fleurs des balcons et la taille de toutes les haies.

Le dîner est servi à 19 h 15. Nous le prenons en commun dans la salle à manger, et là encore chacun reprend son assiette, ses couverts et sa chaise. Les vibrations toujours. Ensuite, nous avons quartier libre, jusqu'à 20 h 45. Nathalie et moi en profitons pour être un peu avec les enfants. Je dirais même que c'est l'unique moment que nous pouvons leur consacrer. J'en profite pour leur lire un livre ou les faire un peu parler de l'école. Comme tous les enfants de l'Ordre, sauf Nanou, qui ne sera jamais scolarisée, ils vont à l'école française Montessori, près de Genève.

À 20 h 45, nous devons tous nous retrouver au sanctuaire pour la méditation. Si Jo Di Mambro est en voyage, la soirée se déroule ainsi : méditation jusqu'à 21 h 15. Nous sommes tous rassemblés en cercle autour du petit autel triangulaire, qui représente la Shekinah, la Présence divine, tous revêtus de nos talares (qui seront d'ailleurs bientôt remplacées par d'authentiques capes de templier). La méditation doit toujours être dirigée sur un thème particulier. Je me souviens qu'un de ces soirs, Laurence Meunier, qui n'en pouvait plus de son mari, qui souhaitait le voir disparaître pour pouvoir faire don de sa fortune à l'Ordre, nous avait demandé de méditer sur le « transit » de M. Meunier. François, le premier, avait pris la parole. « Voilà, nous avait-il dit, nous sommes tous réunis ce soir pour expédier, par la force de la pensée, le mari de Laurence sur un astre mort. » Je m'étais dit en moi-même : ils veulent tuer cet homme, c'est honteux. Je n'avais pas osé protester. J'avais préféré me retirer. Ils ont créé ce que nous appelions « un cercle de lumière » au-dessus de leurs têtes, m'a raconté plus tard Joëlle Colineau. Par la pensée, ils ont placé au centre M. Meunier. Puis, progressivement, ils ont fait tourner ce cercle, de plus en plus vite, en appelant les quatre seigneurs de la flamme aux quatre points cardinaux, jusqu'à que ce malheureux, prisonnier d'une spirale hélicoïdale, soit proprement catapulté dans l'astral. Fort heureusement, la méditation a échoué, et le lendemain matin, M. Meunier, indemne, a pu reprendre ses activités.

La méditation s'achève toujours par une série de sons que nous faisons circuler entre nous, puis par un cantique dirigé par Blanche Davout, ou Joëlle quand Blanche est en concert quelque part.

Aussitôt après, démarre l'activité du jour. Lundi : établissement de l'ordre du jour pour chaque soirée de la semaine. Mardi : chorale. Mercredi : discussion autour d'un thème : « Le silence, langage de l'être. » Ou : « Qu'est-ce que la pureté ? » Ou encore : « La maîtrise de la douleur », « La mort véritable et la seconde mort », etc. Jeudi : accueil des membres extérieurs de l'Ordre, des adeptes notamment de l'ordre créé par Origas, désormais cotisants chez nous. Vendredi : mise au point du programme du week-end. Il s'agit là de définir tous les travaux à entreprendre, car nous sommes sans cesse en train de déplacer les uns pour loger les autres. Sans cesse il y a un coup de main à donner pour un déménagement, des peintures, des tapisseries...

Chacun regagne son logement sur le coup de 22 h 30, dans l'hypothèse toujours où Jo est absent. Nous disposons alors d'une heure et demie pour étudier nos cours. Ils nous sont dispensés oralement par Jo ou par Luc, puis nous sont distribués, imprimés sous des jaquettes à liserés dorés. Nous devons nous en imprégner car Jo peut à tout moment nous interroger. Il va rentrer par exemple de voyage et nous réunir soudainement. « Zurich aimerait savoir comment vous ressentez vos cours, va-t-il dire. Thierry, c'est à toi. »

Je devrai alors réciter de mémoire la dernière livraison : « Tout le corps humain se résume dans l'unité d'un seul organe qui est le cerveau : siège de la sensibilité, de la motricité, de l'intelligence, organe ou instrument de la pensée, siège de l'unité qui, par amour et cohésion, maintient l'édifice debout, le temple de l'homme, le corps. Comme organe, il appartient au domaine matérialiste, comme instrument sa nature devient spiritualiste par l'intervention d'un principe métaphysique supramatériel », etc. Je cite au hasard les premières lignes d'un cours sur « le cinquième règne par la voie royale ».

L'activité de la journée est telle qu'il nous faut donc attendre minuit pour entreprendre nos propres travaux ménagers : le repassage, les lessives, le nettoyage des vitres, etc. Nous ne sommes jamais au lit, dans l'hypothèse la plus favorable, avant 1 heure du matin. Or, nous devons impérativement nous retrouver tous sous le wellingtonia à 5 h 30...

Quand Jo est présent, le train-train du quotidien est brusquement chamboulé. J'en suis généralement prévenu par un coup de fil à mon laboratoire. Une voix, celle de Laurence Meunier ou celle de Claude, m'annonce que nous avons le soir même un « buffet froid ». Une pancarte, placée bien en évidence dans le vestibule de la vieille maison templière, me le confirme à mon retour : « Jo nous attend ce soir à 21 h 15. Présence de chacun souhaitée. »

Ces soirs-là, nous expédions les enfants, nous n'avons pas le cœur à leur raconter des histoires. L'arrivée de Jo nous stresse considérablement, nous sommes comme des fourmis sous le coup d'une agression, incapables de nous asseoir dix secondes, incapables d'échanger trois phrases calmement. Nous courons aveuglement, les pommettes en feu, le geste heurté. La méditation de 20 h 45 est bâclée comme un pensum. Enfin, nous nous retrouvons dans la bibliothèque, sous le grave et silencieux regard du maître.

« Je reviens de Zurich, commence-t-il, quand on entendrait se déployer les ailes d'un papillon. Vous ne le saviez pas, mais ça fait une semaine que vous êtes spectrographiés. »

Le spectrographe est un instrument de mesure, nous avait expliqué Jo, qui permet de capter les ondes d'un individu à très grande distance. Or les maîtres de Zurich, paraît-il, possédaient les plus perfectionnés de ces capteurs. Ils pouvaient donc enregistrer la totalité de nos vibrations, les analyser grâce à des paramètres précis, et sortir pour chacun d'entre nous un bilan complet et détaillé de son aura et de son champ vibratoire du moment.

« J'ai donc eu des nouvelles de chacun, poursuit Jo. Blanche, je sais que tu as des petits problèmes au niveau digestif, il va falloir que tu te surveilles, mais tu es sur la bonne voie, les maîtres sont contents de toi. François, toi, tu as été surpris en train de te goinfrer dans une boulangerie, alors que nous sommes dans une période de régime strict... »

Chacun attend son tour en tremblant, car parfois Jo se déchaîne contre tel ou telle et l'humilie publiquement durant de longues minutes. Je me souviens qu'un soir François, justement, est arrivé rasé alors qu'on le connaissait barbu depuis toujours. Toute la journée, Claude, sa femme, avait hurlé au scandale. Barbu, François paraissait seulement vingt ans de moins qu'elle. Mais rasé, c'était une catastrophe; on aurait dit une grand-mère et son petit-fils.

« François, tu as voulu humilier Claude, a dit ce soir-là Jo. Les maîtres sont dans une grande colère contre toi. Tu vas jeûner durant dix jours et laisser repousser ta barbe. Je ne peux même pas t'assurer que cela suffira à calmer Zurich... »

Jo distribue ainsi les punitions et les bons points, en fonction des bilans soi-disant établis par Zurich. En réalité, il ne fait que répéter les petits mouchardages rapportés par Marielle, Joëlle ex-Colineau et bien d'autres, j'ai mis des années à le comprendre. Marielle et Joëlle passent en effet leur temps à espionner et confesser les uns et les autres, mais nous sommes loin à cette époque de les imaginer en train de nous dénoncer.

Quand les penchants secrets de chacun ont été révélés, mesquineries ici, petits problèmes corporels intimes ailleurs, Jo sépare le bon grain de l'ivraie. « Anthéa, Thierry, Blanche, Marielle, Laurence, André, etc., vos vibrations ont été bonnes. Vous êtes prêts à entrer dans le sanctuaire, levez-vous. Les autres attendent ici et méditent. » Curieusement, jamais Junod, Luc Jouret et Pierre Vatel ne sont privés de sanctuaire.

Il est minuit passé à ce moment-là. Nous nous levons et Jo nous conduit dans le salon vert, aux portes du sanctuaire. Là, invariablement, lui et Jacques nous y précèdent. C'est si habituel que jamais nous ne nous interrogeons sur ce qu'ils font tous les deux dans le sanctuaire. Sans doute pensons-nous que Jo a des invocations particulières à formuler, en rapport avec son état d'initié. Quant à Jacques, qui lui est très proche, il doit vraisemblablement le servir, comme un enfant de chœur sert la messe. Sans doute est-ce là ce que nous supposons, plus ou moins consciemment. À la fin seulement, j'apprendrai que Jo et Jacques avaient absolument besoin de ce laps de temps pour régler tous les détails techniques de l'apparition...

Parfois les deux hommes s'enferment durant plus d'une heure dans le lieu sacré, et tout ce temps-là nous devons méditer impérativement. Nous sommes épuisés certes, mais comment traduire en mots, en mots de tous les jours, la joie qui nous habite : nous figurons parmi les élus ! Dans quelques minutes, quelques secondes peut-être, un être de l'au-delà va s'incarner pour nous, et nous allons pouvoir dialoguer ! Dialoguer avec l'un de ceux qui ont les clés de l'univers. S'il vient à nous, infime minorité, c'est bien que l'immortalité nous est promise. L'immortalité, et tant d'autres bienfaits... Comment céder à la fatigue, au sommeil, à quelques instants d'une telle révélation ! L'effet répétitif ? Non. Chaque apparition est un choc nouveau et immense. La privation, en revanche, et Jo le sait bien, crée chez chacun d'entre nous un état dépressif. Comme si nous étions brutalement relégués à l'état d'homme, d'homme ordinaire, cet état épouvantable d'où Jo nous a sortis et que nous ne voulons jamais plus connaître.

Enfin nous entrons, et parfois nous nous trouvons devant les portes closes du saint des saints.

– Maître, nous sommes là, implore Jo.

Mais rien ne se passe.

– Votre taux vibratoire est insuffisant, gronde alors Jo, et nous sentons couver en lui une grande colère. Blanche, je t'en supplie, poursuit-il, fais-les chanter pour les mettre en résonance vibratoire avec le plan des maîtres !

Nous chantons. Jo, Luc, Junod et Vatel patientent, tendus vers les portes toujours closes du saint des saints. Si rien encore ne se passe, Jo se tourne vers nous, les traits tirés, en proie à une agitation terrible.

– Vous chantez mal, vous êtes indignes d'être ici ! Demain, la moitié d'entre vous seront privés de sanctuaire.

Nous reprenons. Inlassablement nous reprenons. Peu importe l'heure, 2 heures, 3 heures du matin...

Puis soudain les portes s'ouvrent, et du halo lumineux surgit bientôt le visage éthéré du maître. Nos cœurs cognent. Nous sommes éperdus de reconnaissance. Les premiers coups du mystérieux langage trouent le silence. Junod et Jo peuvent commencer leur lent travail de décryptage.

– Nous avons compris « S », maître. Est-ce bien cela ? Non ? Alors, pardonnez-nous. Pouvez-vous recommencer ?...

Quand le message est là, écrit noir sur blanc, le maître s'estompe, et lentement les portes se referment. Nous sommes tous aussitôt convoqués dans le salon vert. Nous devons dire nos impressions, tenter de traduire en mots ce que nous avons ressenti tout au long de l'apparition.

– Moi, dit l'un, j'ai vu une pyramide violette avec un aigle au-dessus de la pointe.

– Ah, l'aigle ! commente Jo. C'est très important ce que tu dis là. Et le violet, la plus haute couleur dans les sciences occultes... Bien, très bien.

– Moi, dit l'autre, j'ai vu un soleil partir de mon plexus, et ce soleil a rejoint trois autres soleils pour former les quatre points cardinaux...

– Anthéa, note bien ce que vient de dire ta sœur, reprend Jo. C'est très important. J'aimerais un compte rendu de tout cela, je veux repartir à Zurich avec dès demain...

Certains n'ont rien vu, et osent l'avouer, comme François ou Michel Salvin. « Toujours les mêmes qui ne voient rien, soupire Jo. Je ne sais pas pourquoi je vous prends encore au sanctuaire. La prochaine fois, vous irez vous coucher. » Laurence Meunier, elle, ne voit jamais une pyramide, elle en voit dix ! « Tu as vu ça, Laurence ! s'exclame Jo. Vous vous rendez compte de ce qu'elle a vu ce soir ? Nous sommes dans cette période où le temple renaît, or elle a vu la croix du temple remonter de la pyramide inversée qui se trouve sous la terre. Cette croix s'est ouverte sous forme de rose dans la chambre du roi... Vous imaginez que l'Ordre est en train de naître, que Laurence a vu la croix du temple partir de la terre, remonter dans la chambre du roi de la pyramide, une rose s'ouvrir sur cette croix... », etc. Chaque fois que je dois passer après Laurence, je suis pétrifié : « Mon Dieu ! me dis-je, ce que j'ai à raconter est tellement bête que je ne vais jamais oser. » Car nous sommes tous mis en concurrence, d'une certaine façon. Enfin, mon tour vient. « J'ai vu un lys blanc », dis-je. Jo ne me remercie pas, rien. « Suivant ! » soupire-t-il. « J'ai vu un cheval avec des ailes, et tout d'un coup ce cheval s'est trouvé dans un champ de blé. » « Ah ! dit Jo, très important le blé ! Il était comment, ce blé, doré, encore vert ?... »

Tout à fait à la fin, c'est au tour des dignitaires et des initiés. Avec Luc Jouret, c'est un roman chaque fois. Il a vu des constellations de pyramides qui, toutes ensemble, dessinaient la pyramide de Khéops, etc. Junod et Vatel parlent ; puis des étrangers que nous n'avons jamais vus, parfois célèbres, parfois venus de loin, du Canada ou des Antilles, s'expriment à mots discrets. Tous sont également bouleversés.

10

C'est en 1984 que Luc Jouret a commencé à multiplier les voyages au Canada. Il avait trouvé, dans les fichiers hérités de l'ordre de Julien Origas, des listes impressionnantes d'adeptes dans l'État du Québec. « Il y a là-bas, nous confia-t-il, un potentiel extraordinaire. Ce sont des gens forts, très droits, très croyants. Il faut à tout prix que nous réalisions l'unité avec la communauté de Genève. » Successeur officiel d'Origas, il s'y employa, auréolé du prestige immense de sa précédente incarnation, saint Bernard de Clairvaux.

Il arriva, un jour, à Genève flanqué d'un certain Albert Chateau qu'il nous présenta comme le « commandeur de l'Ordre du Québec ».

Chateau était un homme au visage banal, du même âge que Luc environ, mais très attentif au respect qu'on lui témoignait. Un homme susceptible en somme.

Dès son arrivée, Jo le traite avec beaucoup d'égards et tous deux se lancent dans une intense activité de sanctuaire, comme Jo le fait systématiquement avec les nouveaux arrivants de marque. Chateau est fonctionnaire au ministère québécois des Finances, il est certainement respecté et influent. Au bout de quelques jours, il arrive ce qui doit arriver : Jo découvre enfin qui est son favori du moment. En l'occurrence, Jo reconnaît en Chateau le scribe de l'histoire égyptienne puisqu'il est l'unique témoin de la métamorphose d'Akhénaton en lumière, dans sa crypte secrète de Louxor. Par la seule puissance de son esprit, le pharaon se serait en effet consumé de l'intérieur pour quitter ce monde sous les traits d'un rayon flamboyant. Chateau est extrêmement flatté d'avoir été ce scribe. Durant quelques semaines, il siège avec l'élite, puis il repart pour le Canada avec la mission d'arrimer solidement la commanderie locale au siège de Genève.

À Genève, justement, l'élite s'est enrichie d'une nouvelle tête : Hervé Poirier. Les pionniers de la fondation, et même de la Pyramide, connaissent depuis longtemps cet homme qui leur a toujours été présenté comme « l'ami » de Jo, l'ami d'autrefois, celui qui ne l'a jamais lâché. Des années durant, Hervé, sa femme et leurs deux enfants sont venus passer un week-end de temps en temps parmi nous, pour le seul plaisir de retrouver Jo. Ainsi, c'est par Hervé, personnage chaleureux, que les gens ont appris que Jo avait exercé autrefois le métier de bijoutier-joaillier du côté de Nîmes, avant de faire commerce de ses dons de médium. Hervé a beau être ingénieur physicien, il n'en est pas moins passionné par les sciences occultes et l'ésotérisme. Il voue un véritable culte à son « ami de vingt ans » pour ses dons et ses connaissances en la matière. Pourquoi Jo a-t-il soudain souhaité précipiter le rythme tranquille de cette relation en intégrant cet homme dans la communauté ? Je ne le sais pas, mais je devine que la situation d'Hervé à l'extérieur, son titre d'ingénieur, ses relations, lui ont soudain paru constituer un bon atout pour l'Ordre. Tout comme le renom d'industriel de Vatel, ou encore le doctorat en médecine de Luc, etc.

C'est également une époque où l'étoile de Stéphane Junod, notre prestigieux musicien, pâlit brusquement. Comme il le fera très souvent dans les années suivantes pour d'autres membres de l'Ordre, Jo a décidé brutalement de faire chuter « l'étoile » Junod. Cette véritable « mise à mort symbolique » constituera un des épisodes les plus douloureux de l'histoire de l'Ordre.

LE 54e

Stéphane et Claudine Junod attendaient un enfant, nous le savions et partagions leur joie. Neuf mois durant, nous ne croisions pas Claudine sans lui souhaiter mille bonheurs pour son futur bébé.

Le jour prévu pour la délivrance, Laurence Meunier nous rassemble en urgence. « Claudine est en train d'accoucher, nous dit-elle. Ça se passe très mal, il y a de gros problèmes. Jo arrive d'un instant à l'autre, je crois qu'il a de très mauvaises nouvelles à nous donner. »

Jo arrive et nous réunit tous immédiatement. « Voilà, nous dit-il, je vous annonce que l'Antéchrist est né. » L'Antéchrist ! Aurélien Junod n'a que deux ou trois heures et Jo nous annonce que ce bébé est l'Antéchrist ! C'est le mot d'ouverture d'une soirée de folie, car aussitôt mille questions fusent. Claudine sait-elle de quel monstre elle vient d'accoucher ? Non, seul le père a été mis au courant. C'est pourquoi, nous qui avons l'insigne honneur d'héberger Nanou, l'enfant-Dieu, allons devoir héberger également sous le même toit Aurélien-l'Antéchrist. Car il n'est pas question de chasser Claudine. Mais comment cela va-t-il être possible ? « Il faudra observer des règles très strictes, sans quoi nous sommes perdus, annonce gravement Jo. Vous ne devrez jamais regarder cet enfant, et vous ne devrez sous aucun prétexte vous approcher de Claudine. Il vous faudra constamment l'éviter, prendre bien garde à ce qu'elle ne rentre plus ni dans la salle à manger ni dans les cuisines ; qu'elle ne vienne surtout chez aucun d'entre vous, car alors ce serait fichu : même en désinfectant tout l'appartement, vous ne parviendriez plus à en chasser les forces négatives... » Nous sommes horrifiés. Mais, dans l'immédiat, la première question qui nous préoccupe est celle-ci : comment éviter Claudine le jour où elle va revenir parmi nous ? Ce beau jour que toutes les mamans ont connu, leur bébé dans les bras, félicitées par tous, rayonnantes.

Enfin, elle arrive, et dans l'instant chacun cavale chez soi et s'y enferme à double tour. On imagine cette femme traversant ces pièces immenses, ces corridors, sans croiser une âme. Qu'a-t-elle pu penser ? Dans les jours qui suivent, les gens rasent les murs, s'enfuient dans le parc à son approche, font la sourde oreille si d'aventure elle les surprend. À la belle saison, nous quittons le parc en toute hâte, aussitôt que nous l'apercevons derrière son landau. « Je ne vois plus personne, pourquoi me fuyez-vous ? » a-t-elle parfois le temps de nous lancer, sur un tel ton de désespoir qu'il m'en vient des larmes, aujourd'hui encore, tant d'années après. Claudine a tenu plus de six mois, puis elle s'est effondrée. Junod a acheté un chalet dans le Valais et ils ont quitté la maison templière. Seul, Stéphane Junod continuait à venir mais il avait beaucoup perdu de son aura, il n'était plus que l'ombre de lui-même.

D'une certaine façon, Hervé Poirier va prendre sa place. Car Hervé accepte de rejoindre l'Ordre, sans sa femme et ses enfants qu'il compte bien faire venir plus tard. Il n'en aura pas le loisir. Très vite, Jo, qui lit dans son aura comme dans un livre – Hervé aime bien que son ami lui prédise l'avenir – Jo, donc, lui révèle que son karma avec sa femme est finie. « Elle est très bien, on le sent bien, lui dit-il, mais malheureusement vous n'avez plus rien à faire ensemble, plus rien à espérer. Je ne vous vois plus d'avenir, mon vieil Hervé, qu'un trou noir... » Hervé adore sa femme, nous en sommes tous témoins, mais malgré cela il entreprend très vite le douloureux travail du deuil. Ce sont des semaines et des mois difficiles. Hervé, que nous avons connu épanoui, bon vivant, gros mangeur, semble se recroqueviller sur lui-même. On le surprend en train de pleurer, il maigrit et perd le sommeil. Pendant tout ce temps, Jo le porte à bout de bras. Il le désigne toujours pour le sanctuaire, le place à sa droite, lui fait envoyer des messages de réconfort par les maîtres, et des mots de soutien de Zurich. « Ce qu'il y a de terrible avec lui, nous confie-t-il, c'est qu'il ne peut pas se passer d'une femme. Je le connais bien, s'il ne dort pas contre le corps nu d'une femme, il dépérit. »

Jo est inquiet, manifestement. Il a déjà sur les bras Joëlle ex-Colineau, dont les yeux se noient aussitôt qu'elle croise André au côté de la jeune et belle Michèle qui lui a succédé. Il doit supporter également la dépression chronique de Marie-Christine ex-Jouret, dont l'état n'a cessé d'empirer depuis qu'il l'a vidée de son énergie, au point qu'on finit par craindre pour ses jours. Il ne veut pas voir Hervé prendre le même chemin que ces deux épaves. Est-ce lui qui a entrepris alors de précipiter l'échec du couple Dubois, ou les hasards de la vie ont-ils bien fait les choses ? Toujours est-il que Jean-Marc le thérapeute et Jeanne l'esthéticienne ont commencé à se disputer publiquement alors même que Hervé se morfondait. Bientôt, Jo a confié à Hervé et Jeanne des tâches communes. « Vous deux, disait-il par exemple, vous ne voudriez pas vous charger de tailler les haies ? Elles en ont bien besoin. » Puis il les a systématiquement placés l'un à côté de l'autre à table et au sanctuaire. Quand Jeanne est allée le trouver, comme ça se faisait dans la communauté, pour lui demander ce qu'il pensait d'Hervé, Jo a dû être très élogieux, je le devine. Je l'imagine disant à Jeanne : « Au fait, oui, c'est vrai que vous deux on vous voit beaucoup ensemble ces derniers temps... Enfin, bon... Hervé! Tu veux savoir pour Hervé ? C'est un homme fabuleux, Jeanne. J'ai travaillé avec lui des années, il peut t'apporter beaucoup. Tu as des vues sur lui, c'est ça ?... » Un peu plus tard, il a dû tenir les mêmes propos à son ami Hervé. Finalement, trois ou quatre mois après avoir quitté sa femme, Hervé s'est retrouvé dans le lit de Jeanne, et de ce jour on l'a vu s'épanouir. Il a repris du poids et retrouvé sa bonne humeur. « Un couple qui ne fonctionne plus est un poids mort pour la communauté, nous répétait Jo. Il freine la mission. » Jean-Marc et Jeanne étaient donc devenus un véritable boulet, Jo n'avait fait que son devoir en les poussant à se séparer.

Un couple qui fonctionne bien, en revanche, est un moteur, non seulement pour la communauté mais pour l'évolution universelle. C'est pourquoi Jo va constamment s'intéresser à l'intimité de chaque couple, et nous dispenser très tôt des cours d'éducation sexuelle. Il nous enseigne que la seule initiative humaine créatrice d'énergie est l'acte sexuel. Or le système planétaire, nous explique-t-il, est gros consommateur d'énergie. Si d'aventure il en manquait, il tomberait en panne et se désintégrerait petit à petit, comme une voiture longtemps privée de carburant meurt sous les effets conjugués de l'immobilisme et de la rouille. L'homme est donc doté d'un organe sexuel pour réalimenter régulièrement l'univers en énergie. Il doit donc non seulement user de cet organe à un rythme soutenu – c'est pourquoi un couple mort doit être rapidement détecté, et dissous – mais il doit en user en connaisseur. Il doit acquérir la maîtrise de son érection et de son éjaculation, et non les subir. Car la quantité d'énergie produite sera d'autant plus importante que l'homme aura su longtemps se retenir pour mener sa partenaire au paroxysme de la jouissance. Outre la patience, Jo va nous enseigner les positions les plus avantageuses en relation avec les planètes. Enfin, nous allons découvrir que cette énergie produite par un couple ne peut être dispensée à n'importe quel moment du jour ou de la nuit, car l'univers n'est pas constamment réceptif. En fonction de la situation de la Lune et des astres, certaines périodes sont beaucoup plus favorables que d'autres. De la même façon, il est essentiel d'avoir toujours près de soi une boussole car, toujours selon la position des astres, le couple devrait s'orienter différemment et veiller, tout au long de l'acte, à conserver le bon cap. Jo va donc régulièrement nous signaler les jours où nous devons impérativement faire l'amour, et selon quelle orientation. « Avec quatre couples qui fonctionnent, placés aux quatre points cardinaux, je peux inverser les courants négatifs de la planète », nous dit-il.

Pour Nathalie et moi, ces conseils sont de plus en plus vains. De fait, depuis que nous habitons le corps de ferme, nous nous sommes éloignés l'un de l'autre. Il y a le rythme soutenu des activités, bien sûr, qui fait que nous courons sans cesse sans trouver même le temps d'un baiser. Ces soirées de marathon... passer la charrue pour pouvoir semer le lendemain, faire manger les enfants, courir au sanctuaire... Il y a surtout la fin de notre intimité. Désormais, n'importe quel « frère » ou « sœur » entre chez nous sans frapper. Il n'existe pas de règle écrite nous interdisant de fermer notre porte à clé, mais l'idée seule en est inconcevable. Nous vivons en communauté, personne n'oserait verrouiller sa porte. Comme l'activité ne cesse jamais, on entre sans arrêt chez l'un ou l'autre pour réclamer un coup de main. On entre sans arrêt chez nous. « Vite, Nathalie, on te demande aux cuisines », dit l'un. « Thierry, Jo vient d'appeler, il faut vite préparer une chambre pour un de nos frères qui arrive du Canada. » Parfois, Nathalie n'en peut plus, je le vois. Elle n'a même plus le courage de répondre, elle claque la porte au nez de l'intrus, et ses mains tremblent, ses yeux s'embuent. Je suis témoin de cela, mais je n'ai pas le temps nécessaire pour la consoler, la soulager. Même ce temps-là, je ne l'ai pas. Nous nous éloignons sûrement l'un de l'autre, nous en sommes conscients, je crois, mais nous sommes prisonniers du système, incapables d'un sursaut. Ni elle, ni moi, nous sentant couler au fil des mois, n'avons une seule fois prononcé les trois mots salvateurs : « Partons de là ! » À aucun instant nous n'avons eu cet éclair de lucidité. Car se sauver, c'était aussitôt se perdre : quitter notre intimité avec les maîtres, retourner à cet état d'homme ordinaire dont nous avions, dont j'avais, moi surtout, éprouvé le désespoir.

Nous n'avons plus un geste l'un pour l'autre en public, peut-être n'avons-nous même plus un sourire ; nous sommes trop malmenés, trop épuisés. Et bien sûr, Jo perçoit cette usure, comme il l'a perçue chez Jean-Marc et Jeanne, et chez tant d'autres couples avant eux : les Colineau, les Junod, les Jouret, les Salvin... Insensiblement, nous sommes devenus à notre tour un couple qui ne fonctionne plus, un poids mort pour la communauté. Alors Jo nous convoque, l'un, puis l'autre. « Thierry, me dit-il, tu n'es plus fait pour Anthéa. Vous aviez un chemin à faire ensemble, vous êtes arrivés au bout. Votre couple a fini son cycle karmique. » Sans doute dit-il la même chose à Nathalie, car je me souviens qu'elle et moi avons très vite échangé nos sentiments sur la fin annoncée de notre histoire. Nous étions l'un et l'autre bouleversés par la nouvelle, mais il ne nous est pas venu à l'esprit de la mettre en doute. Comme on ne met pas en doute l'annonce d'un cancer par un cancérologue. Puisque l'information – si dramatique soit-elle – émanait de Jo, elle était exacte, forcément exacte. Et il n'y avait rien à tenter pour aller contre : c'était écrit, nous étions irrémédiablement condamnés. Le soir même, nous avons cessé de dormir ensemble. Je me suis installé sur le canapé du salon, j'ai laissé notre chambre à Nathalie. « D'ici peu, chacun d'entre vous connaîtra un autre karma, nous avait prévenus Jo, mais en attendant ne dites rien, je préviendrai les gens quand il le faudra. » Jo savait que lorsqu'une femme était libre dans la communauté, désirable, des hommes se portaient aussitôt candidats, et donc quittaient parfois leur propre femme pour se lancer dans l'aventure. Et ça, il n'en voulait pas. Il souhaitait maîtriser chaque couple, de sa naissance à sa chute. Il n'y avait donc rien d'autre à faire pour nous qu'à attendre.

Quelques semaines plus tard, Jo confie une nouvelle mission à Nathalie. « Anthéa, lui dit-il, saint Bernard est débordé. Entre son cabinet médical à Annemasse et ses voyages au Canada, il n'y arrive plus. Zurich est conscient du problème. C'est pourquoi nous avons décidé de te nommer à ses côtés. » Nathalie se retrouve ainsi secrétaire de Luc Jouret à Annemasse. Du jour au lendemain, elle abandonne les cuisines de la communauté, pour mener la vie classique d'une secrétaire médicale (sans toutefois toucher de salaire). C'est beaucoup plus tard seulement, quand tout a été fini entre l'Ordre et moi, que j'ai réalisé qu'en fait de mission décidée par Zurich, Jo avait tenté, à ce moment-là, de mettre Nathalie dans le lit de Jouret. Il avait beaucoup œuvré pour que Luc quitte sa femme, Marie-Christine, qu'il trouvait trop insignifiante pour un homme de sa trempe. En revanche, le rayonnement de Nathalie l'avait séduit dès le premier jour, et je ne suis pas loin de penser qu'il la trouvait probablement trop bien pour moi. Mais tout à fait adaptée par contre au rang de saint Bernard. J'imagine bien aujourd'hui la conversation entre les deux hommes :

– Tu n'avais aucun avenir avec Marie-Christine, dit Jo.

– Je le sais, elle est pitoyable...

– En revanche, je vois en Anthéa quelqu'un de fabuleux.

– C'est vrai qu'elle est ravissante.

– Eh bien, nous allons te l'affecter, Luc. La suite ne me regarde pas...

J'imagine bien cette conversation, parce que Nathalie ne travaillait pas à Annemasse depuis une semaine qu'elle rentre un soir, troublée et confuse. « Je ne sais pas ce qui se trame, me dit-elle, mais Luc est sans arrêt à essayer de me prendre la main. Et ce soir, il a même tenté de m'embrasser... » Jo, comme Luc, avait négligé de prendre en compte les goûts de Nathalie. Or il se trouve que, malgré sa grande allure et son regard profond, Luc n'éveillait aucun désir en elle. Le complot tourna donc court et, après plusieurs semaines à Annemasse, Anthéa fut priée de retourner au secrétariat de l'Ordre. Mais Jo n'avait pas dit son dernier mot.

Depuis quelques mois, son fils cadet, prénommé Siegfried, l'avait rejoint à l'Ordre. Bien avant qu'il ne vienne, Jo nous avait, à plusieurs reprises, parlé de ce fils en qui il avait très tôt reconnu une réincarnation du prophète Élie. Il nous avait même confié un jour qu'Élie (car c'est ainsi que nous l'appelions désormais) avait été conçu en Israël, dans la grotte toujours conservée de l'authentique prophète... Ce prestigieux passé permettait évidemment d'envisager pour le jeune garçon une mission « de la plus haute importance », comme aimait à le répéter son père. En attendant, Élie venait seulement de fêter ses quinze ans, et étudiait dans une école privée.

Étant le fils du maître, promis à un grand avenir, Élie nous aurait demandé de ramper que nous l'aurions fait. Mais, tout de suite, ce garçon sut se faire aimer de tous, pour son imprévisible modestie, sa générosité, et un sourire franc de jeune bien dans sa peau, en apparence du moins. Il était clair qu'il vouait à son père une confiance et une admiration aveugles, et que cet état de « fils du maître » le remplissait d'un bonheur tranquille. Il n'avait pas le désir d'en rajouter, et même, il tenait à participer comme n'importe qui aux tâches du ménage, du jardinage. Aux dernières surtout, car il était déjà bâti comme un homme et il adorait conduire les chevaux au labour.

– Dis-moi, Thierry, me dit un jour Jo, tu ne voudrais pas m'héberger Élie durant quelque temps ? Nous allons recevoir un nouveau couple du Canada, et cette fois la maison est pleine.

J'en parle à Nathalie, nous mettons nos deux garçons dans la même chambre, et évidemment nous acceptons. Le surlendemain, Élie débarque chez nous.

– Tu es ici chez toi, lui dis-je, nous te traiterons comme notre enfant. D'ailleurs tu pourrais presque l'être...

Nathalie acquiesce, nous rions, et la vie se poursuit, au rythme fou de tous les jours. Avec en plus, cette douleur nouvelle à porter, ce deuil promis et pourtant insupportable : celui de Nathalie qui dort désormais derrière sa porte close. Si près, et si loin en somme. Les semaines passent. Nathalie et moi avons conservé l'habitude de monter ensemble au sanctuaire – au nouveau sanctuaire, dans le grenier du corps de ferme – pour la méditation de 20 h 45. Élie, d'ordinaire, nous y accompagne. Puis, soudainement, Nathalie prend prétexte de sa fatigue accumulée pour rater la méditation, et partir s'allonger. Élie, simultanément, prétend vouloir regarder la télévision que son père lui a fait installer dans sa chambre. C'est en effet l'heure exacte du film. Durant quelque temps, je monte donc systématiquement seul au sanctuaire. Parfois, je les retrouve tous les deux côte à côte dans la chambre d'Élie, à regarder la télévision.

– On dirait une mère et son fils, dis-je.

Nous nous sourions, et la soirée se poursuit ailleurs en leur présence.

Les mois passent. Enfin, un jour, Jo m'annonce qu'il envoie dans le Midi, dans une maison qu'il vient d'acheter, Élie et Nathalie...

– Élie et Nathalie ! dis-je. Mais Jo, Nathalie ne peut pas abandonner comme ça nos deux enfants... Et pourquoi Élie ?

– Je t'enverrai Sylvie pour les enfants, ou Claude, peu importe. Il est essentiel qu'Élie et Anthéa se retrouvent un peu seuls ; Zurich m'a prévenu qu'une mission de la plus haute importance pourrait leur être confiée dans les mois à venir.

– Élie et Nathalie ! Mais Jo...

– Je t'avais prévenu que vous connaîtriez rapidement, l'un et l'autre, un nouveau karma. Élie et Anthéa ont maintenant un long chemin à parcourir ensemble. Tu ne le sais peut-être pas, mais les maîtres ont consacré leur union en sanctuaire.

J'étais sidéré. Ils devaient coucher ensemble depuis des mois et je n'avais rien vu, rien soupçonné. Élie n'avait pas encore seize ans, et Nathalie en avait trente-deux. Nathalie, que je n'avais pas cessé un instant d'aimer, que j'aimais peut-être plus encore qu'aux premiers jours de notre mariage, Nathalie, cette fois, me quittait vraiment. Et pour qui ? Pour ce grand adolescent qu'à maintes reprises je lui avais demandé de considérer comme notre propre enfant...

Aujourd'hui, quand je me repasse le film de notre histoire, j'ai honte. Honte d'être resté sans réaction. Jo nous a détruits alors que nous nous aimions, alors que nous nous aimerions toujours s'il n'était pas entré dans notre vie. Puis il nous a manipulés comme des brebis dociles. Il nous a humiliés, Nathalie. Il a d'abord tenté de te glisser dans le lit de Jouret, puis comme ça n'a pas marché, il t'a offerte à son fils.

Comment avons-nous pu manquer à ce point de lucidité ? Pour moi, je sais que la réponse se trouve sûrement dans mon enfance, qui ne m'a rien appris, si ce n'est à fuir la réalité, l'insupportable réalité, pour trouver refuge dans des croyances irréelles mais tellement plus prometteuses. Pour toi, Nathalie, je ne sais pas. Cela demeure, aujourd'hui encore, un mystère.

C'est à cette époque qu'est intervenue la vente de la maison templière et, pour moi, la première découverte d'une supercherie qui aurait dû m'alerter. Nous allions vendre la vénérable demeure, pour construire des « centres de survie » au Canada et bientôt en Australie, car l'apocalypse approchait. En attendant l'existence de ces centres, nous allions nous regrouper, nous serrer un peu plus dans le corps de ferme. La semaine du déménagement arrive ; il faut vider tous les appartements de la maison templière. Nous sommes tous mis à contribution et, au hasard d'une de ces folles journées, j'entre dans l'appartement de Jo et de Jocelyne. C'est inhabituel, jamais jusqu'à présent je n'y ai été invité. Tout est sens dessus dessous, les tapis roulés, les tiroirs des commodes béants. Jo me conduit dans leur chambre car nous devons sortir ensemble le sommier conjugal. Nous sommes occupés à le redresser quand Jocelyne appelle son mari depuis le salon. Jo me laisse alors seul un instant et mes yeux sont attirés par le bric-à-brac qui semble véritablement déborder de l'armoire aux portes largement ouvertes. Il y a là de tout, des vêtements empilés, des vases, des objets de culte, une machine à écrire, des livres, etc. Soudain, mon regard se pose sur une épée. Un instant je la quitte des yeux, puis j'y reviens, car enfin cette épée a la particularité d'être prolongée par une ampoule électrique dont les fils adhèrent parfaitement à la lame, comme si on avait voulu les dissimuler. J'observe le montage électrique et, brusquement, une intuition terrible me bouleverse : mon Dieu, cette épée ! Ne serait-ce pas celle qu'a utilisée Manatanus pour féconder Élisabeth ? Un formidable flash avait illuminé le sanctuaire à l'instant où la pointe de l'arme avait touché le ventre d'Élisabeth. Un formidable flash, oui... Et là, sous mes yeux, n'est-ce pas une ampoule de flash qu'on a fixée tant bien que mal au bout de l'épée ? Mon cœur cogne, mes jambes ne me portent plus. Je m'adosse au mur, et je me sens glisser jusqu'à me retrouver assis par terre. « Non, ce n'est pas possible, me dis-je. Pas ça ! Ce n'est pas vrai... » Je me sens suffoquer, je voudrais fuir, trouver la force de fuir, mais à présent j'ai peur de Jo. C'est étrange comme brusquement cet homme me fait peur. Le voilà, justement.

– Eh bien, Thierry, ça ne va pas ? Tu es livide...

– Ce n'est rien, Jo, juste un étourdissement. Ça va aller.

– Jocelyne ! Apporte un verre d'eau.

Ils me font boire, ils me tapotent les joues. Bientôt, je me relève, et nous poursuivons le déménagement. Le lendemain, je doute déjà de ce que j'ai vu. Et puis, même si je l'ai vraiment vue, me dis-je, ça devait être une vieille épée de carnaval ayant appartenu à Élie. C'est évident, ça ne peut-être que cela, une vieille épée de carnaval.

Quelques jours passent. Élie et Nathalie sont partis pour cette maison de Jo, dans le Midi. C'est finalement Marie-Christine Jouret, cette petite femme sèche et menue, au teint jaune, au crâne dégarni, qui me donne un coup de main pour les enfants. J'ai le sentiment de vivre un cauchemar éveillé, d'être traqué par la mort. À certains moments, au laboratoire, je dois me précipiter dans les toilettes pour cacher ma douleur. Boré m'observe à la dérobée, mais n'a pas un mot attentionné pour moi. Il a enfin reçu son bateau, il ne songe qu'à tirer des bords sur le lac Léman. Nous sommes à des années-lumière l'un de l'autre. J'en suis là, à me sentir couler sans trouver nulle part un cœur compatissant – Marie-Christine Jouret, elle-même, a vécu ce calvaire, me dis-je, et qui est allé vers elle ? – j'en suis donc là quand, une nuit, je fais coup sur coup deux rêves extraordinaires. Dans le premier, je suis assis au pied d'un grand chêne et j'entends une voix lointaine me répéter : « Thierry, tu es Ram. Tu es Ram... » Dans le second rêve, très beau, je me vois marchant au côté du Christ. Évelyne Chartier nous encourageait constamment à écrire nos rêves. Je le fais donc, et le lendemain matin, très troublé encore, je cherche Hervé Poirier pour tout lui raconter. Jo est au Canada et il a confié l'Ordre à son ami. Hervé m'écoute avec beaucoup de chaleur ; nous avons de la sympathie l'un pour l'autre.

– C'est curieux, me dit-il, parce que Jo m'a demandé de vous faire préparer pour Pâques une pièce de théâtre. Et j'avais envie de choisir un thème biblique avec le Christ justement. Veux-tu essayer de mieux réaliser ton rêve ?

Le soir-même, je lui donne les textes de mes deux rêves et, le lendemain matin, Hervé me fait appeler.

– Thierry, tu te rends compte de ce que tu as vécu ?

– Je marchais à côté du Christ, oui, c'est extraordinaire...

– Non, je ne te parle pas du Christ, Thierry, je te parle de ce rêve où une voix t'a dit : « Tu es Ram... »

– Eh bien quoi ?

– Tu ne sais pas qui est Ram, Thierry ?

– Non, je me demandais même si c'était un nom de lieu ou de personne.

– Alors, il faut absolument que tu relises *Les Grands Initiés* de Schuré. Tout est expliqué dans ce livre. Ram est en quelque sorte le premier initié de la planète, le sauveur de sa race...

Je retrouve les pages concernant Ram, qui se serait incarné cinq mille ans avant Jésus-Christ, mais surtout je lis noir sur blanc une histoire similaire à celle de mon rêve : un jeune homme, un futur druide, s'endort au pied d'un grand chêne. Durant son sommeil, un maître lui apparaît. Ce maître lui indique que son nom cosmique est Ram. Nous sommes dans la période atlantéenne, en pleine épidémie de peste. Le maître donne au jeune homme les moyens de vaincre la maladie à l'aide d'une potion à base de gui. Le maître, en réalité, emprunte l'enveloppe corporelle du jeune homme pour revenir sur notre terre combattre la peste. Nous pouvons l'interpréter comme ça. Or, voilà que de nouveau Ram se manifeste, à travers moi cette fois! Comme nous ne croyons pas au hasard, comme nous sommes enclins à interpréter le moindre signe, à donner un sens à la moindre coïncidence peut-être, je mesure aussitôt l'importance de mon rêve, comme Hervé l'a mesurée avant moi.

Deux jours plus tard, Jo rentre du Canada et Hervé se précipite pour lui raconter mon aventure. Dans le quart d'heure, je suis convoqué.

– Thierry, c'est absolument incroyable! me dit Jo. Je pars immédiatement pour Zurich, nous allons faire des recherches dans nos archives, il faut absolument mettre tout cela très au clair. Ce que tu as vécu est considérable, ce n'est même plus au niveau de l'Ordre, c'est au niveau de la planète...

Jo me parle comme si j'étais devenu un demi-dieu brusquement, moi, le petit gars qui n'étais jusqu'ici que poussière comparé à Anthéa. Nathalie vient de s'en aller, mes enfants sont entre les mains de Marie-Christine Jouret, ce spectre, Boré et mon boulot me sont de plus en plus insupportables... Bref, j'ai tout perdu ou presque, et voilà que ce rêve me propulse au firmament. Jamais Jo ne m'a regardé avec ces yeux-là. J'ai le sentiment de naître, de renaître de mes cendres.

Jo part effectivement pour Zurich l'après-midi même. C'est du moins ce qu'il me dit. Le lendemain, dès son retour, nouvelle convocation.

– C'est vite vu, me dit-il, Zurich veut absolument t'avoir. Tu ne peux plus continuer à travailler, Thierry, il faut désormais que tu te consacres complètement à ton entité.

– Mais Jo, c'est impossible! J'ai ce laboratoire, mes enfants...

– Thierry, les maîtres de Zurich te réclament, je n'y suis pour rien. Il faut que tu te libères et que tu partes étudier là-bas.

– Étudier à Zurich ! Mais je ne connais pas l'allemand... Les maîtres parlent-ils français au moins ?

– Ce sont des détails, Thierry. D'ici quelques jours, tu vas être nommé grand prêtre dans l'ordre de Melchisédech.

– Jo, pardonne-moi, tout cela est si soudain...

Je dois avoir la fièvre, le sang me cogne aux tempes. Hier, j'étais Ram. Demain, je serai grand prêtre. Je renonce à comprendre, d'autres savent et décident pour moi. J'éprouve ce que doivent éprouver les nouveaux élus aux charges suprêmes de l'État : le sentiment soudain d'être porté, transporté, l'assurance de n'avoir plus jamais à pousser aucune porte, et en même temps une incapacité totale à réfléchir, à m'interroger lucidement sur ce qui m'arrive.

Le lendemain matin, je retourne malgré tout au laboratoire. Je n'annonce rien à Boré, j'attends de nouvelles initiatives de Jo. Je suis entre ses mains, me dis-je, qu'il fasse de moi ce qu'il veut. Le soir-même, Jo me retient dans le sanctuaire. Nous laissons tous les autres s'en aller et, quand la porte se referme enfin, Jo me dit solennellement :

– Thierry, je vais devoir t'initer aux plus hautes sciences secrètes de l'Ordre. Je veux que tu deviennes un maître. Plus tard, peut-être, tu seras appelé à me succéder. Je vais t'enseigner à communiquer avec les maîtres, et tu verras par la suite qu'au moment même où tu formuleras ton invocation, elle sera exaucée. Alors, ton pouvoir sera considérable. Vois-tu cette épée ? Jamais personne ne l'a touchée à part moi, elle appartient à Cagliostro, le fameux mystique italien du XVIIIe siècle, aussi appelé Joseph de Balsamo. Dans les semaines à venir, je vais te la confier, car c'est grâce à elle que tu pourras entrer en communication avec les maîtres. Mais d'abord, avant que tu n'apprennes à mener ce dialogue, je dois harmoniser tes chakras. Ce sera notre premier travail, nous le commencerons dès demain...

Effectivement, le lendemain soir, nous nous retrouvons de nouveau tous les deux seuls dans le sanctuaire. Jo m'a fait prendre juste avant un bain brûlant aux huiles essentielles pour « ouvrir » mes chakras. Les chakras sont des points du corps par où pénètre l'énergie, des portes, si l'on veut, situées, pour les sept principales, sur le sommet du crâne, entre les yeux, sur la gorge, à l'emplacement du cœur, au plexus, sur le ventre et sur le sacrum.

Un futur maître doit apprendre à les harmoniser, car ce qui provoque les déséquilibres dont souffrent tous les hommes ordinaires, c'est un dysfonctionnement de ces capteurs d'énergie. Jo me fait donc allonger sur une table et il entreprend de me palper ces points. Pour chacun de mes chakras, il interroge les maîtres. Si le capteur est déficient, les maîtres le lui font aussitôt savoir par un flash ou par un son très aigu. Alors, Jo entreprend de souffler sur ce chakra « pour, me dit-il, introduire le souffle sacré du maître dans mon être ». Après chaque séance, nous nous mettons face aux portes du saint des saints, en nous tenant la main, pour que l'énergie de Jo me pénètre et, une fois sur deux environ, Jo parvient à établir une communication directe avec les maîtres. Quand ce n'est pas une véritable apparition, ce sont des coups frappés que Jo décrypte seul.

– Bien, Thierry, dit-il, les maîtres sont contents de toi.

Durant cette période, que je peux dater précisément car elle précède immédiatement la vente de mon laboratoire – avril à juin 1985 –, nous vivons avec Jo des moments d'une intensité incroyable, des moments qui me consolent du départ de Nathalie, ou du moins me le font oublier.

Certains jours, je ne vais même plus travailler, car Jo m'emmène avec lui dans ses voyages, de façon à ce que je sois le plus possible relié à son énergie. Nous allons ensemble à Paris et dans le Midi. Je ne me déplace plus qu'avec un petit coussin, comme Élisabeth, un petit coussin qui m'accompagne même au restaurant car mes vibrations sont désormais un bien précieux pour toute la communauté. Du coup, je ne suis plus astreint à aucune tâche ménagère, ni au jardin, car la poussière et le fumier peuvent perturber gravement l'harmonie de mes chakras. Je suis devenu, en somme, un personnage de premier plan.

Le 15 juin 1985, j'annonce mon départ à Boré. Je suis en même temps complètement exalté par ce qui m'arrive – la perspective, toujours d'actualité, de partir pour Zurich – et véritablement terrorisé par la réaction prévisible de mon associé. Comme je ne peux rien lui révéler, si ce n'est ma séparation avec Nathalie, j'explique que je ne supporte pas la perspective de ce divorce et que j'ai accepté un emploi aux États-Unis. Boré entre dans une rage folle. Qu'importe, me dis-je, l'essentiel est ailleurs !

L'essentiel est à présent dans la préparation d'un convent extraordinaire qui doit rassembler à Genève les représentants de toutes les commanderies, celles du Canada, des Antilles, de France et, bien sûr, de Suisse. Jo souhaite que je sois « le moment fort » de ce convent. Il compte m'asseoir à sa droite et me donner la parole pour que je raconte mon rêve prophétique. Il compte révéler mon départ pour Zurich, tout à fait exceptionnel, puisque aucun d'entre nous n'a jamais été invité à rencontrer, dans leur cité souterraine, les trente-trois frères aînés de la Rose-Croix, les trente-trois maîtres mystérieux de Zurich.

– Thierry, me dit-il, tu fais très attention à toi, tu te réserves complètement pour le convent. Surtout, je t'en supplie, n'attrape aucune maladie. Éloigne-toi de tout, ne touche personne. Je compte absolument sur toi, je veux que ce soit parfait...

Dans les jours qui précèdent le convent, Jo me téléphone dix fois par jour.

– Alors, Thierry, tout va bien, tu es en forme ? Ce soir, nous avons une séance de sanctuaire, je veux que ce soit toi qui diriges la méditation. D'ici là, tu te reposes, tu ne fais rien.

Des heures entières, je reste immobile sur mon petit coussin. Quand je descends au jardin, j'enfile plusieurs paires de chaussettes et des bottes hautes, toujours par crainte de la terre ou du crottin de cheval, si néfastes à mes vibrations. J'enfile des gants, je prends bien garde à ne pas tomber, comme Nanou, que je croise parfois à distance dans le parc, immuablement casquée et gantée.

La veille du convent, je me sens un peu las, et j'attribue cela à l'émotion. Jo me soumet à une telle pression psychologique!... Enfin, le grand jour arrive. Je veux me lever, mais je n'y parviens pas. Mon corps est trempé, mes yeux sont douloureux. J'ai plus de 40 degrés de fièvre. Très vite, j'appelle à la rescousse Jean-Marc Dubois.

– Mon vieux Thierry, me dit-il, tu fais une rougeole.

Une rougeole! À mon âge, et le jour du convent! Je n'ose pas appeler Jo, mais la rumeur circule à une allure affolante, et c'est lui qui me téléphone, quelque instants avant l'ouverture solennelle de la rencontre. Sa voix est méconnaissable, chargée d'une colère aux accents véritablement haineux.

– Thierry, me dit-il, tu te rends compte de ce que tu me fais, n'est-ce pas ? Je comptais sur toi, j'avais tout misé sur toi. Tu as saboté le convent, jamais je ne te le pardonnerai. Tu es indigne de ta mission, Thierry, indigne même de figurer dans l'Ordre...

Je me souviens m'être recroquevillé dans mon lit sous la violence des mots, avec ce sentiment effrayant de soudain ne plus rien valoir du tout, ce sentiment d'être une matière morte, inutile et méprisable. Hier encore j'étais l'étoile montante de la communauté, l'étoile promise aux plus hautes fonctions... Une seule fois dans ma vie j'avais subi semblable désillusion : ce jour où Frères des Hommes avait annulé mon départ pour le Brésil, du fait des crises aiguës d'allergie et m'avait renvoyé à Genève. Encore ne s'agissait-il à l'époque que d'une mission humanitaire, tandis que je venais de rater, là, une mission d'ordre cosmique.

Je tremble et je vomis. Trois jours durant, Jo me laisse sans nouvelles. Trois jours de délire, où la mort me hante. Elle m'apparaît par instants comme la seule voie de sortie honorable d'une vie décidément vouée aux échecs. Le matin du quatrième jour, Jo me rappelle enfin. Pour me donner le coup de grâce.

– Thierry, me dit-il sèchement, je n'ai plus besoin de toi, tu n'as qu'à retourner à ton laboratoire.

– Mais enfin, Jo, c'est impossible! Je l'ai vendu...

– Eh bien, débrouille-toi comme tu veux, ta mission ici est terminée.

J'avais vendu mes parts à Boré, quarante-cinq mille francs suisses, et, le jour-même, j'avais remis cette somme à Marielle, comme un don pour toute la communauté. Je n'avais même pas soustrait cent francs pour acheter des chaussures aux enfants.

Depuis notre entrée dans la fondation, nous vivions dans une extrême précarité car je donnais tous mes revenus, en échange de quoi la comptabilité de l'Ordre me reversait seulement, chaque mois, cent cinquante francs suisses d'argent de poche. Pour nos vêtements à tous, nous devions demander à la collectivité. J'avais donc tout donné depuis cinq ans, tout, jusqu'à la valeur de mon laboratoire; j'avais perdu Nathalie, vendu tous mes biens de famille, coupé les liens avec tous nos amis, et tout cela pour me retrouver à la rue. J'avais trente-cinq ans et plus aucun revenu. J'étais un homme seul, un homme détruit. De toute la vie passée, il me restait par bonheur Frédéric et Pascal, nos deux garçons. Mais comment allais-je les nourrir désormais ? Comment allions-nous vivre tous les trois dans le monde extérieur et hostile ?

11

Jo Di Mambro avait su m'attacher à l'Ordre en y accueillant ma femme et mes enfants. Bizarrement, le coup terrible qu'il venait de me porter réussit à me ligoter plus encore.

À peine mon exclusion de l'Ordre a-t-elle été prononcée que la garde rapprochée de Jo se précipite à mon chevet.

– Jo a eu un coup de colère, me disent Évelyne Chartier et Laurence Meunier. Mais nous t'en supplions, ne prends pas au pied de la lettre tout ce qu'il t'a dit. Tu verras, les choses peu à peu vont s'apaiser.

Les deux « mères » de l'Ordre sont très présentes durant ces jours difficiles. Pas un après-midi ne s'écoule sans qu'elles ne viennent l'une ou l'autre, ou les deux ensemble, s'asseoir un moment à mon chevet. Il n'est même pas question pour elles que je m'en aille, et si par hasard je m'abandonne en sanglotant à la colère – « Enfin, j'ai tout donné, et regardez comment il me traite!... » – elles abondent aussitôt dans mon sens :

– Oui, Thierry, tu as été formidable, c'est vrai, nous le savons. Calme-toi maintenant, les choses vont s'arranger.

J'ai le sentiment, en y repensant aujourd'hui, qu'elles font tout pour que ma colère, surtout, ne s'ébruite pas, qu'elle ne déclenche pas, au sein de la communauté, une sorte de mouvement de solidarité qui pourrait se retourner contre Jo, contre son pouvoir arbitraire et capricieux. Et sans doute agissent-elles simultanément sur Jo, car après deux semaines de silence, sa voix me parvient enfin :

– Thierry, me dit-il, j'aimerais te voir à l'Arch, rejoins-moi tout de suite.

L'Arch est cette maison du Barroux, dans le Vaucluse, où Julien Origas avait transmis le flambeau de l'Ordre à Luc Jouret. L'après-midi même, je m'y rends. Jo m'apparaît sombre, encore plein de ressentiment à mon égard, mais véritablement soucieux, cette fois, de mon avenir. Avec le recul du temps, je me dis qu'Évelyne et Laurence ont dû lui faire prendre conscience du danger qu'il y aurait, pour lui, comme pour toute la communauté, à me rejeter dans le monde extérieur. Et si j'allais parler ? Et si j'allais me plaindre à la justice pour tout mon travail non rémunéré ?

– Peux-tu reprendre ta place dans ton laboratoire ? me demande Jo d'emblée.

– Mais, Jo, tu n'y penses pas ! Nous nous sommes disputés, Boré et moi, ça a été une catastrophe. Comment veux-tu que j'aille aujourd'hui lui proposer de repartir avec moi, de me revendre mes parts ? D'ailleurs, je n'ai plus un sou pour les racheter, j'ai tout donné à l'Ordre...

Va-t-il proposer de me rembourser ? Non, il se tait.

– Bon, on va essayer de se débrouiller, souffle-t-il après un moment de réflexion. Va te coucher, et retrouvons-nous demain matin.

Le lendemain matin, il est plus détendu, presque souriant.

– Je pense que tout n'est pas fichu pour toi, Thierry, me dit-il. J'ai été prévenu que ta mission pourrait être remise en route. Je n'en sais pas plus pour le moment, mais il y a de l'espoir. En attendant, je vais te demander de prendre la direction de toute la communauté de Genève...

Et Jo me nomme aussitôt commandeur, sans m'avertir qu'il a nommé Pierre Vatel à ce même poste, deux semaines auparavant.

– Maintenant, me dit-il, rentre à Genève. Réunis les gens dès ton retour pour leur annoncer tes nouvelles fonctions. Je compte sur toi pour que ça se passe bien ; c'est ta dernière chance, Thierry.

La réunion est orageuse. Vatel, Junod, Luc Jouret et André Colineau hurlent au scandale. « J'ai été nommé par Jo, lui seul me démettra », répète Vatel en faisant mine de quitter la salle pour finalement regagner sa place. Je réalise là, seulement, toute la rancœur qu'ont dû accumuler les quatre dignitaires de l'Ordre durant ces trois mois du printemps où Jo m'a consacré tout son temps, où nous nous sommes enfermés seuls, des heures durant, dans le sanctuaire. Quelques jours plus tard, Jo me confirme dans mes fonctions et, avec cette vulgarité qu'il laisse de plus en plus transparaître, il me confie en aparté :

– Ne t'inquiète pas, Thierry, Vatel est un con prétentieux, il se calmera tout seul. Fais ce que tu as à faire, je te soutiens.

Alors s'ouvre pour moi une période formidable, quelques mois de rêve. Je vais peu à peu réorganiser toute la vie de l'Ordre sur un mode véritablement communautaire. Je vais totalement évacuer l'autoritarisme de nos relations, pour le remplacer par le volontarisme, l'esprit fraternel, l'esprit consensuel. Chacun avait ses outils ; désormais, nous les mettons en commun et nous établissons un système de fiches pour les entrées et les sorties. Seuls certains se donnaient au jardin tandis que d'autres se défilaient, je forme à présent des équipes de trois qui prennent en charge telle ou telle tâche. J'établis des tours aux cuisines. Pour les quelques enfants que compte la communauté – Nanou, les miens, le fils des Salvin, né en 1982, l'Antéchrist, Aurélien Junod, qui parfois revient, etc. –, je décide de créer des terrains d'activités protégés. Durant les discussions, jamais je ne tranche, je prêche l'écoute, la tolérance, l'altruisme.

Très vite, je suis accepté par tous. Les gens se félicitent du changement des mentalités et de cette nouvelle ambiance, plus chaleureuse, plus fraternelle. Jo la perçoit également lors de ses rares séjours parmi nous, car il est le plus souvent en déplacement, au Canada ou ailleurs. Il me demande alors de conduire régulièrement les méditations, les prières. Je deviens d'une certaine façon le berger biblique, le pasteur qui protège et conduit le troupeau. Oui, quand je songe à cette période, je ressens, aujourd'hui encore, une bouffée de bonheur, car c'est la seule époque de ma vie où j'ai eu le sentiment d'accéder enfin au sacerdoce. Comme si, vingt ans après avoir renoncé à ma vocation de pasteur, j'avais su y revenir par un chemin détourné. Et quel chemin ! Du gourou Mercier à Évelyne Chartier, d'Évelyne à Jo Di Mambro ; les conférences, le rêve éveillé, la fondation Golden Way, l'Ordre...

Ce nouvel élan fraternel, cette résurgence de la solidarité sont d'autant mieux venus que la menace de l'apocalypse se précise. Jo nous annonce, à chacun de ses passages, que plusieurs « maisons de survie » sont d'ores et déjà prêtes à nous accueillir au Canada. Bientôt, il va demander à René Moulin, notre mécène, l'homme qui nous a déjà payé le corps de ferme où nous logeons tous à présent, d'acheter pour la communauté un immense « domaine de survie », à Perth, en Australie. Sur ce terrain, qui compte huit cents arbres fruitiers, Jo promet de faire construire le plus grand refuge imaginable pour la communauté et les membres de l'Ordre. Des mois durant, nous allons méditer, à Genève, devant la maquette de ce refuge réalisée par un architecte, proche de l'Ordre.

Jo nous entretient dans ce climat de danger, dans l'imminence du danger. Il ne cesse de faire monter la pression. « Le jour où les maîtres me donnent le feu vert, nous répète-t-il, nous partons. Nous partons dans les heures qui suivent. Vos billets d'avion ont déjà été pris par Zurich. Vous serez répartis par groupes selon votre destination : Canada, Australie,

Martinique, etc. » Oh, ces réunions d'alerte! Jamais personne ne pose la moindre question. Nous sortons de là l'estomac noué, les jambes flageolantes. Désormais, nous possédons chacun un « sac de survie », spécialement conçu pour tenir en cabine car il ne peut être question de s'en séparer. Nous avons dans ce sac un masque à gaz, trois rations de survie, des pastilles pour purifier l'eau, une gamelle, des couverts, un couteau, une tenue de rechange et une mini-couverture d'aluminium. À Genève même, ce sac doit être en permanence sous notre lit, car dès le feu vert de Zurich il faudra s'en emparer et filer. Ceux qui ne le retrouveront pas dans la seconde seront abandonnés sur place; nous sommes prévenus. Lors de tous nos déplacements, dans le Midi ou ailleurs, nous devons également emporter ce sac.

Il est entendu que notre séjour dans les maisons de survie ne s'éternisera pas. Tandis que cette terre et les hommes ordinaires achèveront de se consumer dans d'effroyables souffrances, « des souffrances bien méritées », nous dit Jo, nous partirons, nous, pour une destination cosmique précise. De ce dernier voyage, de ce « transit », comme dit encore Jo, nous ne savons rien. Rien d'autre que cette méditation pleine de sous-entendus et de mystères qu'aime à nous lire Jocelyne d'une voix monocorde, sous le regard de son mari : « L'heure cosmique du jugement approche puisque chacun va dorénavant se trouver en face de sa propre vérité. Vérité qui sera une force pour se récréer ou se nier. La transmutation par une voie alchimique est devenue périmée, il faut une intégration de la conscience cosmique en nous par une volonté active. Sachons mourir pour renaître. Sachons naître à nouveau par une conscience regénérée et reliée à l'Unité du Père. Que celui qui a des oreilles entende!... »

L'hiver 86 s'achève pour toute la communauté dans cette attente de l'apocalypse. Jamais le mot « survie » n'a été autant prononcé; il est omniprésent dans toutes les conversations. Pour moi, cet hiver est celui de la renaissance. Mon succès à la tête de la communauté, les louanges appuyées de Jo, ont chassé le souvenir du convent raté par ma faute, et m'ont aidé à faire le deuil de Nathalie. Élie et Nathalie vivent parmi nous, à présent, comme un couple à part entière. Ils sont le dernier « couple cosmique » en date de la communauté, et ont droit à ce titre aux bonnes attentions de tous. Je m'applique comme les autres à les fêter, malgré la souffrance qui parfois encore me submerge. J'offre enfin comme un sacrifice expiatoire le célibat qui me pèse.

Il arrive alors ce que je pressentais : Jo me demande de partir pour le Canada refaire là-bas ce que j'ai réussi à Genève. Depuis plusieurs mois, une ferme de survie est ouverte à Sainte-Anne-de-la-Pérade, à deux heures de route au nord de Québec. Cette ferme est bien sûr sous l'autorité d'Albert Chateau, commandeur pour le Canada, en qui Jo avait reconnu le scribe du pharaon Akhénaton. Mais Chateau est terriblement imbu de lui-même, et son autoritarisme a peu à peu découragé les meilleures volontés. Ma mission est délicate, car Jo me confie tous les pouvoirs, comme il l'a fait à Genève, mais il se garde bien d'en avertir Chateau. « Je vous envoie Thierry qui a toute ma confiance », annonce-t-il aux Canadiens dans un fax laconique.

Au début du mois de mai 1986, je m'envole donc pour Québec, laissant à Nathalie le soin d'assurer seule l'éducation de nos deux fils. Albert Chateau vient lui-même m'accueillir à l'aéroport. Puis il me conduit à la ferme et là, tout de suite, il me traite comme un valet.

– Tu vas commencer par t'occuper du jardin, me dit-il, et puis si ça va bien je te confierai quelque chose d'un peu plus délicat.

J'acquiesce. Je me dis en moi-même : je vais effectivement prendre ma place dans la communauté canadienne, et puis de là je rayonnerai, je m'imposerai peu à peu, comme Jo me l'a demandé. Par bonheur, je retrouve Marc et Amélie Charbonnier ce couple par qui Jo avait connu Luc Jouret. Après un passage à Genève où nous avions sympathisé, les Charbonnier ont en effet décidé de rejoindre le Canada. Je suis d'autant plus heureux de les revoir que tous les autres membres me sont inconnus. La plupart n'habitent pas sur place, ils viennent exprès de Québec ou de Montréal pour une conférence de Chateau, une méditation ou de très rares activités en commun. Il y a bien un sanctuaire, mais nul n'a le droit d'y pénétrer sans Chateau.

Dès le second week-end, je réunis toute la communauté pour célébrer un office essénien dans le sanctuaire, à l'image des rites qu'accomplissaient ces contemporains de Jésus et Jean-Baptiste, près de la mer Morte, à Qumran. Chateau est absent, cela tombe plutôt bien. Aussitôt après, je propose d'établir un programme de travaux à réaliser en commun. La ferme a un urgent besoin d'être restaurée; je fais valoir que nous avons devant nous plusieurs mois d'efforts si nous voulons réaliser un véritable centre de survie. Aux mille questions des gens, je mesure le regain d'intérêt que tout cela suscite. L'après-midi même, nous nous mettons à l'ouvrage.

Quelques jours plus tard, nous sommes tous là, de nouveau, les uns perchés sur une échelle, les autres agenouillés, quand Chateau arrive. Il est écarlate, plein d'une colère qu'il ne contient plus.

– Thierry, hurle-t-il, tu te rends compte que je n'ai pas été prévenu officiellement que tu avais mis en route un groupe de travail!...

Je suis alors en train de repeindre une porte vitrée. Il n'attend pas ma réponse, il vient vers moi et, d'un formidable coup de poing, fait voler en morceaux ma porte vitrée. Puis il m'insulte, il me traite d'ambitieux, d'usurpateur, de salaud. Quand je tente de me redresser, il me rejette violemment à terre, sur le carrelage maintenant jonché d'éclats de verre. La scène n'en finit pas, et durant tout ce temps pas une voix ne s'élève pour prendre ma défense.

Le lendemain matin, Chateau me traite comme un

prisonnier de droit commun. Il me fait conduire à l'étable où vivent soixante vaches, et m'ordonne de gratter à genoux, avec un canif, les bouses et l'urine dont le sol est maculé. Or je suis allergique à l'urine de vache. À la mi-journée, mon visage est boursouflé, larmoyant, méconnaissable. Amélie Charbonnier, qui me voit dans cet état, parvient à joindre Jo en urgence. Jo se trouve alors près de Toronto, dans une nouvelle maison qu'il vient d'acheter grâce à un don, un énième don, de René Moulin.

– Puisque c'est comme ça, dit-il, que Thierry me rejoigne immédiatement, j'ai besoin de lui ici.

Je retrouve Jo dans la soirée, sur la terrasse de cette villa superbe baptisée « La Colline ».

– Ils ne sont pas dignes de t'avoir, me souffle-t-il. Tant pis pour eux. J'ai pour toi une mission autrement plus importante.

Et Jo m'explique que cette villa est exclusivement destinée aux maîtres. À ce titre, son existence doit rester secrète, me dit-il, elle ne devra jamais accueillir aucun profane. Ma mission consiste donc à la mettre en route, en d'autres termes, à créer dans le champ, derrière, un potager qui permettra plus tard à certains privilégiés de se nourrir.

– Moi, je dois rentrer en Europe, me dit Jo. Je te confie la maison, elle ne doit jamais rester sans surveillance.

Une période de travail intense s'ouvre pour moi. D'un champ plein de cailloux, où ne pousse que du chiendent, je dois faire un potager. Sans motoculteur, avec l'unique concours d'une binette de jardinier d'appartement, je gratte à mains nues quinze heures par jour, à quatre pattes sous un soleil de plomb. Il y a bien une piscine devant la maison, une piscine dans un écrin de gazon, mais elle m'est interdite. « La piscine est pour Élisabeth et Nanou, m'a prévenu Jo, veille bien à ce que personne ne s'en approche. » Quand je dois descendre en ville pour quelques courses, sur le seul vélo que m'a laissé Jo, je ne vis plus, je brûle d'angoisse à l'idée qu'un chien, le facteur, n'importe qui puisse entrer et fouler de ses pattes, de ses pieds profanes, le précieux gazon des maîtres.

Les jours s'enchaînent, puis les semaines : bientôt, je perds la notion du temps. Je n'ai plus aucune nouvelle de Genève. Parfois, sous ce soleil hallucinant, dans ce silence de coma, j'en arrive à me dire que l'apocalypse a dû s'abattre sur les hommes sans que j'y prenne garde, que tous mes compagnons ont dû rejoindre l'astral, que je suis peut-être le dernier des vivants à retourner la terre. Je regrette Genève, les enfants, la communauté, le sanctuaire, et en même temps je me persuade que je suis en train de franchir sûrement une nouvelle étape de mon évolution. Combien ont la chance d'être appelés à surveiller, à préparer, une maison de maîtres ? Bien peu, sans doute.

Enfin, un matin, j'entends une voix qui m'appelle depuis la terrasse : René Moulin ! Ce vieux René ! J'étais si heureux de revoir un Genevois que je l'ai embrassé. Ils étaient tous bien vivants là-bas, mais débordés bien sûr. Partout se créaient des maisons de survie ; Jo et Luc passaient leur temps en avion à bondir d'un continent sur l'autre. D'ailleurs, d'ici dix jours, Jo serait parmi nous. Il souhaitait inspecter le potager et l'entretien du domaine avant de repartir rendre compte à Zurich. Plus de deux mois venaient de s'écouler.

René est avec sa nouvelle femme, Brigitte, de trente années plus jeune que lui. Jo lui a fait quitter la première, avec qui il avait construit durant un demi-siècle cette remarquable ferme aux portes de Genève, pour lui faire épouser une Anglaise de trente-cinq ans, entrée depuis peu dans l'Ordre. René ne se remet pas de ce divorce contraint. Dès ce premier jour, il m'avoue que son couple avec Brigitte fonctionne avec difficulté. Pourtant, tous les deux ont reçu pour mission de faire un enfant, très attendu, paraît-il, à Zurich. C'est d'ailleurs pour accomplir cette tâche dans les meilleures conditions possibles que Jo les a envoyés dans cette maison secrète.

Quelques jours plus tard, Jo arrive en effet. Il est flanqué de sa femme Jocelyne, d'Élisabeth Auneau et, très curieusement, de Marielle Chiron, qui d'ordinaire ne quitte pas Genève. Tous les quatre s'installent et le soir même, alors que nous guettons le coucher du soleil, Jo nous prend soudain par le cou, Marielle et moi. Il nous serre contre lui comme le ferait un père et lâche soudain ces quelques mots incroyables :

– Alors, vous deux, quand est-ce que je vous marie ?...

L'effet de surprise est tel que j'en perds la parole, et presque le souffle.

– C'est vrai, reprend-il, il y a trop longtemps que vous êtes seuls, l'un et l'autre, et puis il y a la mission d'Athias à poursuivre...

J'apprends qu'il y a longtemps, avant mon arrivée à la fondation, Jo, Marielle et quelques autres se sont rendus en Corse pour y méditer devant deux menhirs. Deux entités, de haut rang, spirituellement contenues dans ces menhirs depuis des milliers d'années, m'explique Jo, n'avaient jusqu'ici jamais réussi à s'incarner car les vibrations de la terre étaient insuffisantes. Or, Jo a reçu de Zurich une très bonne nouvelle quant à cette incarnation connue sous le nom de « mission d'Athias » : grâce aux vibrations de Marielle, les deux esprits sont sur le point de quitter leur réceptacle de pierre pour se loger dans deux enveloppes corporelles existantes, celles... de mes deux fils, Frédéric et Pascal. En somme, Jo me révèle en quelques phrases les liens qui m'unissent désormais à Marielle, que je le veuille ou non : elle a mis en route la mission d'Athias, et choisi mes enfants pour la poursuivre.

Je suis la proie de sentiments contradictoires : Marielle ne m'a jamais été sympathique, mais grâce à elle mes fils, qui n'étaient rien dans l'Ordre, viennent d'acquérir un rang. Nathalie et moi avons longtemps souffert, sans jamais l'exprimer, du peu de cas qu'on faisait des enfants non programmés. Ils étaient des charges, ils dérangeaient. On vénérait certains, les enfants cosmiques, on avait à peine un regard pour les autres. Désormais c'était fini, Frédéric et Pascal avaient droit aux égards de toute la communauté. Cette bonne nouvelle est intimement liée à une autre dont je ne sais trop, sur le moment, que penser : Jo veut donc me marier à Marielle. Du point de vue de la mission, c'est cohérent, puisque Marielle va maintenant devoir veiller constamment au bon déroulement du « programme » Athias, porté par mes enfants. De mon point de vue, c'est moins évident. Marielle ne m'a jamais attiré physiquement, elle a le corps maigre et sec, un visage osseux et pointu, un chignon strict de vieille fille. Oui, mais d'un autre côté, je n'ai pas touché une femme depuis plus d'un an, et peut-être que Marielle, avec les cheveux défaits, les pommettes colorées par l'émotion, les lèvres gonflées... Peut-être que Marielle recèle une certaine beauté finalement. Je me dis cela secrètement, en l'observant à la dérobée, cependant que Jo se remémore avec elle ce fameux voyage en Corse. Et soudain je l'entends nous dire :

– Eh bien, c'est entendu ! Demain, vous partez ensemble à la première heure pour les chutes du Niagara. Ça vous reposera l'un et l'autre, vous l'avez bien mérité. N'est-ce pas Thierry ?

– Mais Jo, le potager, les travaux en cours...

– Le potager attendra, il n'y a aucune urgence.

Nous avons dormi à l'hôtel, la première nuit. J'ai compris que Marielle se serait offerte à n'importe qui du moment que Jo le lui aurait demandé. De tous les souvenirs de mes quinze années dans l'Ordre, celui-ci est peut-être le plus humiliant. Jamais aucune femme ne m'avait offert son corps comme on va au sacrifice. Toute la journée du lendemain, je me suis senti honteux. Le soir, nous avons refait une tentative, la dernière avant de regagner Toronto quelques jours plus tard.

Jo nous attendait.

– Vous repartez à Genève par le premier avion, nous dit-il. La communauté a besoin de toi, Thierry.

J'eus le sentiment que Marielle était soulagée, tout allait enfin rentrer dans l'ordre. Durant tout notre « voyage de noces », elle ne s'était pas départie d'un sourire d'hôtesse d'accueil. J'aurais pu l'insulter, la rejeter qu'elle aurait sûrement persévéré, comme pour bien me montrer qu'elle était auprès de moi « missionnée » par Jo, et pour aucune autre raison prétendument sentimentale. J'avais tout de même découvert, par quelques confidences, pourquoi cette jeune femme vouait un tel culte à Jo, et pourquoi la vie communautaire, voire monacale, convenait à son équilibre : elle avait très tôt perdu son père, et sa mère l'avait alors placée dans un couvent de bonnes sœurs d'où elle n'était sortie à l'âge adulte que pour tomber dans les bras de Jo, son père spirituel.

« Dès votre arrivée à Genève, nous avait dit Jo, vous convoquez vos frères et sœurs et vous annoncez que vous vous mettez ensemble. Comme ça, tout le monde sera au parfum. Ceux qui voudront critiquer, critiqueront... » C'est ce que nous faisons, et toute la communauté, bien sûr, se réjouit. « Oh, Thierry, c'est formidable ! Marielle est tellement généreuse... Vous êtes faits l'un pour l'autre... Élie et Nathalie sont là, main dans la main. Nathalie ne dit pas un mot.

Très vite, pourtant, Marielle retourne dans le petit studio qu'elle partageait auparavant avec une autre célibataire de l'Ordre ; et moi je me retrouve chez Élie et Nathalie, auprès de mes enfants, sur le canapé du salon. Tout semble se remettre en place comme si mes liens avec Marielle n'avaient jamais existé, quand soudainement Jo revient du Canada et nous réunit en urgence.

– Marielle et Thierry, commence-t-il, vous ont annoncé qu'ils étaient ensemble. Les maîtres ont approuvé cette union à cent pour cent. Alors Anthéa, je te pose une question...

Et là, Jo se tourne vers Nathalie.

– Anthéa, es-tu prête à partir pour le Canada avec Élie ? Une immense mission vous attend là-bas. Êtes-vous prêts à partir ? Ce ne sera que pour trois mois...

À mon tour, je me tourne vers Nathalie et je vois qu'elle a rosi, trop émue sans doute pour répondre dans l'instant.

– Tes enfants ne doivent pas être un souci pour toi, reprend Jo. Marielle et Thierry s'en chargeront. Marielle, es-tu d'accord pour t'occuper complètement des enfants d'Anthéa et de Thierry ?

– Oui, finit par murmurer Marielle.

– Alors Anthéa, reprend Jo, pour la dernière fois, je te le demande : es-tu prête à partir pour le Canada ?

– Oui, dit doucement Nathalie.

Deux semaines plus tard, Élie et Nathalie s'envolent pour le Canada. L'automne de l'année 86 s'achève. Nathalie ne rentrera à Genève qu'en juillet 1989, soit près de trois ans plus tard. Durant tout ce temps, Frédéric et Pascal ne vont plus la voir, plus l'entendre. À la demande de Jo, Nathalie va littéralement être séparée de ses enfants, nos enfants. Même les coups de téléphone lui seront interdits, « car s'ils t'entendent ils vont se souvenir de toi, dit Jo, et toute notre organisation sera fichue par terre ».

« Notre organisation » tient en quelques mots : dès le départ de Nathalie, Marielle vient s'installer dans notre appartement et, le soir même, elle et moi nous retrouvons dans le lit conjugal, le lit que j'avais partagé avec Nathalie, avant qu'elle-même ne le partage avec Élie. Les enfants, bien sûr, ne bougent pas de la chambre voisine.

Comment Nathalie a-t-elle pu supporter d'être privée de ses enfants trente mois durant ? Comment moi-même ai-je pu accepter que Marielle la remplace, comme si une mère était interchangeable ? Comment ai-je pu accepter d'épouser légalement Marielle, quelque temps plus tard ? Chaque fois, nous avons agi pour accomplir la « mission ». Plus Jo nous sollicitait, plus nous nous sentions importants aux yeux des maîtres. Ils nous avaient choisis par son intermédiaire, distingués parmi tant d'autres, c'était la preuve indiscutable de notre croissance spirituelle. Or une bonne croissance équivalait à l'assurance d'un « passeport pour l'astral » comme disait Jo, l'assurance de survivre à l'apocalypse. Que pesaient les souffrances d'un divorce, les souffrances mêmes de nos propres enfants, face à un tel enjeu ? Et après tout, nos enfants aussi gagneraient la vie éternelle, cela méritait bien quelques sacrifices. Bref, les voies des maîtres étaient impénétrables, douloureuses parfois, apparemment incohérentes, oui, peut-être, mais il n'y avait que des bienfaits à en attendre.

Je reprends mes fonctions à la tête de la communauté. À la maison, Marielle est parfaite le premier mois. Elle n'a jamais un geste spontané à l'égard des enfants, mais elle s'exécute de bonne grâce quand je lui demande, le soir, par exemple, de m'accompagner les embrasser, ou encore quand je lui fais discrètement signe d'aller vers l'un ou l'autre qui a l'air triste. Frédéric a dix ans cette année-là, Pascal bientôt neuf. Puis le climat se gâte. Marielle a toujours son emploi à la banque et, le reste de la journée, cette vie de famille qui lui est imposée l'empêche d'accomplir, comme par le passé, ses multiples tâches auprès de Jo et d'Élisabeth Auneau. Elle est fatiguée, de plus en plus irritable. Enfin, et surtout, elle se sait dépositaire de la mission d'Athias, et plus les semaines passent, moins elle s'estime satisfaite de l'évolution des deux incarnations, mes fils. Elle est la mère spirituelle de ces deux « programmes » – Frédéric et Pascal sont désormais des « programmes » – et elle sait qu'elle sera tenue responsable d'un possible échec.

Toutes les photos de Nathalie ont été retirées des cadres et remplacées par des clichés des fameux menhirs corses. Nous méditons tous les quatre, de longs moments devant ces phallus minéraux. « Frédéric, Pascal, répète Marielle d'une voix monocorde de célébrante, ces pierres sacrées ont été le réceptacle de vos âmes, levez vos yeux sur elles, que vos rétines s'en imprègnent, et tâchez d'être dignes d'elles. » Tâche impossible, surhumaine. Mes deux garçons ne cessent de décevoir les attentes de Marielle. Ils ne mangent pas proprement, ils s'habillent mal et se salissent, ils parlent pour ne rien dire, ils sont incapables de rester plus de cinq minutes en méditation, ils jouent à la guerre, ils ne font pas leur lit correctement... En réalité, rien de ce que nous leur avons transmis, Nathalie et moi – la spontanéité, la liberté du corps, le plaisir des mots – ne semble compatible avec la mission d'Athias. Du jour au lendemain, il faudrait anéantir une décennie d'éducation libérale, oublier l'école Montessori, pour faire entrer ces deux gamins dans la peau d'enfants-moines, d'enfants-dieux.

Je suis hésitant, partagé. D'un côté, je voudrais bien qu'ils atteignent ce haut degré vibratoire, car alors je n'aurais plus à m'inquiéter pour leur avenir, tout leur serait ouvert. D'un autre côté, je les sens tellement déstabilisés que je ne parviens pas à les réprimander sèchement comme me le demande Marielle, pour des choses qui me faisaient sourire, il y a seulement six mois. Marielle me le reproche, et nous nous disputons. Alors, de plus en plus, elle appelle à son secours Évelyne Chartier et Laurence Meunier. Bientôt, elles sont trois à tenter de refaire au jour le jour l'éducation de mes deux fils, à me harceler pour que j'adhère à leurs principes. Que Pascal laisse tomber sa petite cuillère à table, et aussitôt ça démarre :

– Enfin, Thierry, commence Laurence, tu te rends compte, cet enfant !...

Je ramasse la petite cuillère, je murmure :

– Tiens-toi bien, Pascal, s'il te plaît.

– Tu as vu comment tu lui parles ! s'exclame Laurence. Comment veux-tu qu'il apprenne ?...

Marielle soupire, d'un air exaspéré. Alors Évelyne, feignant de garder son calme :

– Si tu veux en faire des entités importantes, Thierry, tu dois te décider à changer. Marielle en fait déjà plus qu'elle ne peut. Alors sache que si la mission échoue nous t'en tiendrons responsable !

Toutes les trois rapportent à Jo, qui sans cesse me convoque.

– Laurence me dit que tu as encore parlé d'Anthéa à tes enfants.

– Mais enfin, Jo, c'est leur mère...

– Ils doivent l'oublier, je te l'ai déjà dit, la réussite de la mission est à ce prix. Pourquoi crois-tu que je t'ai donné Marielle ?

J'enfreins la règle. Quand l'un ou l'autre me demande des nouvelles de sa mère, je n'ai pas le cœur à les lui refuser. Je parle longuement de Nathalie, je leur dis que leur mère n'a pas cessé une seconde de les aimer, je lui invente une mission de la plus haute importance, et naturellement je promets qu'elle sera bientôt de retour. En réalité, je sais que Nathalie est astreinte au secrétariat et à l'organisation de l'Ordre au Canada, que Chateau la rend à moitié folle à lui faire retaper cent fois des règlements qu'il change tous les huit jours, que Jo la traite comme sa bonne lorsqu'il est de passage. « J'ai failli me suicider, m'avouera-t-elle plus tard, tellement les enfants me manquaient, tellement je n'en pouvais plus. C'était fou ce qu'on me demandait de faire. Tout d'un coup, on m'envoyait à Ottawa. Là, brusquement, ça n'allait plus, il fallait que je parte pour Québec. Je commençais un travail à Québec, on m'interrompait aussitôt pour me renvoyer à Toronto. Je ne finissais jamais rien et, entre-temps, on détruisait tout ce que j'avais commencé. »

Les semaines s'écoulent ainsi, dans ce climat détestable pour les enfants, pour moi, quand, un soir de juin 1987, Jo me lance, sur un ton qui n'admet pas la réplique :

– Thierry, j'ai besoin de toi dans le Midi. Nous partons demain matin à la première heure.

12

Nous avons roulé toute la matinée, et Jo m'a beaucoup parlé. Il était de bonne humeur ce jour-là, heureux de l'été qui s'annonçait, heureux surtout de sa nouvelle voiture, une Jaguar intérieur cuir. À un moment, je me suis souvenu de cette anecdote que nous avait racontée Laurence Meunier, Jo se présentant pour la première fois à son club de yoga au volant d'une Renault 4 sans âge. C'était au milieu des années 70. Mon Dieu ! me suis-je dit, quel chemin il a parcouru en dix ans !... Arrivé à Pernes-les-Fontaines, un gros bourg situé au sud de Carpentras, je savais déjà tout de la maison où nous allions. Jo l'avait achetée un an auparavant, pour lui et ses proches, c'est-à-dire Jocelyne, Élisabeth et Nanou. Il l'avait achetée pour pouvoir travailler et méditer en paix, suivant à la lettre les consignes de Zurich qui lui avait indiqué que cette région du Vaucluse serait miraculeusement épargnée par l'apocalypse. Il s'agissait maintenant de faire de « La Vignères » – c'était son nom – une maison de maître. Durant plusieurs mois, Jacques et Sylvie y avaient travaillé, me révéla Jo – peinture, électricité, jardinage – puis Jo en avait eu assez d'eux et les avait envoyés au Canada. Il était clair qu'entre Jo et Jacques, le bricoleur de génie, ce n'était plus l'idylle des premières années à la fondation. Jo semblait en colère contre lui, mais je n'ai pas posé de questions. Je n'ai pas osé. Ma mission consisterait à poursuivre le travail entrepris, et notamment à créer des potagers et des jardins en gradins sur une colline qui surplombait la maison. Le vertige me prit au souvenir du potager de Toronto, de ces deux mois passés à quatre pattes dans le chiendent. En somme, l'histoire se répétait, une année plus tard, presque jour pour jour. Je balançais entre la fierté d'être réélu pour le même mandat et un obscur sentiment de découragement quand la Jaguar s'est enfin immobilisée devant un haut portail blanc immaculé.

La Vignères est une maison sans style des années cinquante, mêlant des boiseries extérieures de chalet montagnard à des balustrades de balcon en verre fumé. Mais une vaste maison qui, par ses caméras de surveillance, son garage, sa forêt d'antennes sur le toit, impressionne le visiteur. Jo est manifestement fier d'en être le propriétaire. Les étages et l'orgueilleux balcon circulaire lui sont réservés. Quant à moi, je logerai dessous, dans l'un des deux studios joliment aménagés en rez-de-jardin. Jo me présente tout cela avec des gestes de seigneur. « Comme d'habitude, me rappelle-t-il, le gazon est strictement réservé à Nanou. Je compte sur toi, Thierry. » Puis nous allons derrière la maison et là, je peux mesurer au premier coup d'œil l'étendue de la tâche qui m'attend : une haute et abrupte colline plantée d'herbes folles ne nous laisse entrevoir qu'une petite portion de ciel, comme si nous nous trouvions soudain au fond d'un puits.

– Je veux que cette colline devienne un jardin suspendu, me dit Jo. Zurich attend beaucoup de ce jardin. Il devra symboliser l'éternité de l'aventure biblique sur notre planète. Sur certaines terrasses, nous planterons des légumes, sur d'autres des oliviers. Enfin, une fontaine devra jaillir au sommet, car l'eau, tu le sais, Thierry...

– Oh, Jo, bien sûr, je sais tout ce que représente l'eau dans la Bible ! Mais c'est un travail énorme, n'est-ce pas ?

Tu te rends compte, ces tonnes de terre à déplacer, les murets qu'il va falloir construire...

– Les maîtres t'ont choisi, Thierry. Et je peux t'assurer qu'ils n'ont pas hésité longtemps, ça a été vite dit!

– C'est très... C'est un grand honneur qu'ils m'ont fait, Jo, j'en suis conscient. Mais vois-tu, je crois qu'il y en a pour des mois et je... je ne peux tout de même pas abandonner mes enfants, Jo!

– Tes enfants sont entre les mains de Marielle, et j'ai décidé de lui adjoindre Marie-Christine.

– La première femme de Luc? Mais enfin, Jo, tu n'y penses pas! Marie-Christine n'a plus sa tête, tu l'as toi-même dépouillée de sa substance...

– Elle va beaucoup mieux. Et puis, Thierry, ça ne sert à rien de discuter, la mission est ce qu'elle est. Si tu ne t'en sens pas capable, tu n'as qu'à aller toi-même te plaindre à Zurich! Après tout, moi, je ne suis là que comme intermédiaire...

Deux heures plus tard, Jo est reparti au volant de sa Jaguar. Il m'a laissé mon mois, six cents francs français, pour me nourrir, m'habiller et téléphoner aux enfants. Il m'a laissé l'adresse d'un fournisseur de matériaux qui me fera crédit. J'ai une vieille camionnette et j'ai découvert au fond du garage des outils de jardin. Tout le reste de la journée, j'ai erré de mon petit studio au sommet de la colline. Je n'ai pas eu la force de donner le premier coup de pioche. À plusieurs reprises, j'ai voulu appeler les enfants, mais chaque fois j'ai craint de m'effondrer en sanglots au seul son de leurs voix.

Le lendemain matin, je m'y suis mis, aux toutes premières heures. La journée s'annonçait superbe, mon moral était meilleur. La colline était inaccessible à la camionnette; je devais transporter la terre à dos d'homme, dans un sac à patates, jusqu'à la rampe des garages où m'attendait la voiture. J'ai dû travailler dix-neuf heures d'affilée, mais, le soir, la colline semblait à peine ébréchée. De nouveau j'ai eu envie de pleurer, et je n'ai pas appelé les enfants.

Quand, après deux semaines d'efforts, la colline s'est trouvée entamée sur une hauteur d'un mètre environ, j'ai entrepris de construire mon premier muret. J'ai acheté les pierres, le sable et le ciment. Grimper à la main tout cela, depuis la rampe du garage, m'a encore pris plusieurs jours. Enfin, j'ai attaqué. Je ne connaissais rien à la maçonnerie, mais très vite le résultat m'a plu, si bien que lorsque Jo est repassé, un dimanche en fin d'après-midi, je l'ai reçu avec une certaine fierté.

– Viens voir, lui ai-je dit, les travaux sont déjà bien avancés...

Il a regardé mon mur de loin, sans ciller, sans un mot – j'ai même cru un moment qu'il était tellement sidéré qu'il ne trouvait rien à dire – et puis tranquillement il s'est approché et là, soudainement, je l'ai vu se cramponner des deux mains à mon bel édifice.

– Mais Jo, qu'est-ce que tu fais ?

Il a tiré vers lui, et tout est venu. Les pierres ont roulé à ses pieds. Une brèche monstrueuse est apparue, en plein milieu du muret... J'ai dû en perdre le souffle un instant. Alors seulement, j'ai entendu le roulement de son rire, et je l'ai vu se tenir les côtes. Je n'oublierai pas cette image.

– Je vais t'apprendre à faire un mur, m'a-t-il dit plus tard. En attendant, tu vas me démonter cette merde et nettoyer chaque pierre.

Le lendemain matin, il m'a effectivement appris à faire du ciment, et nous avons monté ensemble un muret d'un mètre carré. Le soir même, il est reparti.

J'ai cessé de compter les jours. Je peux écrire sans exagérer que mes six premiers mois à La Vignères ont été un cauchemar. Avec l'automne, les pluies sont venues, et bientôt ce ne sont plus des sacs de terre, ce sont des seaux de boue que j'ai dû transvaser de la colline dans la camionnette. Je grimpais la pente à quatre pattes, scarabée couvert de boue, flanqué de ses deux seaux, et je redescendais à moitié chancelant, à moitié sur les fesses. Pour creuser la première terrasse, j'ai dû évacuer trente mètres cube de gadoue avec le seul concours d'une pelle de cantonnier et d'une paire de seaux en plastique, des seaux de ménagère. Quand les jours ont diminué, j'ai entrepris de travailler à la lampe-torche. Jo me pressait à chacun de ses passages. Zurich s'impatientait, et c'est lui qui prenait, tandis que moi j'étais bien peinard à Pernes-les-Fontaines, dans le Vaucluse. Bien peinard...

Chaque coup de fil à Genève avec les enfants était un déchirement. Ils savaient que j'effectuais une mission d'ordre planétaire; Marielle le leur répétait vingt fois par jour. Si bien qu'ils ne me demandaient pas de rentrer, ils n'osaient même rien me demander. Simplement, je mesurais au son de leurs voix l'étendue de leur solitude.

C'est durant ce premier hiver à La Vignères, l'hiver 1988, que Jo m'a déposé son second fils, Christophe. Nous connaissions tous l'existence de cet enfant, frère aîné d'Élie, qui vivait auprès de sa mère, dans le Midi, mais nous ne l'avions jamais vu. Christophe est diminué. Jo nous en parlait souvent car il prétendait que cet enfant était un corps de rechange pour lui. C'est pourquoi il était né sans âme, nous expliquait-il, vide en somme. « Si j'ai un jour un accident de la route, une crise cardiaque, n'importe quoi, je me réincarnerai immédiatement dans l'enveloppe corporelle de Christophe, nous disait Jo. Les maîtres m'ont donné ce fils pour me permettre de poursuivre ma mission, quoi qu'il arrive. » En attendant, Christophe allait m'aider à sculpter le jardin suspendu dans la sainte colline.

Christophe est effectivement une compagnie et un soutien. Il a dix-huit ou dix-neuf ans, les épaules larges, les bras puissants, comme son frère cadet. Nous charrions ensemble les pierres et les sacs de ciment, mais Christophe en a vite assez. Il suffit que Jo nous recommande de bien veiller à telle ou telle chose, par exemple à ne pas abîmer le pin parasol devant la maison, pour que Christophe commette un acte de vandalisme. Un soir, il balance plusieurs seaux de ciment sur le tronc du pin parasol...

Enfin, avec l'arrivée du printemps, Jo et les siens viennent de plus en plus souvent passer de longs séjours à La Vignères. Je deviens imperceptiblement l'homme à tout faire de la maison. Je dois passer la serpillière, retapisser telle ou telle pièce, entretenir le gazon, tailler les haies, bricoler telle porte qui ne ferme plus, etc. Jocelyne m'appelle sans arrêt. Que son fil à linge casse et je dois accourir de la colline. Tant pis pour le ciment en cours, tant pis pour les terrasses qui n'avancent plus.

Bientôt, on m'appelle aussi pour distraire Nanou. L'enfant a sept ans, et comme son rang lui interdit de fréquenter l'école, Jo a fait revenir du Canada, comme préceptrice, Amélie Charbonnier. Amélie, qui m'avait sauvé des mains de Chateau au Canada..., Amélie qui a dû quitter son mari pour remplir cette mission. Son couple n'y survivra pas. Cinq ou six heures par jour, elle fait donc l'école à Nanou, mais après chaque heure l'enfant est expédiée sur le gazon pour se « détendre ». Seulement elle n'a aucun ami, et l'interdiction absolue de se rouler dans l'herbe ou de monter aux arbres. Elle ne porte plus de casque mais a toujours des gants blancs pour se protéger des vibrations telluriques. Au début, elle me regarde sculpter la colline, puis nous parlons, nous rions, et très vite c'est elle qui demande à Jo la permission de venir « jouer » avec moi. Jouer dans la terre. Il n'en est évidemment pas question. Alors Jo ou Jocelyne prennent l'habitude de me rappeler à chaque récréation de Nanou.

– Thierry, tu arrêtes le ciment vingt minutes, et tu te consacres à Nanou, me dit sèchement Jo.

Nous « jouons » sur le gazon. En réalité, seul le ballon nous est autorisé, car je dois respecter une distance d'au moins dix mètres entre l'enfant-Dieu et moi. Si le ballon tombe entre nous deux et que Nanou court le ramasser, je dois par exemple reculer immédiatement. Le seul respect de cette règle m'occupe et me préoccupe beaucoup plus que le jeu, d'autant que Jocelyne nous surveille depuis le balcon.

Puis un matin de mai, Jo me prend à part pour m'annoncer cette nouvelle incroyable : l'Antéchrist va venir passer quelques jours parmi nous !

– Avec Nanou ? Mais Jo, c'est impossible !...

Je n'en reviens pas. Comment veut-il héberger sous le même toit Dieu et Satan ? La brebis et le loup ?

– Je viens de livrer un combat astral considérable, me dit-il alors, et je pense avoir partiellement maîtrisé l'entité diabolique de cet enfant. Je peux même te dire que cela m'a beaucoup coûté et que j'en conserverai toute ma vie des séquelles au niveau du cœur...

Aurélien Junod a cinq ans cette année-là. Les deux enfants sont manifestement heureux de se découvrir, si heureux qu'Aurélien a sans cesse le désir de courir vers Nanou. Or cela, c'est impossible car, malgré le formidable combat astral de Jo, Aurélien demeure l'Antéchrist. C'est à moi qu'il revient de leur faire respecter l'écart réglementaire d'au moins dix mètres. Nanou comprend, mais comment expliquer à un petit de cinq ans qu'il n'a pas le droit de toucher ni même d'approcher une fillette de son âge ? Pourtant, je dois les faire jouer ensemble tous les deux, malgré la distance, malgré l'interdiction qui leur est faite de toucher le même ballon ! Nous jonglons avec deux ballons. Ils peuvent croire qu'ils jouent ensemble, mais c'est en réalité moi qui renvoie à chacun son propre ballon.

Et sans cesse Nanou hurle :

– Attention Thierry, il vient vers moi !

Et sans cesse je rappelle l'enfant :

– Viens ici, Aurélien, et essaie de comprendre : Nanou est une petite fille sacrée, nous n'avons pas le droit de l'approcher, ni toi ni moi.

Pendant ces heures où je creuse la colline, où j'amuse les enfants, Jo est enfermé chez lui, à l'étage. Il écrit, prépare ses conférences, et surtout médite. C'est du moins ce que je crois puisque, depuis des années, on nous répète que Jo, en liaison avec ses trente-trois frères de Zurich, maintient l'équilibre du monde sur le plan vibratoire.

Quand il interrompt ses travaux, c'est pour s'en aller méditer sur quelque lieu sacré, et secret. Il part alors soudainement au volant de sa Jaguar et demande à Élisabeth Auneau de l'accompagner, car ses vibrations, dit-il, complètent « parfaitement » les siennes.

Un matin, je dois partir pour Lyon chercher du tissu pour la couturière de l'Ordre. Jo et Élisabeth s'en vont également ce jour-là, et pour une raison mystérieuse, Jo me prend à part à l'instant de démarrer.

– Thierry, me dit-il, nous serons aussi à Lyon. Appelle-moi ce soir à ce numéro, il se peut que j'aie besoin de toi.

Le soir, je l'appelle, bien sûr, et il me demande de le rejoindre immédiatement à telle adresse. C'est un grand hôtel. Jo y est descendu sous son nom. On le prévient que je suis à la réception et il demande qu'on me laisse monter. Je frappe à sa porte. Jo est en train de se rhabiller, le lit est défait et, par la porte de la salle de bains, me parviennent des bruits d'eau.

– Pardonne-moi, Jo, dis-je, je suis venu tout de suite.

– Mais tu as bien fait. Je voudrais que tu ramènes à La Vignères un carton d'achats. Tout ça est dans la Jaguar, nous allons redescendre...

Alors sort de la salle de bains Élisabeth Auneau, les jambes nues, une serviette nouée au-dessus des seins. La Vierge Marie me serait apparue en bas résille et porte-jarretelles que je n'aurais pas été plus surpris. Mon Dieu, Élisabeth ! L'épouse sacrée de Manatanus, la sainte mère de Nanou... Et le lit défait, et Jo en train de se reboutonner, et elle à moitié nue... Il n'y avait aucun doute sur ce qu'ils venaient de faire ensemble. J'ai dû rougir, passer par toutes les couleurs en fait, parce que Jo a eu ce rire forcé et un peu vulgaire qu'il avait parfois pour se moquer.

– Eh bien, remets-toi, Thierry, m'a-t-il dit. Tiens, prends un fauteuil, je vais te servir à boire.

Élisabeth a ramassé ses vêtements épars sur la descente de lit, pas plus gênée que si j'avais été un guéridon ou une pendule Louis XVI et elle est retournée s'habiller dans la salle de bains. C'est à ce moment que Jo m'a tenu ces propos invraisemblables :

– Un jour, elle sera pour toi, m'a-t-il promis. Mais pas tout de suite. Je vais d'abord bien la travailler, bien la préparer et puis je te la passerai. Tu verras, c'est une sacrée baiseuse, rien à voir avec Jocelyne...

J'étais trop sidéré pour articuler trois mots. Nous sommes retournés aux voitures, nous avons transféré de la Jaguar à la camionnette les achats de Jo, et je suis reparti pour La Vignères. Pourquoi Jo m'avait-il fait ce coup ? Tout le long du chemin, j'ai cherché une réponse que je n'ai pas trouvée. C'est un maître, me suis-je dit finalement, et les voies des maîtres sont impénétrables. « Je suis un maître déroutant », répétait-il sans cesse. Aujourd'hui, bien sûr, je mesure la perversité d'une telle scène : Jo avait fait de moi son esclave, et il s'était amusé à se montrer un instant sous son vrai jour, sachant que ça me troublerait, certes, mais sachant aussi parfaitement que je ne lâcherai pas prise pour autant. Il s'était offert, en somme, un délicieux vertige. D'autant meilleur qu'il me savait condamné à la chasteté depuis des mois...

J'ai donc poursuivi, comme si rien ne s'était passé, l'édification de la colline biblique. Puis, comme les travaux avançaient bien, Jo m'a autorisé à remonter à Genève une ou deux fois par mois, embrasser mes enfants. Le bonheur de les retrouver ! Ils n'étaient pas trop malheureux. Face au quarteron des femmes, Évelyne Chartier, Laurence Meunier,

Marie-Christine ex-Jouret, et Marielle, ils avaient découvert la solidarité fraternelle. Ils avaient su préserver leur marge de liberté et bientôt Marielle s'était retrouvée seule à lutter pour la mission d'Athias. Les autres en avaient eu assez. Puis Jo lui-même avait oublié cette histoire, et Marielle avait fini par laisser vivre leur vie à mes deux garçons.

Le bonheur de retrouver également toute la communauté. Les gens me regrettaient et me recevaient chaque fois comme on reçoit un ancien missionnaire parti prêcher l'Évangile quelque part en Afrique. Jo leur avait raconté que je travaillais maintenant à l'édification d'une œuvre monumentale, en liaison directe avec Zurich. Les anciens étaient toujours là, bien présents : François et Claude, mes parrains, plus croyants encore qu'aux premiers jours ; les Salvin, lui, le potier, elle l'ex-femme de Stéphane Junod, dont le fils Bruno allait sur ses sept ans ; Laurence Meunier, dont la fille Claire nous avait rejoints à présent ; René Moulin et Brigitte, qui ne parvenaient toujours pas à faire cet enfant réclamé par Zurich ; Hervé Poirier, qui avait finalement quitté Jeanne Dubois pour épouser une nouvelle, Odette, qui allait bientôt lui donner une petite Stéphanie ; Jean-Marc Dubois, le thérapeute, toujours en quête d'une femme libre... Des nouveaux étaient apparus et, parmi eux, la famille Gervais, des Suisses : lui, Claude, employé aux Postes et Télécommunications, en qui Jo avait très tôt reconnu Nostradamus ; elle, Marie, professeur de français ; leurs enfants, Véronique onze ans, et Benoît, treize ans. Parmi les nouveaux, également, Thomas Cartry, jeune Fribourgeois d'une trentaine d'années, fanatique de l'Ordre, un peu comme François, son ami.

Je restais vingt-quatre heures à Genève, le temps de quelques méditations en commun, et je repartais pour La Vignères. J'étais occupé à rogner le sommet de la colline pour préparer la terrasse supérieure, et nous devions être au milieu de l'hiver 89, quand j'eus la surprise de voir débarquer du Canada Jacques et Sylvie. La bonne surprise, car Christophe était retourné chez sa mère et, depuis plusieurs semaines, Jo et les siens avaient disparu. La solitude commençait à me peser.

Curieusement, Jacques et Sylvie font aussitôt des mystères. Oui, c'est bien Jo qui leur a demandé de rentrer pour deux ou trois mois, mais en aucun cas ils ne peuvent me révéler l'objet de leur mission. Encore plus curieusement, dès le lendemain de leur arrivée, Jacques s'enferme dans les caves de la maison. Il s'enferme vraiment, à double tour, comme s'il ne voulait surtout pas qu'on le dérange. Deux semaines s'écoulent et, chaque jour, Jacques se boucle dans les sous-sols, cependant que je demeure perché au faîte de ma colline. À part cela, Jacques est toujours bon garçon, et Sylvie bonne fille, mais comment rire ensemble avec l'épaisseur de ce secret entre nous ? Enfin, Jo réapparaît et, bien sûr, je lui fonds dessus :

– Jo, pardonne-moi, mais tu sais que Jacques passe ses journées dans la cave ?...

– Ah bon ! Qu'est-ce qu'il peut bien foutre là-dedans, cet imbécile ?

– Enfin, Jo, je croyais que tu étais au courant... Jacques m'a dit que tu lui avais confié une mission.

– Jamais de la vie ! Je ne demande plus rien à Jacques, il a perdu ma confiance.

– M'autorises-tu alors à lui demander ce qu'il bricole ? Je t'assure que c'est inquiétant à la fin...

– Je ne t'autorise à rien du tout, Thierry, surtout pas à échanger trois mots avec Jacques. Je te répète qu'il a perdu ma confiance. Mais tu as bien fait de m'en parler, je vais régler ça, tout de suite.

Jo ne règle rien du tout. En sa présence, Jacques continue imperturbablement à s'enfermer dans nos caves. Son manège finit par m'obséder.

– Jacques est encore là-dedans, dis-je un matin à Jo, comme il vient inspecter l'édification du dernier muret.

– Laisse tomber, il est devenu dingue, me dit-il. De toute façon, dans deux semaines, je les réexpédie au Canada tous les deux. De gré ou de force.

Les deux semaines ne se sont pas écoulées que Jo descend un soir nous trouver dans nos appartements du rez-de-jardin ; Jacques et Sylvie habitent le studio voisin du mien.

– Je reçois demain pour dîner un invité de très haut rang, nous dit-il. Saint Bernard et sa nouvelle femme seront également là. Vous viendrez dire bonjour et vous disparaîtrez, je ne veux pas vous voir traîner ce soir-là dans le jardin ou sur la colline. C'est bien entendu, n'est-ce pas ?

Jacques et Sylvie acquiescent silencieusement.

– C'est entendu, Jo, dis-je.

Le lendemain, vers 19 heures, nous assistons à l'arrivée des trois invités. Ils se présentent ensemble à bord d'une Mercedes 600 noire aux glaces teintées. Luc Jouret, premier descendu, offre aussitôt son bras à une longue jeune femme, blonde, au visage maquillé de poupée. Puis l'invité de haut rang s'extrait à son tour de la Mercedes. Il peut avoir soixante-cinq ans, il a les traits fins d'un intellectuel et l'élégance naturelle d'un homme habitué aux réceptions d'ambassade. Jo descend aussitôt les accueillir.

– Mon ami Roland Boileau, dit Luc. Et voici Anne-Marie.

Roland Boileau est le nouveau mécène de l'Ordre, je l'apprendrai par la suite. Cet homme d'affaires suisse avait commis l'imprudence de consulter le docteur Jouret. Très vite, Luc l'avait convaincu de la réalité du monde invisible, et Boileau, qui vivait dans la crainte permanente de la maladie et de la mort, n'avait bientôt plus pu se passer des propos sur l'éternité de son nouvel ami. Il était donc possible d'échapper à la mort, et il suffisait pour cela de s'en remettre humblement à un « initié ». Luc avait promis depuis longtemps cette rencontre avec le plus vénérable des initiés, un certain Jo Di Mambro. En attendant ce jour, Boileau avait fait de Luc son médecin personnel. Chacun emmenait désormais l'autre dans tous ses déplacements, car chacun avait un besoin vital de l'autre : Roland se nourrissait des mots d'espoir de Luc; Luc se nourrissait de l'argent de Roland. Résident monégasque, financier de génie, célibataire, Roland avait accumulé des millions dont il ne savait plus que faire au soir de sa vie.

Nous voyons Jo serrer la main de cet homme, puis lui ouvrir le chemin de ses appartements. Luc nous salue à peine, trop occupé à conduire sa nouvelle conquête. Puis, comme promis, chacun s'enferme chez soi jusqu'au lendemain matin.

Alors Jo nous apparaît dans un grand état d'excitation. Il exige que je redescende immédiatement de ma colline pour me joindre à Jacques et Sylvie, et entendre de sa bouche la révélation d'un secret « incroyable ».

– Si vous saviez la soirée que nous avons eue, commence-t-il. Si vous saviez ce qui nous est arrivé...

Ils étaient installés tous les quatre à table, dans cette belle salle à manger dont une large fenêtre donne sur la colline biblique et l'autre sur le balcon, quand un halo lumineux avait semblé soudain se détacher du ciel étoilé pour venir vibrionner sur la colline même. Ils s'étaient tous levés de table, stupéfaits et apeurés, et Jo avait aussitôt coupé toutes les lumières. Bientôt, le cercle incandescent s'était immobilisé au-dessus du jardin des oliviers, cette terrasse plantée de jeunes oliviers, et là, petit à petit, la coupe du Saint-Graal leur était apparue! Oui, ils avaient vu le Saint-Graal flottant sur le jardin des oliviers! Pouvait-on concevoir miracle plus fabuleux ? Jo en semblait encore bouleversé et son émotion me gagnait à présent. La tradition du Saint-Graal et l'Ordre du Temple n'étaient-ils pas l'objet de tous les enseignements et l'horizon de nos recherches ? Depuis 1983, n'avions-nous pas vécu avec émoi les multiples apparitions de la sainte coupe ? La coupe qui avait recueilli le sang du Christ sur *ma* colline, à quelques semaines de la fin des travaux... Roland Boileau, saint Bernard et sa femme étaient tombés à genoux, paraît-il. Et c'est précisément durant ces quelques instants de communion intense que Jo avait reconnu en Roland la réincarnation de Joseph d'Arimathie, l'homme qui, le premier, avait porté la sainte coupe. Ainsi, tout se tenait. Ainsi, les maîtres de l'invisible avaient-ils salué de la façon la plus symbolique qui soit l'entrée dans l'Ordre d'un personnage de première importance.

Roland est à peine remis de ce choc que Luc lui annonce qu'il doit faire de toute urgence, lui, saint Bernard, un enfant à la belle Anne-Marie. C'est un ordre des maîtres. Or, pour concevoir cet enfant de haut rang, Luc et Anne-Marie doivent acquérir très vite un lieu saint.

– Eh bien, dites-moi, supplie Roland, que puis-je faire pour vous aider ?

– Seul Jo détient la solution, réplique saint Bernard soudain soucieux. Lui seul connaît l'emplacement des lieux saints.

Ils s'en vont consulter Jo, et ce dernier trouve effectivement la solution dans la minute.

– Cet enfant doit être conçu ici même, à La Vignères, dit-il. Aucun autre lieu au monde n'a vu plus haut degré vibratoire. Luc et Anne-Marie, cette maison est à vous désormais.

Luc se tourne alors vers son ami et mécène. Il lui chuchote quelques mots à l'oreille, et l'instant d'après Roland Boileau signe un chèque au nom de Jo d'une valeur trois fois supérieure au prix réel de la maison. Trois millions de francs français pour une propriété achetée huit cent mille francs trois ans auparavant.

Du jour au lendemain, Luc et Anne-Marie remplacent Jo et les siens. On doit entreprendre de gros travaux, car Roland veut un studio à côté de ses protégés. Je suis prié de repeindre moi-même les chambres, de diriger les ouvriers, d'inventer des salles de bains et des penderies supplémentaires. Il est vrai que ma colline est enfin finie et que seul l'entretien du domaine me mobilise encore.

Au plus fort du chantier, le couple et son mécène habitent à l'hôtel. Puis ils viennent pendre la crémaillère, entre eux, et je me souviens que leur petite fête correspond à l'éclosion des premiers bourgeons du printemps. Du printemps 89. Les deux hommes se reposent quelques jours, puis ils quittent brusquement la maison. Durant les deux ou trois mois de notre vie commune à La Vignères, notre drôle de vie, Luc et Roland vont agir ainsi : passer quelques jours, et disparaître soudainement. Mais jamais ils n'emmèneront avec eux Anne-Marie.

La jeune femme se lève à midi et erre comme une somnambule dans la grande maison. Elle est là pour concevoir un enfant de haut rang, elle ne doit pas sortir, elle ne doit surtout pas s'exposer aux mauvaises vibrations. Je cours au village lui faire ses courses, je suis là pour exécuter tous ses désirs. Deux ou trois fois par jour, Jo, Luc ou Roland me téléphonent pour me demander de ses nouvelles. Une fois, une seule fois, elle s'en va, en chaussures à talons sur le chemin de terre.

– Comment ! hurle Luc au téléphone, et tu l'as laissée filer.

Alors je comprends que je devrais également la retenir prisonnière, mais de cela je me sens incapable.

Quand Luc la retrouve, je les entends parfois faire l'amour, car ils laissent la fenêtre grande ouverte sur le jardin, mais plus souvent je les entends s'injurier et se battre. Il la traite de salope, elle sanglote et le griffe. J'en ressens un malaise insoutenable. Comment saint Bernard est-il capable d'une telle vulgarité ?

Ils n'ont jamais fait l'enfant prévu. À la fin du printemps, ils se sont séparés, et je me suis retrouvé seul dans la maison du Saint-Graal. C'est là que Jo est venu me cueillir, un bel après-midi. J'étais occupé à tondre le gazon.

– Tu fais tes valises et je t'emmène tout de suite, m'a-t-il dit. J'ai de grands projets pour toi.

Il était temps, ma vie n'avait plus aucun sens.

13

– Voilà, me dit Jo, je te présente l'Ermitage. D'ici quelques mois, s'ouvrira sur ce domaine la plus grande ferme de survie du midi de la France.

L'Ermitage est situé sur la commune de Sarians, à l'ouest de Carpentras, à une petite demi-heure seulement de La Vignères. Nous contemplons ensemble les longs bâtiments de ferme disposés en angle, les terres à perte de vue sous un ciel estival. Seul le chant des oiseaux, réfugiés certainement par centaines dans les platanes touffus de la cour, vient troubler notre méditation.

– Tout est à nous reprend doucement Jo. Tu vois ce qui t'attend ?

– Que veux-tu dire ?

– Thierry, nous avons décidé de te confier la gestion de tout le domaine. Zurich y est très favorable. Nous en avons longuement discuté avec Pierre et Luc, et nous avons décidé de t'envoyer en formation durant une année à l'école d'agriculture de Carpentras. Pierre s'est occupé de tout, tu n'as plus qu'à passer t'inscrire.

Ainsi, toutes ces années de travail acharné n'avaient pas été vaines : on me confiait la première ferme de survie française, et on faisait de moi un agriculteur diplômé ! En attendant le début des cours, à l'automne, Jo laissait sous ma seule garde les deux propriétés : La Vignères et l'Ermitage.

Heureux été 89. Un jour sur deux, je suis à La Vignères, jardinier sur ma colline que, de Genève au Canada, les gens n'appellent plus que « la colline du Saint-Graal ». L'autre jour, je mets en route un premier potager à l'Ermitage. Je suis là, sur le domaine justement, heureux comme jamais depuis des mois car je viens de récupérer mes deux fils, quand un télégramme du Canada nous annonce le retour de Nathalie. Nathalie! Nathalie rentre enfin, mais seule. Élie et elle se sont séparés. Comme elle sait que nous nous trouvons tous les trois dans le Midi, elle a pris un billet pour Marseille.

Comment dire par des mots la joie des enfants, les larmes de Nathalie? Ils s'embrassèrent et se retrouvèrent comme s'ils avaient attendu ce moment à chaque instant de cette séparation immense – plus de mille jours! Jo avait échoué à détourner Nathalie de ses fils; Marielle avait échoué à gommer l'image de Nathalie de la mémoire des enfants. La force du lien naturel venait d'anéantir en quelques secondes la mission d'Athias. Tout rentrait dans l'ordre, l'ordre naturel, et au bonheur que nous redécouvrîmes à passer quelques jours ensemble, tous les quatre, nous aurions dû en conclure que la vie selon les maîtres, selon Jo du moins, n'était qu'une vaste entreprise de démolition. Nous aurions dû, mais à aucun moment, durant ces jours bénis, nous n'abordâmes le long cheminement qui nous avait conduits à entrer à la fondation Golden Way, dix ans auparavant, à nous y claquemurer et, finalement, à nous y fracasser. Nous aurions pu mettre à profit cette retraite à l'Ermitage pour nous réveiller mutuellement d'un cauchemar qui n'en finissait plus en réalité, mais nous n'étions pas encore prêts. Nathalie, qui s'était séparée d'Élie, qui ne m'aimait plus d'amour, repartit bientôt pour Genève avec Frédéric et Pascal. Et moi, je repris mes travaux sur les deux propriétés. Début septembre, l'école d'agriculture m'attendait. J'étais loin de me douter de ce que me réservait l'hiver.

Dès le mois d'octobre, Jo commence à me presser.

– De grandes choses se préparent pour l'Ermitage, m'annonce-t-il. Je ne peux pas t'en dire plus pour le moment, mais je t'en supplie, Thierry, fais l'impossible pour apprêter chaque chambre et préparer la terre à des récoltes rapides.

J'ai plus de quatre hectares à l'Ermitage. D'autre part, la maison est immense, certes, mais vieille et délabrée. Plusieurs chambres sont inhabitables. Par où commencer ? Je profite de l'automne clément pour attaquer les champs. Cette fois, Jo m'a offert un motoculteur et un système d'arrosage. En sortant de l'école, à 17 heures, je me mets sans tarder au labeur et je travaille ainsi sans pause jusqu'à 22 heures, à l'éclairage artificiel. Durant deux ou trois heures, ensuite, je révise mes cours. Une brève nuit de sommeil et, aux premières heures du jour, je suis à La Vignères. Le saint lieu est désert à présent, et cela soucie beaucoup Jo. Il craint les profanations, il veut que chaque jour la colline soit visitée, la maison aérée, le gazon tondu si nécessaire.

Plus aucun week-end je ne vois mes enfants. Je mets à profit chaque jour de congé scolaire pour reprendre l'électricité de la ferme, réparer ici un trou dans le plancher, commencer ailleurs des travaux d'enduit et de peinture.

La ferme est complètement en chantier, inhabitable encore quand, aux premiers jours de l'hiver, un dimanche matin, je vois surgir sur le chemin de terre une étrange cohorte motorisée. Des voitures particulières aux toits chargés encadrent des camions de déménagement. La colonne se meut lentement dans les ornières, manifestement écrasée sous le poids des gens et des choses. On la devine épuisée par de longues heures de route. Qui sont ces gens ? D'où viennent-ils ? On pourrait croire à des citadins fuyant une ville, à un mouvement d'exode. Mais a-t-on parlé d'un séisme ? A-t-on parlé d'une guerre ? Il y a des années que je n'écoute plus la radio, que je ne lis plus les journaux. Je les regarde venir et, malgré moi, l'émotion me gagne : ces malheureux sont en fuite, oui c'est évident, ils ont dû rouler toute la nuit, cela se lit sur les visages épuisés des premiers qui s'immobilisent devant moi. Un couple et des enfants s'extraient difficilement de la voiture.

– Thierry ? demandent-ils, en me saisissant les mains.

Ils me sourient, d'un beau sourire lumineux, comme s'ils avaient l'âme habitée malgré la fatigue. Alors, d'une certaine façon, je les reconnais.

– Oui, dis-je. Mais qui êtes-vous ?

– Nous sommes tes frères et sœurs, Thierry, dit l'homme. Luc nous avait prévenus que tu serais là.

– Oh, c'est formidable ! C'est donc vous que j'attendais sans le savoir... Jo m'avait averti que de grandes choses se préparaient. Mais d'où venez-vous ?

– Du nord de la France.

Tous sont là à présent, stationnés dans un désordre inextricable. Des couples âgés, des familles avec enfants, une foule aux visages fripés, aux vêtements défraîchis. Une foule silencieuse, comme étonnée d'être enfin sous ce ciel, le grand ciel pur du Vaucluse. Ils m'entourent, ils me guettent. Combien sont-ils ? Trente, peut-être trente-cinq. Une dizaine de familles sans doute.

– Eh bien, entrez, dis-je. Je vais faire du café pour les grands, du chocolat pour les petits, et vous me raconterez...

Luc leur avait donné le signe du départ voici huit jours. « Cette fois c'est imminent, leur avait-il dit, ne gardez que vos biens les plus précieux et partez. Partez vite. Ça peut arriver du jour au lendemain, et je ne pourrai plus rien pour vous, si vous ne vous êtes pas mis à l'abri. » Ils n'avaient pas fui une guerre hypothétique dont je n'aurai rien su, ils avaient fui bien pire, l'apocalypse, l'anéantissement de toute vie, de toute chose. D'où ce bonheur lumineux dans leur regard exténué, le bonheur du rescapé, endeuillé par la mort de tous ses voisins, de tous ses amis, certes, mais rescapé malgré tout.

Ils étaient commerçants pour la plupart, de Lille, Roubaix, Tourcoing. Ou retraités-commerçants. L'apocalypse, il l'avait longtemps attendue sans trop y croire, depuis 1983, année des premières conférences dans le Nord du docteur Luc Jouret. Puis le danger s'était précisé. Luc les réunissait une ou deux fois par mois, et chaque fois il avait l'air plus soucieux. Les informations qui lui étaient délivrées au compte-gouttes par les maîtres de l'invisible étaient de plus en plus alarmantes. Ceux qui dirigeaient le monde, les Mitterrand, les Kohl, les Gorbatchev, n'en faisaient qu'à leur tête, ils refusaient d'entendre les messages de l'astral, et les maîtres ne pourraient bientôt plus contenir la colère divine. Les hommes l'auraient bien cherché ; le châtiment serait à la mesure de leur surdité. Seule une poignée d'humbles brebis, « vous, moi », disait Luc, en réchapperait le jour venu. Car des centres de survie étaient en construction dans certains lieux protégés et tenus secrets. La veille du jour J, Luc leur communiquerait l'adresse, mais la veille seulement, car il fallait se prémunir contre d'hypothétiques fuites : il n'était pas question que des profanes, des pécheurs échappent au châtiment en affluant dans les centres de survie...

Ainsi le jour J était arrivé. Ces gens venaient précipitamment de mettre tous leurs biens en vente, mais naturellement aucune transaction n'avait abouti dans les quelques jours précédant l'exode. C'est pourquoi ils n'avaient sur eux que l'argent de leurs comptes courants, un pécule modeste en somme, bien insuffisant pour acheter l'Ermitage que Luc leur cédait pour quatre millions de francs.

– Quatre millions ! dis-je. Je ne pensais pas que le domaine valait ce prix.

J'étais certain que l'Ordre ne l'avait pas payé plus de deux millions et demi, mais je n'eus pas le courage de jouer les rabat-joie. Les pauvres avaient l'air tellement heureux d'avoir la vie sauve à si bon compte...

– Nous avons prévenu le docteur Jouret que nous ne pourrions pas lui remettre plus de dix pour cent tout de suite, me dirent-ils, et il a été formidable!

« Ça n'a aucune importance, les avait aussitôt rassurés Luc, nous sommes tous frères et sœurs. Emménagez tout de suite à l'Ermitage, c'est là qu'est l'urgence. Vous me paierez le solde quand tous vos biens seront vendus. »

Ils emménagent en effet. Ils se serrent dans les deux corps de ferme et, jusque tard dans la nuit, je les aide à installer tant bien que mal leurs quelques meubles sauvés du désastre. Chaque couple ne peut disposer de plus d'une chambre, et les familles ont deux pièces au maximum. Mais malgré l'exiguïté, la vétusté du lieu, tout se passe dans la joie et la bonne humeur, comme on imagine que se passerait l'évacuation par chaloupes d'un paquebot qui coulerait sans hâte. Qu'importe le confort, puisqu'on est sauf.

Pour libérer un peu d'espace, je me réinstalle dans mon studio de La Vignères. Mais tous les soirs je rejoins mes réfugiés du Nord. Préoccupés, dépaysés, ils observent le ciel, attentifs aux premiers signes de l'apocalypse. Ils sont tous conscients cependant que la terre seule leur permettra de survivre au lendemain de la catastrophe et c'est pourquoi ils ne demandent qu'à apprendre, avec moi, le métier d'agriculteur. Nous nous y mettons ensemble, et c'est dans cette première phase délicate que je découvre un soir mes trente pieds d'artichauts arrachés. Ils les avaient pris pour des mauvaises herbes.

Puis les semaines passent, et aucune nouvelle ne tombe du ciel, pas plus d'ailleurs que des agences immobilières du Nord à qui chacun a confié la vente de son commerce et parfois d'un logement. Non, rien ne se vend là-bas. Or la petite communauté, dont le pécule a été diminué des quatre cent mille francs versés à Luc (les fameux dix pour cent), n'a bientôt plus un sou pour vivre. On dépêche deux volontaires pour retourner brièvement à Lille réviser à la baisse tous les prix de vente annoncés. On multiplie les réunions : doit-on, oui ou non, chercher du travail dans le Vaucluse en attendant l'anéantissement du monde profane? Et si ce n'était plus qu'une question de jours? Alors on prendrait le risque de quitter le centre de survie pour quelques billets de cent francs de toute façon inutilisables... On réclame le docteur Jouret, lui seul serait de bon conseil. Mais Luc est au Canada, probablement réfugié lui aussi dans un centre de survie. Que faire?

Un soir, je trouve la communauté complètement bouleversée. Des femmes pleurent, les hommes sont réunis dans la grande cuisine. Une réunion de masques mortuaires.

– Eh bien, qu'est-il arrivé? Quelqu'un est malade?

L'un d'eux me tend un télégramme, en provenance de Genève. L'Ermitage n'est plus à vendre quatre millions, mais cinq, et on leur réclame cette somme « dans les plus brefs délais ».

– Mais comment est-ce possible? dis-je. Enfin, ils n'ont pas le droit de vous faire ça...

Ces gens avaient tout quitté, travail, logement, amis; ils se retrouvaient ici sans ressources, dans l'incapacité de revenir en arrière, et on osait les voler, les menacer. J'étais écœuré et en même temps trop démuni moi-même face à la hiérarchie de l'Ordre pour leur conseiller quoi que ce soit. Plus tard, j'ai su que Jo lui-même était à l'origine du télégramme. Il avait repéré une autre maison, toujours dans le Vaucluse, et souhaitait l'acheter rapidement. Elle était à vendre quatre millions et demi de francs et me serait bientôt présentée sous le nom de « Clos de la Renaissance ».

Les malheureux vont d'abord choisir la seule solution qu'on peut aujourd'hui juger raisonnable, avec le recul du temps : ils vont adresser une lettre collective au notaire en lui expliquant qu'ils renoncent à l'achat de l'Ermitage, et abandonnent donc au vendeur leurs quatre cent mille francs d'arrhes. Alors vont se tenir des réunions pathétiques où les partisans du retour dans le Nord vont s'opposer, parfois violemment, à ceux qui demeurent tétanisés par la menace de l'apocalypse. Les plus audacieux sont sur le point de reprendre la route quand Luc Jouret réapparaît soudainement.

Luc a été prévenu par le notaire. En quelques minutes, il prend le pouls de la situation. Il traite par l'indifférence les plus forts en gueule, ceux qui assurent vouloir rentrer et réunit le soir même les derniers croyants et les indécis. « Je pense qu'il faut laisser partir ceux qui le souhaitent, dit-il, car ceux-là n'auraient jamais dû figurer parmi nous. Mais je reconnais ici un noyau de fidèles à l'âme bien trempée, et c'est à ceux-là, à ceux-là seulement que je m'adresse. Je vous avais mis en garde contre le doute, contre les épreuves, et vous avez tenu ! C'est bien. Maintenant, je n'ai pas le droit moral de vous abandonner. Ce centre de survie est trop vaste, trop cher pour vous. Eh bien, je vous apporte une solution de rechange : un autre centre, plus petit, est à votre disposition non loin d'ici. L'Ordre est prêt à vous le céder pour deux millions sept cent mille francs. »

En une soirée, Luc leur revend La Vignères et sa colline du Saint-Graal. Ainsi Jo, qui a touché une première fois trois millions de francs de Roland Boileau pour la vente de cette propriété, va-t-il empocher une seconde fois la même somme pour la même propriété. Mais cela, je ne le réaliserai qu'un peu plus tard.

Les réfugiés du Nord vont s'entasser à La Vignères. Ils vont y attendre l'apocalypse des mois durant, sans plus aucune nouvelle de Luc, avant de s'en aller un à un à la recherche d'un travail, puis d'un logement. À ce moment-là, je les aurais totalement perdus de vue, entraîné moi-même dans une spirale de doutes et de lâchetés.

Mais nous sommes encore dans cet interminable hiver 90, à l'Ermitage, cet hiver où j'enseigne aux gens du Nord des rudiments d'agriculture – étant moi-même étudiant à l'école de Carpentras – quand Jo me rappelle impérativement en Suisse pour une brève mission. Je dois trouver dans les huit jours une propriété à vendre. C'est René Moulin qui paiera. Il s'agit de créer, en Suisse, un centre de survie qui hébergera le noyau dur de l'Ordre. « Tu vois que ce n'est pas rien, me dit Jo, et c'est pourquoi nous avons pensé à toi. » J'abandonne mon école, mes deux propriétés du Vaucluse et, en une semaine, je parviens à dénicher avec Marielle et Laurence Meunier une ancienne ferme, flanquée de onze hectares de terre et d'une forêt, comme l'avait exigé Jo. « Quand tout sera détruit, on ne pourra plus se chauffer qu'au bois, m'avait-il dit. Alors tu te démerdes pour me trouver une forêt. » Le domaine est à Cheiry, dans le canton de Fribourg.

Jo est enthousiasmé. Quelque temps plus tard, je serai rappelé à Cheiry, toujours dans l'urgence, pour construire, avec quelques autres, l'indispensable sanctuaire du centre de survie. C'est dans ce sanctuaire, épargné par les flammes, que les sauveteurs découvriront le 5 octobre 1994, aux premières lueurs du jour, plus de vingt corps suppliciés, en habit de cérémonie et la tête coiffée d'un sac-poubelle.

Quand l'hiver 90 s'achève enfin, mon dos me lâche une première fois. L'édification de la colline du Saint-Graal, les milliers d'heures passées à créer des potagers de survie, en sont venus à bout. On m'hospitalise de longues semaines à Genève, puis finalement on m'opère. C'est paradoxalement une période de bonheur, car beaucoup de gens de l'Ordre, Marielle en tête, défilent à mon chevet. Jamais on ne m'a manifesté tant d'amitié et de chaleur. Si j'avais des doutes sur l'équité de Jo ou de Luc, des doutes même sur ma place dans la communauté, ils fondent durant cette période de grâce. Je sors de l'hôpital le corps meurtri mais l'esprit régénéré. C'est alors que va m'être porté le premier coup, ou tendue la première perche, pour échapper à la prison dans laquelle je me suis enfermé depuis plus de dix ans.

14

En lisant les pages qui précèdent, il vous a sans doute été difficile de comprendre et d'admettre que des êtres humains, plongés dans ce monde rationnel auquel adhèrent l'énorme majorité de nos contemporains, puissent s'écarter si résolument de la normalité et bouleverser le cours de leur vie pour répondre à une soif spirituelle irrésistible. Difficile de croire que des gens ordinaires, mais aussi des artistes, des scientifiques, des hauts fonctionnaires aient pu se laisser berner d'une manière aussi grossière.

Il m'a été difficile de décrire aussi simplement et aussi honnêtement que possible comment j'ai été entraîné par la simple force du désir de pureté qui m'habite et par le hasard des rencontres à vivre cette expérience invraisemblable. Ce que je veux raconter maintenant est bien plus difficile encore. Pour beaucoup d'entre vous, il apparaîtra qu'une fois qu'un individu s'aperçoit qu'il a été victime d'une escroquerie, il lui suffit d'en prendre conscience et de quitter ces gens qui lui ont fait tant de mal.

Ça ne se passe pas de cette manière-là.

Lorsqu'on est enfoncé comme je l'étais dans un système de croyances très prégnant, quand on a pris l'habitude de vivre sous la contrainte et sous l'emprise d'une personnalité très forte, s'arracher à cette domination exige un effort surhumain.

Il faut détruire une partie de sa personnalité qui, pendant des années, a constitué l'essence même de votre être, se faire une violence insupportable et vaincre la terreur que représente le retour à une vie normale, ce retour dans le monde profane qui paraît irréalisable.

Ce chemin, je l'ai parcouru et je continue à le parcourir car on ne sort jamais indemne d'une telle aventure.

J'étais en convalescence dans le corps de ferme de l'ancienne fondation Golden Way, à Genève, rééduqué par Jean-Marc Dubois, chouchouté par tous, quand Bertrand a demandé à me parler. Bertrand était le nouveau compagnon de Nathalie, mais nous ne nous connaissions pratiquement pas. Je savais de lui qu'il était géologue et qu'il était entré récemment dans l'Ordre. Nathalie m'avait confié qu'il avait beaucoup contribué à son rétablissement psychologique au retour du Canada, et j'avais pu constater que les enfants l'appréciaient, c'était assez pour lui accorder ma sympathie.

Nous nous rencontrons et il m'emmène marcher au fond du parc. Là, il me révèle qu'ils sont quelques-uns de l'Ordre à avoir « tout découvert ».

– Découvert quoi, Bertrand ?

– Les apparitions sont des supercheries.

Je suis scandalisé.

– C'est très grave ce que tu dis là. Comment oses-tu ?

– C'est le propre fils de Jo, Élie, qui a tout découvert. Il est tombé sur la malle dans laquelle sont enfermés les masques, les épées et les capes des soi-disant maîtres...

Alors me revient le souvenir de l'épée entraperçue au fond de l'armoire de Jo. L'épée prolongée d'une ampoule de flash.

– Qui vous dit que ce ne sont pas des déguisements de carnaval ?

– Jacques a tout avoué, Thierry. Depuis le début, c'est lui qui bricole les machineries des sanctuaires, l'ouverture automatique des portes, les halos lumineux... Jo a une télécommande sous sa cape noire et provoque les flashes et les éclairs quand il le souhaite. Le Saint-Graal sur la colline, c'était encore Jacques. Tu nous as raconté toi-même qu'il avait passé des semaines enfermé dans la cave. C'est à cela qu'il passait son temps.

– Bertrand, tu te rends compte de ce que tu es en train de me dire ! Que les maîtres...

– Je me rends parfaitement compte, Thierry, et j'ai déjà dit à Jo ce que j'en pensais.

– Quoi ! Tu es allé dire à Jo que le Saint-Graal...

– Que le Saint-Graal était un hologramme, oui, et que sous le masque de Manatanus se cachait Jocelyne, dressée sur un tabouret ! Ils nous ont dupés depuis le début.

– Tu n'as pas fait ça, Bertrand ?

– Si. Nous en avons longuement parlé avec Nathalie, et j'y suis allé. Nous n'allions pas continuer à jouer cette comédie. Nous partirons dès que possible avec Pascal et Frédéric.

– Mais enfin, que t'a dit Jo ?

– Du baratin. Que les maîtres l'avaient prévenu, qu'il savait depuis toujours que certains « chevaliers » l'abandonneraient, qu'il ne nous retenait pas, qu'on était libre de partir aujourd'hui même si on voulait...

Bertrand me quitte, et je regagne ma chambre en claudiquant. Je suis plongé dans un chaos psychologique infernal.

Je sais qu'il dit vrai. Tous mes doutes resurgissent en foule. J'ai si souvent eu ce sentiment de malaise diffus que j'ai toujours refoulé de toutes mes forces. Je sais qu'il a raison mais comment l'admettre ? Comment l'admettre, alors que j'ai tout donné pour cet homme, pour les maîtres, et tout perdu pour eux : Nathalie, mon laboratoire, mon métier de prothésiste que je ne pratique plus, notre maison de l'époque, mes parents, mes amis... Comment assume-t-on un tel échec ? L'échec d'une vie d'homme – je suis alors dans ma quarantième année. S'en remet-on seulement ?

Une angoisse insurmontable me serre le cœur. À plusieurs reprises, ce soir-là, je monte frapper à la porte de Bertrand et de Nathalie, qui vivent encore sous le même toit que nous, eux qui ont trahi, eux qui ont commis l'irréparable. J'ai besoin de les entendre tous les deux, de les réentendre.

– Vous êtes bien sûrs de ce que vous dites, n'est-ce pas ?

– Crois-tu que nous t'aurions parlé si nous avions eu le moindre doute ?

– Jacques a pu vous mentir.

– Non, Thierry. Nous comprenons que ça soit affreusement dur à entendre, mais c'est vrai. Va dormir, maintenant, et demain nous en reparlerons si tu veux.

Claude Galard nous avait vus discuter dans le parc. À un moment, nos regards s'étaient croisés. D'autres avaient dû également nous apercevoir, nous épier peut-être. Car, ce que j'ignorais du fait de mon opération, c'est que chacun savait pour Bertrand et Nathalie, depuis plusieurs jours déjà. Avant de s'envoler pour le Canada, Jo avait mis toute la communauté au courant de leur trahison. Il avait même brandi une lettre postée de Zurich, et très largement antidatée, lui annonçant la désertion d'Anthéa...

Dans la nuit, Jo a été informé de ma conversation avec Bertrand. Et le lendemain matin, à l'heure du petit déjeuner, on vient me chercher en toute hâte : c'était lui au bout du fil, depuis Toronto :

– Ah, Thierry ! Comment ça va, dis-moi ? Tu te remets bien de ton opération ?...

– Oui, oui, Jo, ça va.

– Oh, là, là, tu as une drôle de voix...

– Non, je t'assure, ça va. Les débuts sont un peu pénibles, mais le médecin m'avait prévenu.

– Thierry, je sens que quelque chose ne va pas. Alors écoute, je te rappelle ce soir, nous aurons plus de temps pour parler.

Je passe la journée seul, prostré. Le soir, comme prévu, Jo me rappelle.

– Thierry, j'aimerais t'avoir près de moi, ici, au Canada. Nous vivons des chocs incroyables, tu ne peux pas savoir...

– Mais Jo, enfin, c'est impossible ! Je sors de l'hôpital. On ne m'a même pas retiré les fils et le chirurgien exige que je reste allongé.

– On va se débrouiller, Thierry, quitte à ce que tu voyages couché. Appelle ton médecin, et rappelle-moi.

J'explique au chirurgien qu'on m'offre l'hospitalité dans une maison merveilleuse, en pleine forêt. J'en rajoute, et je réalise tout en parlant qu'inconsciemment ma décision est prise : je veux partir pour le Canada rejoindre Jo. Je veux qu'il chasse mes doutes, je ne demande plus qu'à le croire. En réalité, je ne suis pas prêt encore à décrocher ; je n'en ai ni la force physique ni la force morale.

– Bon, partez, finit par lâcher mon médecin. Dans l'avion, allongez-vous au sol s'il le faut, mais ne restez pas assis plus de vingt minutes.

Jo exulte.

– Formidable, Thierry ! Tu vas voir, tout va très bien se passer. Les maîtres sont avec toi. Kou-tou-mi, mon protecteur, me dit que tu n'auras aucun problème.

Je ne sais comment présenter ce voyage à Bertrand et Nathalie. Après tout ce qu'ils m'ont révélé, tout ce que nous nous sommes dit, comment vais-je leur annoncer que je repars auprès de cet homme, cet « escroc », selon le mot de Bertrand ? Je n'ai pas le courage de leur avouer ma faiblesse, mon immense faiblesse du moment, alors je transforme une lâcheté en un acte de bravoure.

– Je vais dire à Jo ce que je pense de lui, dis-je. Si je ne le fais pas, jamais je ne pourrai repartir normalement dans la vie.

– Tu as tort, plaident-ils l'un et l'autre. Tu n'as pas la force physique, aujourd'hui, de régler ce compte. Pars avec nous, nous t'aiderons, et plus tard tu te confronteras à Jo.

Ils insistent. Une heure durant, ils tentent de me

convaincre de renoncer à ce voyage. Se doutent-ils de quelque chose ? Leur générosité me bouleverse. Ils m'offrent le peu qu'ils ont pour que j'abandonne ce projet, et bientôt Frédéric et Pascal joignent leurs voix aux leurs : « Allez, papa, tu viens avec nous, on part tous ensemble. » L'offensive est telle que je dois monter les enchères pour ne pas céder. Je m'entends répéter tout haut, et sur le ton de la colère, ce que je promets de dire à Jo. Et peu à peu, je crois à mon propre mensonge. « Le salaud! dis-je, le salaud! »

Je m'envole pour Montréal. Des gens m'y attendent. On me conduit dans une villa que je ne connais pas, une villa baptisée « La Fleur »; une grande chambre a été spécialement préparée pour moi. Je m'allonge, je somnole déjà quand Jo se présente doucement à mon chevet :

– Ah, Thierry! Comme je suis content que tu sois là. Les maîtres n'ont plus que ton nom à la bouche. Si tu savais... Enfin, nous en reparlerons, repose-toi bien maintenant.

Le lendemain soir, je suis encore au lit quand on frappe à ma porte.

– Thierry, vite! vite! Jo te demande au sanctuaire.

On m'aide à enfiler ma cape aux insignes de l'Ordre, puis à rejoindre les sous-sols où l'on a construit le sanctuaire. Et là, dans ce que l'on appelle toujours le « salon vert », en mémoire de la fondation Golden Way, je découvre la communauté en attente devant les portes closes du sanctuaire.

– Je veux Thierry ici, juste en face des portes, dit alors gravement Jo. Les maîtres m'avertissent qu'il nous faut l'entité de saint Bernard pour pénétrer dans le sanctuaire...

Je suis à peine agenouillé que les portes s'ouvrent. Et aussitôt le Saint-Graal nous apparaît, flottant dans l'obscurité. Jo, à son tour, tombe à genoux :

– Saint Bernard! s'exclame-t-il.

Une sorte de cri syncopé monte de la communauté prosternée derrière nous. Jamais peut-être nous n'avons ressenti ensemble un tel instant d'émotion. Tous mes doutes sont balayés. Je suis à nouveau chez moi, dans ce cercle de vérité dont j'ai un besoin si profond.

Quand le Saint-Graal se fond dans la nuit, Jo, solennellement, se tourne vers moi :

– Saint Bernard, me dit-il, les maîtres viennent de t'adouber.

Et, s'adressant aux autres :

– Vous rendez-vous compte ? Nous attendions depuis une demi-heure l'ouverture des portes. Thierry arrive, et non seulement elles s'ouvrent, mais le Saint-Graal est là !...

On ne m'appelle plus que saint Bernard, comme Luc, ce qui devrait me choquer car jusqu'ici jamais une entité ne s'était incarnée dans deux enveloppes, mais malgré moi, je me sens renaître. Comment ai-je pu douter ? L'histoire biblique n'est-elle pas semée de tentations ? Moi, à la première, j'ai failli céder. Mais une fois encore Jo m'a sauvé, et remis sur le droit chemin.

Il me demande d'écrire.

– Jette sur le papier, me dit-il, tout ce qui te passe par la tête.

J'écris. Je n'ai que cela à faire dans cette grande maison silencieuse, loin de la foule de Genève, loin du désarroi de la communauté du Nord, abandonnée dans le Midi. J'écris, et j'illustre mes textes par des dizaines de dessins inspirés de l'Égypte, des pyramides, de l'Ancien et du Nouveau Testament.

Deux mois s'écoulent ainsi dans une sorte de coma de l'esprit. Ma convalescence en somme, loin de toutes les réalités. Un matin, Jo entre à l'improviste et découvre mon travail.

– C'est incroyable ! s'exclame-t-il, c'est un véritable message pour tous les êtres de la planète. Il faut absolument en faire une vidéo, je veux pouvoir emporter cela dans tous mes déplacements.

Un mois durant, je travaille avec un professionnel à la réalisation de ce film. Jo m'assure qu'il se substituera à la Bible dans les décennies à venir, et je le crois. À tous les étages, du sanctuaire au grenier, on me vénère comme on vénérerait le Christ. Jamais je ne me suis senti aussi précieux à mes propres yeux.

Un soir, on m'appelle de Genève. Un ami de Bertrand et de Nathalie m'informe qu'on m'a trouvé là-bas un travail dans un service humanitaire.

– Quand rentrez-vous ? me demande-t-il. Votre futur employeur a besoin d'être fixé.

– Je ne rentre pas maintenant, dis-je. Dites à Bertrand et Nathalie qu'ils cessent de se préoccuper pour moi.

15

J'ai replongé. Avec la même fougue, la même confiance aveugle.

J'ai trouvé l'Ermitage, ses longs corps de ferme déserts et ses plantations brûlées par le soleil d'été. J'ai repris les travaux d'intérieur et les labours sous le ciel éthéré du Vaucluse, l'hiver. Dix-neuf heures par jour, malgré mon dos martyrisé.

Le domaine a repris visage humain quand Jo me téléphone, un soir. Après des mois de négociation, m'annonce-t-il, l'achat d'une maison de très haut rang vient d'être enfin conclu. Il s'agit d'une maison réclamée par les maîtres, et qui, à ce titre, devra impérativement rester secrète. Jamais aucune propriété possédée par l'Ordre n'a eu cette importance, insiste-t-il. Des travaux considérables doivent être entrepris. Les maîtres réclament notamment un sanctuaire souterrain très particulier.

– Je vais te confier ce chantier, Thierry.

– Mais l'Ermitage, Jo ? Qui va poursuivre la restauration de l'Ermitage ?

– Ne t'inquiète pas. Je m'en occupe.

Aubignan est à une dizaine de kilomètres au nord de Carpentras et à cinq minutes en voiture de l'Ermitage. Dès le lendemain matin, je m'y rends et tout le long du chemin je m'assure qu'aucune voiture suspecte ne me suit. Jo m'a fait peur, très peur, en me répétant de ne révéler à personne l'adresse de cette maison. Le Clos de la Renaissance est à la sortie d'Aubignan, au cœur d'un lotissement banal. Mais le Clos, lui, n'est pas banal : bien que construit récemment, il a la sévérité, la solennité d'un monastère. Au premier coup d'œil, je comprends le choix des maîtres. Il émane de cette maison, malgré sa piscine, la vulgarité de la piscine, un climat de recueillement.

Quelques jours plus tard, débarquent à l'Ermitage Pierre et Monique Pichon. C'est un couple de Québécois, depuis peu à la retraite. Je peux dire aujourd'hui, après avoir vécu à leurs côtés ces mois difficiles, pathétiques parfois, mes derniers mois dans l'Ordre, que Pierre et Monique sont devenus mes plus tendres amis. Lui est un bricoleur de génie, en électricité surtout ; elle, une véritable fourmi, toujours en mouvement, toujours au service des autres.

Très vite, des fax de plus en plus détaillés nous parviennent du Canada. Jo a des grandes ambitions, des ambitions démesurées, pour le Clos. Un sanctuaire immense doit être creusé sous la maison. Officiellement, pour les corps de métier, on présentera la chose comme une salle de concert et d'enregistrement. Le sanctuaire devra être accessible par une galerie secrète au départ des garages souterrains déjà existants, mais il devra être également accessible par une trappe hydraulique, et tout aussi secrète, à partir de la buanderie de la maison. Celle-ci devra être entièrement reconçue, de façon à ce que chacun des habitants prévus, Jo, Jocelyne, Élisabeth Auneau et Nanou – soit seulement quatre personnes pour quatre cents mètres carrés –, dispose de sa chambre et de sa salle de bains. À l'extérieur, la piscine existante devra être rallongée, et une seconde piscine exclusivement réservée à Nanou construite. Enfin, des arbres de trente ans d'âge devront être plantés dans le parc, et le gazon devra bénéficier d'un arrosage souterrain automatique.

Quand le chantier s'ouvre, au mois de février, c'est une vision d'apocalypse qui nous est offerte, limitée, mais bien réelle cette fois. Bientôt la maison flotte, comme par miracle, au-dessus d'une fosse béante. Le jardin est un champ de bataille, troué, retourné, torturé. Tous les corps de métier travaillent en même temps car l'essentiel doit être fini pour le 24 juin, jour de la Saint-Jean. Pierre et moi sommes toute la journée dans ce bourbier, casqués et bottés, tantôt penchés sur la liasse épaisse des fax de Jo et de Roland Boileau, tantôt à hurler ordres et contre-ordres à des ouvriers qui n'en croient pas leurs yeux. Aucun prince arabe, dans une région qui en compte quelques-uns, n'a jamais exigé d'eux de tels travaux pharaoniques.

Au milieu du printemps, quand la « salle de concert » est enfin bétonnée, vaste bourbier de cent mètres carrés, humide et aveugle, Stéphane Junod débarque à son tour sur le chantier. Le père de l'Antéchrist est de nouveau en odeur de sainteté, puisqu'il nous arrive avec les dessins de l'aménagement intérieur du nouveau sanctuaire.

– Voilà, nous dit-il, les maîtres m'ont envoyé les plans de construction requis pour l'âge du Verseau.

Et il nous présente une structure triangulaire, extrêmement difficile à réaliser. Comme il n'est pas question de commander cela à des profanes, c'est Pierre et moi qui allons nous enfermer tout le reste du printemps dans le bunker pour construire cette chapelle d'un genre nouveau. Les murs doivent être tendus d'un tissu de lin d'une seule pièce que nous devrons spécialement commander chez un fabricant de Lyon.

Le 24 juin arrive et le chantier est loin d'être terminé. Tout l'été, Jo bombarde les corps de métier de télégrammes les menaçant de ne pas les payer s'ils n'accélèrent pas. Enfin, aux premiers jours de septembre, le Clos de la Renaissance est prêt.

L'élite de Genève est aussitôt convoquée pour notre

première activité de sanctuaire. Il y a là Évelyne Chartier et Laurence Meunier, Luc Jouret et Pierre Vatel, André et Michèle, Marielle Chiron, « ma femme », François et Claude et, bien sûr, Jocelyne et Élisabeth Auneau. Durant plus d'une heure, Junod et Jo se livrent à des incantations nouvelles. Ils parlent aux maîtres d'une voix étrange, ils frappent le sol de leur épée, ils nous font chanter et regarder fixement le rayon lumineux qu'ils nous ont fait installer dans l'angle du fond. Bientôt, nous sommes victimes d'hallucinations, mais rien ne se passe en réalité. Aucun astre incandescent ne descend jusqu'à nous, aucun de ces maîtres immenses au visage livide ne nous apparaît.

– Oh, ce sanctuaire, je le sens bien, nous dit pourtant Jo à la sortie. Il y a une vibration... Thierry, Pierre, est-ce que vous avez entendu les maîtres ?

– C'était extraordinaire, Jo. Cette atmosphère... Ce recueillement...

– N'est-ce pas ? J'ai nettement senti leur présence. Et toi, Évelyne ?

– Quel moment, Jo !

Chacun s'extasie, mais combien sont dupes ? Pour la première fois, depuis mon retour du Canada, le doute me reprend. Comment ne pas établir un lien entre le silence des maîtres et l'absence de Jacques durant toute la construction du sanctuaire ? Et si Bertrand et Nathalie avaient dit vrai ? De nouveau, l'angoisse me submerge. Cette angoisse sourde, déchirante qui me ronge et que j'étouffe en m'épuisant dans le travail.

Au tout début de l'année 92, Jo nous réunit, Pierre, Monique et moi.

– Junod nous a complètement plantés, nous dit-il sans ambages. Ce sanctuaire du Clos de la Renaissance ne reçoit plus aucune vibration. Il faut le foutre en l'air et tout recommencer...

De fait, nous n'avons plus été conviés à aucune cérémonie dans le bunker du Clos depuis son inauguration. Nous nous taisons, en attendant la suite. Jo sort de sa serviette les nouveaux plans reçus l'avant-veille, nous dit-il, de Zurich. Il s'agit d'une pièce octogonale entièrement construite en miroirs.

– C'est le dernier sanctuaire, nous dit Jo solennellement. J'ai été prévenu, mais je vous demande de garder pour vous ce secret : de là, nous partirons tous un jour pour Sirius via Jupiter...

Et nous l'avons cru. Nous avons cru cet homme malgré tout ce que nous savions. Nous avons détruit de nos mains ce sanctuaire triangulaire que nous avions passé tout un printemps à édifier. Nous sommes partis commander la multitude de miroirs, de près de cent kilos chacun, qu'il nous a fallu ensuite décharger nous-mêmes de notre camion, Pierre qui avait passé les soixante ans, moi dont le dos était entièrement couturé – il n'était pas question, bien sûr, qu'un profane puisse deviner ce qui se préparait ici.

Puis, des mois durant, nous avons travaillé dans ce souterrain à l'édification de cette galerie des glaces dont le sol et le plafond devaient être également faits de miroirs. Il nous a fallu coller tout ce verre sur du contreplaqué, ajuster les panneaux au millimètre près, inventer un système de porte coulissante, dissimuler complètement l'électricité, prévoir une ventilation magistrale car, après cinq minutes seulement de notre présence, les glaces se couvraient de buée...

Et c'est dans ce climat de ferveur, de mysticisme, entretenu certainement par notre solitude dans ce tombeau, qu'est intervenu l'épisode d'autosuggestion le plus troublant de mes quinze années passées dans l'Ordre.

Une nuit, vers 3 heures du matin, nous rentrons de notre chantier, Pierre Pichon et moi. Monique nous attend à l'Ermitage. Nous avons coutume, avant de nous coucher, de nous recueillir ensemble devant une Vierge en bois que nous avons installée au fond d'une niche dans un mur épais. C'est notre sanctuaire, si l'on veut. Nous nous agenouillons et soudain l'ampoule électrique de la niche se met à clignoter.

– Maître! dis-je aussitôt comme nous avions l'habitude de le faire, êtes-vous là ?

L'ampoule s'allume violemment, comme si elle me répondait par l'affirmative.

– Maître, avez-vous un message à nous communiquer ?

– Oui, me dit encore l'ampoule.

Et un dialogue s'engage. Un dialogue comme nous en avons entendu des dizaines entre Jo et les flashes de tous les sanctuaires où nous sommes passés.

– Maître, voulez-vous que nous partions en pèlerinage, mes amis et moi ?

– Oui.

– Mais où, maître ? En Égypte ? En Israël ?

– Non.

Alors, soudainement inspiré, je m'entends proposer :

– À Montségur, maître ?

– Oui, dit l'ampoule.

– Maître, vous ai-je bien compris : voulez-vous que nous partions pour Montségur ?

– Oui, répète l'ampoule.

Et là, elle s'éteint définitivement comme si réellement l'Esprit-Saint l'avait quittée.

Pourquoi ai-je proposé ce nom de Montségur ? Il m'est venu aux lèvres spontanément. Or la citadelle de Montségur, que je ne connaissais pas à l'époque, est le lieu, ô combien symbolique, du martyre des cathares.

– Il faut immédiatement prévenir Jo, dis-je aussitôt à Pierre et Monique.

Jo est alors en route pour Genève, mais sa voiture, une Citroën XM toute neuve, est équipée d'un téléphone. Il est 3 h 30, Jo décroche tout de suite.

– Oh, là, là, Thierry, c'est extraordinaire, dit-il après m'avoir écouté. Partez, partez, dès le lever du jour.

– Mais le sanctuaire, Jo ?

– Vous le reprendrez après. Il s'agit là d'un ordre des maîtres, Thierry, il n'y a même pas à discuter.

Nous sommes trop émus pour nous coucher. Nous nous réunissons autour d'un café chaud, et là me vient cette seconde inspiration :

– Mes amis, dis-je, une fois à Montségur, il nous faudra récolter la rosée de ce lieu saint. Je ne peux pas vous en dire plus, mais j'entends une voix me le souffler.

– Bien, Thierry, dit doucement Pierre, mais comment allons-nous nous y prendre ?

Alors je repense à cette pièce de lin immense qui tapissait le sanctuaire triangulaire de Junod, et que nous avons soigneusement remisée dans un placard.

– Ce drap est imprégné des vibrations astrales, dis-je. Allons immédiatement le charger dans la voiture.

Aux premières lueurs du jour, nous prenons la route. La citadelle est dans l'Ariège, près de Foix. Nous y arrivons en milieu d'après-midi, et là – mais qui me croira ? – nous tombons sur les cérémonies commémoratives du supplice des derniers cathares. Le 14 mars 1244 en effet, deux cents parfaits, refusant de renier leur foi et de se rendre aux croisés qui assiégeaient Montségur, préférèrent s'immoler par le feu. Eh bien, oui, nous sommes le 15 mars 1992, et c'est à ce moment-là seulement que nous le réalisons. Nous sommes bouleversés. Ainsi, il n'y a plus de doute : dans l'ampoule se cachait bien l'Esprit-Saint, car comment croire à une telle coïncidence ? Les maîtres nous ont bel et bien conduits jusqu'à Montségur, et eux seuls savaient le pourquoi de ce pèlerinage...

À la nuit, nous étendons notre drap de lin au pied du pic rocheux, et le lendemain matin à l'aube c'est un peu plus de deux litres de rosée que nous récupérons dans un récipient de verre. De nouveau, nous appelons Jo :

– Rentrez immédiatement, nous dit-il, je vous attends au

Clos de la Renaissance. Je sais ce qu'il faut faire de cette rosée.

C'est l'effervescence au Clos quand nous y arrivons. Jo, Jocelyne et sa dernière compagne, Florence Redureau, nous y reçoivent comme des héros. Ils nous font asseoir, raconter dix fois mon dialogue avec les maîtres, notre arrivée à Montségur, la récupération de la précieuse rosée le matin même. Et là, Jo se remémore sa rencontre avec Yves Lefèvre, un Parisien, l'un des maîtres de l'occultisme. Yves, reprenant un précepte moyenâgeux, a beaucoup écrit sur les vertus de la rosée distillée. Il prétend que c'est un élixir de vie, un élixir de longévité. Nous avons compris : Jo attend de nous que nous distillions la rosée de Montségur. Et pas n'importe comment, mais à l'ancienne, dans un alambic chauffé par une simple bougie...

– Il n'y a pas de miracle, nous dit-il, il faut que vous restiez enfermés le temps nécessaire, car la distillation ne doit jamais arrêter. À partir du moment où vous aurez commencé, il vous faudra aller jusqu'au bout.

Nous nous installons dans les garages du Clos, ces fameux garages d'où part la galerie secrète, protégée par une porte blindée, qui mène au sanctuaire. Nous nous installons là avec des lits de camp et des couvertures, des vivres et une réserve considérable de bougies. La distillation va durer onze jours, à raison d'une goutte toutes les trente secondes. Et durant ces onze jours, nous allons vivre cloîtrés, dans l'obscurité et l'humidité des garages, cependant qu'en surface Jo et les siens profitent des premiers rayons du printemps.

Triste printemps 92 qui s'achèvera sans que nous en ayons profité un seul jour. Car, à peine avons-nous fini avec l'alambic qu'il nous faut retourner dans notre sanctuaire, notre souterrain aux cent miroirs. Jo prévoit de nouveau l'inauguration pour le 24 juin, premier jour de l'été. Nous le lui avons promis pour cette date, et nous tiendrons notre promesse.

Ce 24 juin, l'élite mondiale de l'Ordre est convoquée. Des gens arrivent de Martinique, d'Australie, du Canada, de Genève. Le lieu de rencontre est fixé à l'Ermitage, car nul ne doit connaître le Clos de la Renaissance. J'ai reçu l'ordre de bander les yeux des invités, avant de les conduire en voiture, trois par trois, jusqu'au Clos. Là, je les enferme dans les garages, d'où nous leur ferons gagner plus tard le sanctuaire.

Étonnante cérémonie, ponctuée sans cesse de vertiges. Si nous regardons sur les côtés, nous avons le sentiment d'être catapultés dans l'infini ; si nous baissons les yeux, nous nous abîmons au fond d'un puits, et l'impression de chute est telle qu'il faut un certain sang-froid pour ne pas se cramponner au bras d'un voisin. Oui, mais à part ces effets de miroir, il ne se passe rien de nouveau. Pas plus que dans le sanctuaire triangulaire de Junod.

Les gens sont-ils déçus ? Sans doute. Jo, en tout cas, doit être inquiet dans son for intérieur, car très peu de temps après il nous annonce que nous allons fermer le sanctuaire durant dix jours.

– Mais pourquoi cela, Jo ?

– J'ai reçu le message qu'il va s'y préparer de grandes choses. Je repars pour Genève avec Jocelyne et Élisabeth. Pierre et Thierry, je vous confie la surveillance du Clos, il est essentiel que personne ne s'en approche.

Deux fois par jour, nous venons donc nous assurer que tout est calme au Clos. Et soudain, un matin, surprise : le portail est ouvert, et nous reconnaissons, stationnée sur la rampe des garages, la voiture rouge d'Élisabeth Auneau. Aussitôt, nous appelons Jo. Il a l'air extrêmement embarrassé.

– Ce sont Élisabeth et Jocelyne, dit-il. Elles sont descendues pour un rendez-vous d'affaires. Je leur avais bien dit d'aller dormir à l'hôtel. Ah ! les imbéciles, elles risquent de tout faire capoter...

Le lendemain matin, elles sont toujours là. Alors, avec des

ruses de chasseurs, nous nous faufilons dans les garages et nous constatons que la porte blindée du sanctuaire est verrouillée de l'intérieur. Élisabeth et Jocelyne se sont enfermées dans le lieu saint, en violation avec les consignes vingt fois répétées de Jo. Qu'y font-elles ?

Aussitôt écoulés les dix jours, Jo revient de Genève, accompagné par l'élite de l'Ordre. Le soir-même, nous sommes convoqués pour une cérémonie. Et là, pour la première fois depuis la désertion de Jacques, le Saint-Graal nous apparaît. Sur le moment, naturellement, nous sommes bouleversés. C'est plus tard que je ferai le rapprochement entre le séjour secret d'Élisabeth et de Jocelyne dans le sanctuaire, et le redémarrage des apparitions.

Elles ne vont plus cesser jusqu'à la fin de l'automne. Ce sont, pour les gens de Genève, des mois de va-et-vient intenses, car Jo les fait sans arrêt descendre au Clos de la Renaissance pour des activités de sanctuaire. Une nuit de novembre, tous ceux qui composent le noyau historique de la Fondation se retrouvent là : Jo et Jocelyne, bien sûr, Élisabeth Auneau et Florence Redureau, Luc Jouret, Roland Boileau, Évelyne Chartier et Laurence Meunier, Marielle Chiron, Hervé Poirier et Janine Salvin, François et Claude... Tous. Et je réalise à cet instant, en les énumérant, que tous sont morts à présent. Tous, sauf moi. Cette nuit-là, Jo nous fait apparaître le Saint-Graal, une fois encore, et puis, comme d'habitude, nous nous retrouvons autour de lui pour échanger nos impressions. Nous écoutons Roland, et je pose distraitement mon regard sur mon pantalon quand soudain je m'aperçois que je suis couvert de paillettes d'or. Alors j'observe discrètement Chantal, ma voisine : elle aussi est pleine de paillettes. Mais nous sommes les deux seuls à être ainsi distingués. Chantal rougit, nous n'en revenons pas.

– Eh bien, Thierry, dit brusquement Jo, tu regardes quoi, là ?

– Mais mon pantalon, Jo ! Enfin, c'est incroyable...

– Oh ! Mais dis-moi, en effet ! s'exclame Jo. Vous avez vu le pantalon de Thierry ? Et regardez, Chantal est dans la même situation...

Tous les yeux se tournent vers nous. Les gens sont sidérés.

– Ne cherchez pas, dit alors calmement Jo. Les maîtres vous ont aspergés de leur substance divine...

Quelques jours plus tard, toute la communauté se retrouve couverte de paillettes dorées, et j'entends encore les exclamations de Roland Boileau. Cet homme qui occupait les plus hautes fonctions dans une entreprise, ce financier hors pair, criait sans fausse honte : « De l'or ! De l'or ! Ce n'est pas possible ! » Il y en avait partout, et personne n'aurait pu expliquer à ce moment-là autrement que par un phénomène surnaturel comment nous était arrivé tout cet or.

Dans toutes les commanderies de l'Ordre, en France et à l'étranger, on parle alors de notre sanctuaire de verre comme d'un lieu extraordinaire où il se passe des choses jamais observées ailleurs. Jo a atteint son objectif : faire du Clos de la Renaissance l'équivalent du sanctuaire de Lourdes pour les catholiques. Et il est parvenu à cela sans le concours de Jacques. Pourquoi n'a-t-il pas cherché à profiter, quelques mois encore, de cet état de grâce ? Je l'apprendrai de sa bouche quelques jours plus tard.

Nous préparons donc dans une ferveur particulière les fêtes de Noël et de l'Épiphanie quand Jo passe un matin à l'Ermitage. Il repart pour Genève, avec les siens, et semble très inquiet :

– Pierre, Thierry, nous dit-il, je vous en supplie, vous me surveillez le Clos de la Renaissance. J'ai un mauvais pressentiment...

– Mais quoi, Jo ? Parle, essaie au moins de nous dire à quoi tu penses ?

– Je crains que le sanctuaire ne soit profané.

– Mais enfin, c'est impossible ! Nous seuls avons les clés. Veux-tu qu'on te les rende ?

– Non, non, ça n'a rien à voir avec vous. J'ai l'impression que quelqu'un de l'extérieur va venir...

– Comment veux-tu ? Les portes sont blindées, et nous avons une double alarme...

– Vous me connaissez, tout ce que j'ai prédit est arrivé.

Jo s'en va, et le jour même nous nous relayons avec Pierre à la garde du Clos. Durant une semaine peut-être, nous veillons jour et nuit à ce que personne ne s'approche du lieu saint. Puis un matin, Jo nous appelle :

– On vous réclame à Genève, nous dit-il. La communauté va se réunir en convent, et les gens souhaitent que vous soyez là. Remontez vite.

– Mais le Clos, Jo ? Ton pressentiment...

– Assurez-vous encore que tout est bien fermé, et remontez. De toute façon, on n'a pas le choix, vous ne pouvez pas être au Clos et à Genève en même temps.

– D'accord, Jo.

Nous partons pour Genève. La rencontre se passe et, trois jours plus tard, nous sommes de retour dans le Midi. À peine arrivés, nous n'avons qu'une hâte : filer au Clos de la Renaissance vérifier que tout y est en ordre. Nous déposons Monique et Chantal à l'Ermitage, et Pierre et moi partons pour le Clos.

Nous désamorçons les alarmes, nous ouvrons les premières portes, puis la porte blindée, camouflée à l'intérieur d'une armoire banale, au fond des garages. Nous nous engageons dans la galerie secrète qui mène au sanctuaire. Il nous reste à manœuvrer une porte dont le système d'ouverture est électronique. J'appuie sur le bouton de télécommande, rien ne se passe. Quand cette panne se produit, c'est généralement que le compteur électrique a disjoncté. Or, nous avons de la lumière dans la galerie...

– Ouvre manuellement, dis-je à Pierre.

Il parvient à déverrouiller la porte et s'engage le premier dans l'obscurité du sanctuaire pour joindre le commutateur, sur la gauche. Alors je suis frappé par un curieux crissement sous ses pas, comme s'il écrasait des débris de verre.

– Thierry, il n'y a plus d'électricité, dit-il d'une voix blanche.

Je me précipite sur une lampe de poche que nous laissons en permanence sur un guéridon. Je dirige le faisceau vers l'intérieur du sanctuaire, et là, mon Dieu !, une scène d'apocalypse : tous les miroirs détruits, des monceaux de débris de verre entassés sur un sol lui-même labouré. L'explosion d'une grenade n'aurait pas fait plus de dégâts. Le plafond est effondré, les fils électriques pendent lamentablement. Durant un très long moment, nous ne bougeons plus, nous ne parvenons même plus à articuler un mot. Ainsi, Jo avait vu juste ! Un châtiment terrible vient de nous être administré. Un châtiment d'origine divine, bien sûr, puisque nous sommes les seuls à détenir les clés du sanctuaire et que personne, donc, n'a pu y pénétrer en notre absence.

– Thierry, dit enfin Pierre, je connais ce phénomène, je sais qu'il n'est réalisable qu'en laboratoire, mais avec les maîtres tout est possible : c'est une implosion.

Nous nous précipitons sur le téléphone, nous tremblons, nous n'avons plus de souffle :

– Jo, ce que tu avais prédit est arrivé... Le sanctuaire est complètement détruit...

– Quoi !

– Dévasté, Jo. Tu ne peux pas savoir, c'est épouvantable...

– Ce n'est pas possible ! Jocelyne ! Jocelyne !

Nous l'entendons hurler.

– Bon, j'arrive immédiatement, finit-il par nous dire. Laissez tout en place, ne touchez à rien surtout. Je suis là dans trois heures.

Un jour s'écoule. Deux jours. Trois jours. Toujours pas de Jo. Et plus personne ne décroche chez lui. Il venait alors d'emménager dans son nouveau chalet de Salvan, dans le

Valais. Nous sommes fous d'angoisse. Comment continuer à vivre, à manger, à dormir, à cultiver nos salades, avec ce terrible secret sur le cœur ? Enfin, le soir du troisième jour, j'atteins Jocelyne.

– Jo est en clinique, nous dit-elle. Son cœur a flanché. Ça lui a fichu un tel coup...

– Oh ! ma pauvre Jocelyne, nous étions morts d'inquiétude.

– Et vous savez que Roland a également fait un accident cardiaque ?

Non, nous ne savions pas. Nous ne voulions d'ailleurs plus rien savoir, à part le jour et l'heure où Jo viendrait enfin constater avec nous la terrifiante destruction.

– Il sera là demain, nous promet Jocelyne.

Le lendemain, il arrive, en effet, flanqué de Luc et de trente personnes de la communauté de Genève. Les gens sont émus, fatigués et silencieux.

– Voilà, leur dit-il, maintenant, vous allez passer un à un dans le sanctuaire, constater ce que les maîtres sont capables de faire. On a mis en doute mes prophéties, certains m'ont même accusé de monter de fausses apparitions. Eh bien, regardez, et plus tard vous témoignerez.

Puis, toute la nuit, nous vidons ensemble le sanctuaire de ses tonnes de débris, et nous empilons verticalement dans les garages les panneaux de contreplaqué qui avaient supporté les miroirs. À l'aube, le détachement de Genève repart pour la Suisse, et Pierre et moi filons nous coucher.

C'est au retour, dans l'après-midi, que la supercherie nous a sauté aux yeux. Nous nous apprêtions à terminer le nettoyage et nous avions ouvert grand les portes des garages. Un pâle soleil d'hiver éclairait en plein les panneaux de contreplaqué. Alors, brusquement, j'ai entendu Pierre s'exclamer :

– Ah, le salaud ! Le salaud !

Et au même moment j'ai vu : le bois portait les traces d'une multitude de coups. Il n'y avait aucun doute, on avait détruit tout le sanctuaire à la masse.

Pierre était au bord de l'évanouissement. J'ai dû l'aider, nous sommes sortis nous asseoir au soleil. On aurait voulu me signifier d'un mot, ou plutôt d'une image, que ces quinze années passées dans l'Ordre n'avaient été qu'une vaste farce, qu'on ne s'y serait pas pris autrement. Tout était dit ; le doute, désormais, n'avait plus aucun espace où se loger.

Nous avons chargé quelques panneaux dans le camion, pour les montrer à Monique et à Chantal, et nous sommes repartis pour l'Ermitage. Le soir-même, Pierre et Monique ont décidé de s'en aller, de tout quitter : l'Ermitage, la France, l'Ordre. Nous avons appelé l'aéroport de Nice, un avion décollait le lendemain matin, à 9 heures pour Montréal. J'ai dit que je les y conduirai, et nous sommes allés nous coucher. Nous étions sous le choc, hébétés, incapables d'échanger trois mots.

Le téléphone a commencé à sonner. Chantal a décroché, c'était Jo au bout du fil. Il appelait de Genève, il voulait absolument nous parler.

– Pierre et Thierry ne sont pas encore rentrés du Clos, a menti Chantal.

– Dès qu'ils sont là, tu leur dis de me rappeler. J'attends.

Une demi-heure plus tard, Jo rappelle. Puis comme cela toutes les demi-heures jusqu'à 2 heures du matin. Il ne dit plus à Chantal ni bonsoir ni au revoir, il est de plus en plus nerveux.

À 2 heures du matin, donc, Chantal nous réveille tous :

– Partez, nous dit-elle, partez tout de suite. J'ai un mauvais pressentiment, je crois qu'il se doute de quelque chose.

Nous prenons aussitôt la route pour Nice. Chantal avait vu juste : à 5 h 30, Jo, Luc et une dizaine de personnes de l'Ordre dont François et Claude, parmi les plus fanatiques, ont effectivement débarqué à l'Ermitage. Que se serait-il passé si nous avions été là ?

– Allô, Jo ?

– Thierry !

– J'ai tout découvert, Jo.

– Où es-tu ?

– Quelque part.

– Je t'attends au Clos de la Renaissance, tu me diras tout ce que tu as sur le cœur.

Pierre et Monique Pichon viennent de s'envoler pour le Canada. Eux ont voulu disparaître sans un mot d'explication ; pas moi. Je n'ai pas cette force, ou cette faiblesse. J'oscille entre un désespoir immense, inconsolable, et une grande colère. Je veux cracher au visage de ce salaud tout ce que j'ai sur le cœur. Peut-être ne sera-t-il pas seul, peut-être est-ce un piège, mais je m'en fiche. Je n'ai plus rien à perdre. J'ai disparu de la terre, il y a quinze ans, pour chevaucher du vent ; à présent, je n'ai plus de place nulle part, je suis un revenant, un fantôme. Si j'en réchappe, on me prendra pour un menteur, un affabulateur ; ou alors on me croira et on rira aux larmes de ma naïveté. Je n'ai pas forcément envie d'en réchapper.

– Alors, Thierry, dis-moi tout.

Il est seul, mais il n'est pas inquiet. Il a bien vu que je tremblais. Il se cale dans son fauteuil.

– Eh bien, parle, qu'est-ce qu'il y a ?

Il sourit même à présent.

– Qu'est-ce que tu crois ? dis-je sourdement. Tu vas te foutre de ma gueule encore longtemps ?

Je ne reconnais pas mes propres mots, leur violence, leur grossièreté.

– Me foutre de ta gueule, Thierry ?

– Tu nous as laissé croire pendant trois jours que les maîtres avaient anéanti le sanctuaire, et tu sais ce que nous avons découvert ? Je n'ai pas besoin de te l'apprendre, n'est-ce pas ? Que le sanctuaire a été détruit à coups de masse.

– Oui, et alors ?

– Comment et alors ? Est-ce que tu réalises ce que tu me dis ?

– C'est Luc, Thierry. J'ai même dû l'arrêter, sinon il aurait cassé toute la maison. Tu ne peux pas savoir, il était comme un fou...

– Mais pourquoi, Jo ? Pourquoi ?

– Il fallait que les gens voient de quoi les maîtres sont capables, il le fallait, répète-t-il.

– C'est ça, les maîtres... Et la poudre d'or, c'étaient les maîtres aussi ?

Là, il se trouble. Et comme il ne répond pas, une inspiration soudaine me vient :

– Tu as utilisé une poire de photographe, Jo. C'est ça, n'est-ce pas ?

Il acquiesce vaguement. Il semble épuisé soudain. Les traits de son visage se relâchent, on dirait un vieil enfant résigné à se prendre une énième dérouillée. Alors je lui balance tout : l'épée truquée de Manatanus, les masques, Jocelyne sur son tabouret, les télécommandes inventées par Jacques, le faux Saint-Graal, et tant d'autres tricheries. Et brusquement, je le vois se tasser sur lui-même, comme s'il était pris d'une douleur foudroyante au creux du ventre.

– Jo ! Qu'est-ce qu'il t'arrive ?

Il ne répond plus, il sanglote. Jo sanglote. Jamais je n'aurais cru cela possible. Le maître n'est donc qu'un homme, rien qu'un homme. Et comme s'il voulait enfin m'en persuader, je l'entends bafouiller :

– J'ai un cancer, Thierry, je suis foutu, foutu...

Un moment, je suis tenté de m'approcher, de le toucher, de le consoler peut-être. Je me lève. Je demeure un instant indécis à l'observer. Il a fait tomber ses lunettes, il renifle. Vais-je aller m'agenouiller près de lui ? Non. Sans que je le veuille vraiment, mes pas me reconduisent juqu'à la porte. Je la referme doucement.

16

Qui me croira ? Quelques semaines après cette scène pitoyable, cette scène où Jo s'était effondré, j'ai accepté de repartir pour un pèlerinage en Israël et en Égypte. J'avais quitté l'Ordre, je l'avais signifié à tous ceux qui comptaient dans la communauté, avec plus ou moins d'amertume et de colère dans la voix, et malgré cela je me suis laissé convaincre. Je me suis laissé convaincre par Jo lui-même.

– Thierry, m'a-t-il dit, tu ne peux pas me faire ça. Je vais bientôt disparaître, je n'en ai plus pour longtemps. Tu dois reprendre le flambeau de la Rose-Croix...

J'étais dans l'état d'esprit de ces croyants contraints d'admettre qu'à certaines périodes de notre histoire, des prêtres se sont conduits de façon indigne, mais qui n'en demeurent pas moins fidèles à leur foi. J'ose le dire : je suis toujours dans cet état d'esprit, toujours fidèle à ma propre foi, malgré ces quinze années d'humiliation et de folie ; malgré les cinquante-trois morts qui ont mis un terme définitif et sanglant à la vie de l'Ordre du Temple solaire. Je crois aujourd'hui encore à une existence dans l'au-delà ; je crois que Dieu charge certains mortels – ceux qu'on appelait des maîtres, ou des initiés – de messages particuliers à l'adresse des hommes ; je continue à ne pas croire au hasard. Voilà pourquoi, bien sûr, je ne pouvais pas refuser un pèlerinage en Terre sainte, même s'il m'était proposé par un escroc.

Jo m'a demandé de coanimer ce voyage avec son ami Hervé Poirier, pour qui ma sympathie était intacte, et cela aussi je l'ai accepté. Nous avons marché sur le mont des Béatitudes et relu ensemble le Sermon sur la montagne ; nous nous sommes baignés dans les eaux du Jourdain et j'ai moi-même baptisé certains nouveaux venus dans l'Ordre. Toutes ces dernières années, j'avais perdu le contact avec les adhérents de Genève, je ne connaissais plus que les anciens. En une semaine, j'ai découvert des gens formidables, tel Benoît Gervais, le fils aîné de cette famille qui allait bientôt périr tout entière dans la ferme de Cheiry ; ou encore Jérôme Mounier, qui avouera à la police avoir posté, au lendemain du massacre, différentes copies du testament de l'Ordre adressées à plusieurs journaux. Au retour, j'ai reçu de tous ces gens des mots débordants d'émotion. De Jérôme : « Ta force et ton amour ont libéré mon être au-delà de toute espérance pour vivre enfin la vraie lumière. » De Benoît : « Merci mon frère, nous sommes deux rayons du même amour issu de Dieu : sache-le ! » De Claire Meunier, que l'on retrouvera morte au côté de sa mère : « C'est une joie de rencontrer ton sourire, Thierry, et beaucoup de chance de marcher près de toi. »

Ces lettres m'accompagnent lors de ma deuxième grande opération du dos. Elle a lieu au mois d'avril 1993, dix-sept mois avant le massacre. Et là, à deux reprises, Jo vient à l'hôpital s'agenouiller à mon chevet pour me supplier de reprendre le flambeau. Je l'aurais peut-être accepté, oui, j'aurais peut-être cédé, par amour pour ces gens qui, eux, me respectaient, et avec qui je partageais une foi sincère, si je n'avais pas appris dans le même temps les rumeurs ignobles que Jo distillait sur mon compte. C'est René Moulin qui me les rapporta, le tendre vieux René.

– Jo dit que tu es le noir du noir, me révèle-t-il au cours

d'une visite à l'hôpital, c'est-à-dire pire que le diable, Thierry. Il dit que tu te prends pour un nouveau gourou et que tu as tenté durant tout le pèlerinage d'usurper sa place.

J'ai appelé Jo par téléphone, je l'ai insulté et pour la première fois j'ai même trouvé la force de lui tenir tête :

– Si tu ne me rembourses pas de quoi repartir honnêtement dans la vie, lui ai-je dit, je fais un scandale, je vais devant les prud'hommes.

Voilà, cette fois, c'était fini. Des mots irréparables avaient été prononcés. J'avais repris une place dans le monde extérieur, que je le veuille ou non, dans le monde dangereux et hostile dont nous avions appris à nous méfier, à nous protéger. J'étais passé du côté de l'ennemi. Je me suis souvenu ce jour-là du « ménage » qu'ils avaient entrepris tous, au lendemain du départ de Bertrand, de Nathalie et de nos deux enfants : ils avaient brûlé tout ce qui avait été touché par eux, ils avaient passé à l'alcool à 90 ° chaque centimètre carré de l'appartement, ils s'étaient livrés à des rites d'exorcisme. Comme si les quatre partants avaient été des bêtes puantes, des gueux, porteurs du choléra et de toutes les vermines imaginables. Ils vont me réserver le même sort, me suis-je dit. Je ne m'étais pas trompé. J'ai appris plus tard qu'ils étaient descendus en commando à l'Ermitage, conduits par « ma femme », Marielle Chiron, et qu'ils avaient brûlé toutes les affaires personnelles que j'y avais laissées avant de « purifier » ma chambre...

Tout le reste de l'année 93, nous avons joué au gendarme et au voleur, Jo et moi. Je parlais de porter plainte, et il accourait. J'avais trouvé un studio et je percevais une petite pension d'invalidité. C'était un premier pas vers la réinsertion, mais j'étais conscient que mon rétablissement matériel et psychologique, s'il était encore possible, passait par la récupération d'une partie au moins des sommes considérables que j'avais englouties dans l'Ordre. Une fois tous les deux mois environ, Jo me retrouvait dans le hall de mon immeuble. Il me donnait cinq cents francs suisses, de quoi m'aider à payer quelques factures.

– Ce n'est pas cinq cents francs qui vont me permettre de repartir dans la vie, lui disais-je. Je ne peux plus exercer mon métier de prothésiste à cause de mon dos, j'ai besoin d'une formation, d'un travail, d'une maison pour recevoir mes enfants. Jo, il faut trouver une solution qui me permette de repartir.

– Je sais, Thierry, je sais, répétait-il. Jocelyne fait l'impossible pour réunir la somme qui te conviendrait, mais ce n'est pas facile; nos comptes sont au Canada, en Australie...

L'année s'écoule donc ainsi, de rendez-vous en promesses non tenues. Au mois de janvier 1994, je suis réhospitalisé pour une troisième opération du dos. C'est alors qu'intervient l'épisode de la lettre circulaire qui va précipiter les hostilités. Un couple de l'Ordre, ou plutôt en rupture avec l'Ordre, adresse à tous les membres une lettre dénonçant les supercheries et les magouilles financières de Jo. Cette lettre, je la trouverai à ma sortie d'hôpital et, dès le lendemain matin, Jocelyne m'appelle :

– Thierry ! Quel est ce scandale que tu as mis en route ? Tu es un salaud ! Tu nous as vendus ! Si tu ne stoppes pas cette lettre immédiatement, tu n'auras jamais un sou...

Jocelyne m'attribue la paternité de la lettre, ce qui m'est indifférent, mais qu'elle ose me parler sur ce ton, alors que je suis immobilisé, épuisé, me plonge dans une colère folle. Je me surprends à hurler :

– Quoi ? Des menaces ! Je prends immédiatement rendez-vous avec mon avocat. J'irai le voir à quatre pattes s'il le faut, mais cette fois-ci je lui balance tout !...

Voilà, j'ai désormais un avocat. Il me conseille de tenter encore une négociation à l'amiable pour toucher rétroactivement un salaire bien mérité. Rendez-vous est donc pris en février avec Jo et les siens. Curieusement, Jo ne vient pas. Seules Jocelyne et Marielle Chiron sont là.

– Jo est hospitalisé en Australie, me dit Jocelyne d'un ton dramatique. Il a trouvé un nouveau médecin pour son cœur.

Elle me remet quatre chèques à toucher dans les mois à venir, en échange d'une lettre manuscrite dans laquelle je m'engage à « ne jamais dévoiler tout ce qui m'a été enseigné dans l'Ordre du Temple solaire ».

Je ne reverrai jamais plus Jocelyne et Marielle, qui mourront l'une et l'autre la nuit du massacre.

Quelques jours après ce rendez-vous, j'apprends, toujours par la bouche de René Moulin, qu'en fait de nouveau médecin pour son cœur, Jo a été placé en résidence surveillée par la justice australienne. La police financière s'interroge, paraît-il, sur les investissements et les mouvements de fonds opérés par ce citoyen français, domicilié au Canada, et dont le passé judiciaire ne serait pas tout à fait blanc.

En réalité, les choses se gâtent pour l'élite de l'Ordre. Les polices de l'air et des frontières de tous les pays ont été priées d'être très attentives aux déplacements d'un certain nombre d'individus dont les signalements ont été diffusés. En tête de la liste figure Luc Jouret, au centre d'un scandale au Canada. Un couple d'agriculteurs suisses, que Luc avait installés dans la ferme de survie de Sainte-Anne-de-la-Pérade, au Québec, a en effet porté plainte contre lui, et révélé tous les rites secrets de l'Ordre dans la presse locale. Luc est notamment soupçonné d'inciter les couples à pratiquer l'échangisme, de célébrer des messes ésotériques, en pratiquant de fausses apparitions, de vendre des armes...

Au printemps 94, libéré par les Australiens, Jo me recontacte. Il m'invite à déjeuner et, là, me supplie de lui échanger les chèques de Jocelyne contre d'autres, postdatés.

– Nous avons de gros problèmes avec le fisc, me dit-il. Je ne te demande qu'une chose : attends mon feu vert avant de toucher le premier chèque.

Il est daté de juillet. En juillet, Jo ne donne plus aucune nouvelle et plus personne ne décroche chez lui, à Salvan. En août, même silence. Enfin, en septembre, Jo réapparaît. Il semble tendu, inquiet. Il a beaucoup vieilli en quelques semaines.

– Nous allons t'indemniser en liquide, me dit-il. Tous ces chèques ne valent plus rien désormais. Le seul problème, c'est qu'on ne peut pas sortir tout cet argent d'un seul coup...

Les rendez-vous reprennent près de chez moi. Cinq cents francs un jour, trois cents un autre. Jo n'est plus que l'ombre de lui-même. Un soir, il m'apprend que le corps de ferme de ce qui avait été la glorieuse fondation Golden Way vient d'être vendu. N'est-ce pas la fin ou l'annonce d'une fin ? Je suis trop amer, trop exaspéré pour m'y intéresser.

Le dimanche 2 octobre 1994, je suis enfin convoqué par Jo à l'hôtel Bonivard de Montreux. Cette fois, une somme globale doit m'être remise là-bas, à l'heure dite, 18 heures précises. À 19 heures, Jo n'est toujours pas là. Une nouvelle fois, je l'appelle à son chalet de Salvan. C'est Florence Redureau qui décroche.

– Ah, Thierry ! On a essayé de te joindre pour annuler. Jo est au plus mal... son cœur, toujours...

Aujourd'hui, je sais que ce dimanche-là, à 19 heures, le triple assassinat de Morin Heights, au Canada, avait déjà eu lieu. Jo avait ordonné, j'en suis convaincu, le massacre de Jacques, de Sylvie et de leur petit Fabien. La sentence venait d'être exécutée à coups de poignard et de batte de base-ball.

Je soupçonne également aujourd'hui que ce même dimanche, en fin d'après-midi, Jo avait déjà fait assassiner, ou avait assassiné de ses propres mains, son fils cadet, Élie qui, lui aussi, l'avait « trahi ».

Mais j'ignorais tout cela au moment où Florence me parlait, et c'est pourquoi je ne lui ai pas caché ma colère dans le combiné :

– C'est toujours pareil ! Vous n'êtes pas corrects. Cette fois-ci, je laisse mon avocat prendre les dispositions qui conviennent. Tu le diras bien à Jo, Florence, j'en ai marre, marre, marre...

Le mardi 4 octobre, à 11 heures du matin, Florence m'a rappelé. Et j'entends encore ses mots, qui ouvrent ce récit :

– Thierry, tu peux venir chercher ton argent, Jo est là, il t'attend...

Vous connaissez désormais la suite.

Cinquante-trois hommes, femmes, enfants sont morts dans des circonstances atroces. Cinquante-trois êtres que j'ai connus pour la plupart et sincèrement aimés.

Pourquoi eux ? Comment en sont-ils venus à cette extrémité ? Je ne cesse de m'interroger.

Comme moi, ils ont répondu à une convocation de Jo Di Mambro. Comme à l'habitude, il leur a annoncé une réunion urgente : les maîtres avaient appelé, leur message était d'une importance vitale. Ils sont venus de France, du Canada, des Antilles, ils ont obéi aveuglément.

Jo et Luc ont certainement voulu ressaisir ceux qui s'étaient mis à douter. Ils ont pu craindre d'autres « trahisons ». Ils ont voulu raffermir la foi des faibles, ceux qui auraient pu se laisser gagner par le doute. Quant aux fidèles les plus convaincus, aveuglés ou fanatiques, ils avaient besoin d'eux pour mener à bien ce qui était une immolation tout autant qu'un massacre.

Les cérémonies qui se sont déroulées à Cheiry, nous les connaissons bien. Cette entrée dans le sanctuaire, tous revêtus de la cape de l'Ordre du Temple, les chants liturgiques, l'apparition du maître, l'exaltation et les frissons qui nous saisissaient. Je peux m'y revoir.

La terrible différence, c'est que cette fois-ci, le message a été lancé : l'heure du départ, du « transit » comme nous disions, avait sonné. Jo avait toujours parlé d'un passage paisible et serein. Tous s'y étaient habitués. « J'ai déjà tout dépassé, je n'ai plus le même chemin que vous à parcourir », disait souvent Di Mambro.

Et voici que ce chemin mène aux corps criblés de balles dans le sanctuaire de la ferme de Cheiry, à ces corps d'enfants abattus, en Suisse comme au Canada.

Voici que ces capes de cérémonies, dont tous étaient si fiers, ces capes qui distinguaient les « élus », n'apparaissaient plus que comme des oripeaux dérisoires couvrant des corps aux têtes enveloppées dans un sac-poubelle.

C'est dans les cendres fumantes des chalets incendiés que se terminait une aventure qui se voulait lumineuse.

Ils étaient cinquante-trois. J'aurais dû être compté parmi eux.

Pour terminer ce livre, je voudrais m'adresser à mes parents.

Leur dire que, si la franchise de ma confession les a blessés, j'en suis profondément désolé. Je ne prétends pas tout connaître, mais, pour que mon message soit utile à tous ceux qui, aujourd'hui ou demain, risquent de se trouver exposés aux dangers que j'ai courus, je devais impérativement dire *LA* vérité.

Dire à ma mère, qui a fait tant d'efforts pour retrouver un sens profond à sa vie, que nos douleurs passées ne font plus qu'une, aujourd'hui. Qu'elle a été dans les épreuves que je viens de traverser un soutien vital et primordial. Que les peurs de mon enfance se sont transformées en amour profond et solide et que nous avons trouvé en ces jours dramatiques l'équilibre fait d'affection sincère et de respect mutuel qui doit exister entre une mère et son fils.

Dire à mon père que, si j'ai trop souvent cherché à compenser la frustration d'enfant se croyant exclu de l'affection paternelle dont j'ai si cruellement souffert, je me suis trompé de voie. Je sais que nous avons désormais tout le temps nécessaire pour reconstruire ces rapports de confiance et d'estime indispensables à la saine relation qui doit exister entre un père et son fils.

Leur exprimer à tous deux mon affection profonde.

Cet ouvrage a été réalisé par la
SOCIÉTÉ NOUVELLE FIRMIN-DIDOT
Mesnil-sur-l'Estrée
pour le compte des Éditions Fixot
24, avenue Marceau, 75008 Paris
en janvier 1996

Imprimé en France
Dépôt légal : mars 1995
N° d'édition : 36771 - N° d'impression : 33242